Berlin Requiem

Du même auteur

Le Sang des nègres, Galaade, 2015.

La Dame de pierre, Belfond, 2015 – prix du Meilleur roman francophone au festival de Cognac 2016.

La Vallée des ombres, Belfond, 2016 – prix Sables noirs du festival du Lavandou 2017 ; prix Moustiers 2017.

Le Dernier Violon de Menuhin, Belfond, 2017.

L'Enfant et le Dictateur (coécrit avec Marion Le Roy Dagen), Belfond, 2018.

Le Tombeau d'Apollinaire, Belfond, 2019 – prix 2019 du Roman historique des Rendez-vous de l'histoire.

Nefertari Dream, Belfond, 2020.

Série Michel De Palma

Les Âmes sans nom, Belfond, 2008.

Le Pays oublié du temps, Actes Sud, coll. « Actes noirs », 2011 ; coll. « Babel noir » n° 77, 2013 – prix Plume de cristal 2011.

Premier Homme, Actes Sud, coll. « Actes noirs », 2013 – prix Lion Noir 2014.

Les vagues reviennent toujours au rivage, Belfond, 2021.

La Première Empreinte, Belfond, 2019 – prix RomPol 2002 ; prix des Marseillais.

La Bête du marais, Belfond, 2019.

La Voix du loup, Belfond, 2020.

Nouvelles

Les Sorciers, L'Écailler du Sud, 2003 – prix des médiathèques de Provence.

La Perle noire, L'Écailler du Sud, 2004.

Xavier-Marie Bonnot

Berlin Requiem

roman

PLON
www.plon.fr

92, avenue de France
75013 Paris
Tél. : 01 44 16 09 00
Fax : 01 44 16 09 01
www.plon.fr
www.lisez.com

Mise en pages : Graphic Hainaut
Dépôt légal : septembre 2021
ISBN : 978-2-259-30602-7

Pour Céline,
après tous ces récits entre l'infini des pages,
ces enfants qu'on invente, ces hommes et ces femmes
qu'on tire de la glaise des mots, et leurs ombres
qui les suivent, après toutes ces phrases difficiles,
tendres, dures et parfois généreuses, au-delà de tous
ces ciels, noirs ou bleus, que nous avons écrits ou rêvés,
on finira bien par toucher les étoiles avec un de nos livres.
À moins qu'elles ne descendent jusqu'à nous.
Le voyage continue. Avec ma fidélité.

Avant-propos

Les protagonistes et les actions de ce roman ne sont pas toutes et tous nés de mon imagination. Seuls les personnages de Christa et Rodolphe Meister relèvent de la pure fiction. Les autres appartiennent à l'histoire la plus sombre de l'humanité, celle du Troisième Reich.

Entre 1933 et 1945, la musique a joué un rôle central dans la propagande nazie. Le disque demeurait rare, les concerts ne désemplissaient pas, mais c'est la radio qui tenait un rôle primordial en tant qu'instrument de propagande capable de toucher toutes et tous jusque dans les coins les plus reculés du Reich et les territoires conquis. Sur les ondes, les Allemands écoutaient ce que Goebbels, ministre de la Propagande, considérait comme les perles de la culture germanique : Beethoven, Mozart, Bach, Wagner, Bruckner, Strauss… Un orchestre fut érigé en véritable monument national : le Philharmonique de Berlin – à juste titre l'un des meilleurs ensembles du monde. L'Allemagne possédait les plus grands génies de l'histoire de la musique, elle avait à sa disposition les meilleurs musiciens pour les interpréter, la propagande nazie s'est servie des uns comme des autres.

Un chef d'orchestre, parmi tous ceux que le pays comptait, fut considéré comme un véritable mythe vivant :

Wilhelm Furtwängler. Son succès était immense et comparable à la notoriété des stars de la pop d'aujourd'hui. Furtwängler était présent dans le cœur de toutes les Allemandes et de tous les Allemands. Dès la prise de pouvoir de Hitler, en 1933, une question brûla la conscience de ce personnage considérable : fallait-il continuer à faire de la musique sous un régime d'une telle férocité ? Au fond, était-il possible de séparer la musique et l'art, de la politique ? Furtwängler estimait qu'art et politique n'avaient rien à faire ensemble et que continuer à faire de la musique sous le régime hitlérien était un acte de résistance.

Quelques chefs, notamment Herbert von Karajan, se sont compromis bien plus que Furtwängler, d'autres ont agi par opportunisme. Certains, beaucoup plus rares, soit par conviction, soit parce qu'ils étaient juifs ou directement menacés par les nazis, ont quitté l'Allemagne.

La question que nous pose l'attitude de Furtwängler, sans cesse sur le fil de sa conscience, entre compromission et résistance face au Troisième Reich, demeure d'une actualité brûlante : l'art peut-il se placer au-dessus de la morale ? Cette question n'a de cesse de labourer l'actualité parce que, sur le fond, cette problématique ne concerne pas uniquement la sphère politique mais la société tout entière.

Toute ressemblance avec des situations ou des personnages ayant existé n'est donc pas fortuite.

«Das Leben ohne Musik ist einfach ein Irrtum, eine Strapaze, ein Exil.»*

Friedrich Nietzsche,
Lettre au compositeur Peter Gast

* «La vie sans musique est tout simplement une erreur, un calvaire, un exil.»

Prologue

Paris, le 6 mai 1954

Rodolphe Meister vient d'avoir vingt-neuf ans, pas même la moitié d'une vie d'homme, et, déjà, la lumière brûle ses yeux bleus, si pâles, si purs.

La lumière, Rodolphe pourrait en parler pendant des heures, mais pas autant que l'ombre qui la précède.

Devant le miroir du salon, il enfile son veston, ajuste son nœud de cravate et fait une grimace en redressant le menton. Il n'aime pas son corps élancé, presque maigre, ses moustaches broussailleuses, ses cheveux blonds et bouclés. Une allure de poète. Faut faire avec.

Son regard glisse le long des objets qui l'entourent. Le peuple du passé, le dérisoire de quelques souvenirs. Il s'arrête sur le piano, un quart-de-queue aux éclats de vieux vernis. Un petit buste est posé dessus, immobile. Un grotesque façonné dans de la pâte à modeler, avec deux yeux en accent circonflexe, une bouche charnue, le nez un peu de travers et un crâne chauve. Le seul objet de son enfance. Son talisman magique. Une figurine qu'il a façonnée, il venait d'avoir sept ans.

Ce fétiche, il vient du Berlin des nuits de cendres, la première patrie de Rodolphe. Même la guerre, avec ses déportations, ses massacres, ses bombes et ses tanks qui écrabouillent tout, ne lui a pas ravi ce petit être. Rodolphe le saisit délicatement dans ses longs doigts et le fixe quelques secondes avant de le remettre à sa place.

— À tout à l'heure, Père. Tu seras fier de moi.

Père, c'est le nom qu'il donne à la figurine. De père, il n'en a jamais eu. Aucun visage, aucun nom. Rien. Le grand nulle part des origines. Sa mère sait, bien sûr. Mais elle se tait, depuis toujours.

D'ordinaire, Christa Meister vient embrasser son fils, avant son départ. D'ordinaire, elle inspecte sa tenue d'un air sévère et sourit avec une pointe de nostalgie. Aujourd'hui, un sommeil lourd la retient loin du monde.

Rodolphe sort sans faire de bruit, à la façon d'un fugitif. Une fuite qui ne cessera sans doute jamais, parce qu'elle anime la chair dont il s'est pétri, année après année. Une fois dans la rue de Vaugirard, il décide de faire quelques pas. Un besoin, pour se défouler et laisser les ombres derrière lui.

Le Paris de ce mois de mai est taciturne, bouche bée. Et trop chaud. De cette chaleur huileuse qui colle à tout. Rodolphe passe les grilles du jardin du Luxembourg. Il aime y flâner. Le long des allées, dans les repaires d'ombre lourde, des corneilles cherchent leur vie près des poubelles qui débordent. Des enfants jouent à la guerre autour de la statue de Minerve et filent se cacher dans les buissons épais. La guerre semble loin, les charbons sont encore chauds. Mais non, la guerre continue. Ça ne s'arrête jamais, la guerre. Faut être naïf comme un séminariste pour penser le contraire.

Par-dessus les toits du Palais du Luxembourg, un gros nuage noir masque le soleil. Les enfants se rassemblent autour de leurs mères. Dans le bassin, deux voiliers se croisent, leurs toiles minuscules gonflées d'une brise invisible.

Rodolphe sort du parc. Un taxi se pointe, il lève le bras.

— Salle Pleyel, s'il vous plaît.

Le chauffeur marmonne deux ou trois mots sans queue ni tête et redémarre. Sa voiture est une vieille dingue, une Primastella d'avant-guerre, avec des marchepieds de torpédo et des gros phares ronds qui sortent des ailes comme des yeux d'escargot. Une bêtise de mécanique, qui brinquebale et vibre de toute sa carlingue. On dirait un bastringue mal accordé.

— Quelle heure est-il ?

— 18 h 30, répond le chauffeur qui laisse mourir une Gitane maïs à ses lèvres.

Dehors, c'est de la musique. Le grand tintamarre du temps qui passe. La mélodie du monde, sa rumeur, aussi, la plus belle et la plus sale. Les voix de flûte des gosses du Luxembourg. Une vérité. C'est toute la vie, la musique. Le premier cri. Le dernier râle. Le corps des femmes, leurs jambes légères. Et la mort, en notes funèbres. Et le chant des oiseaux et les tambours des armées. Et le craquement de la terre et les étoiles qui chuchotent en brillant follement. Et le feulement du vent sous le ciel, et tout le reste enfin.

Le taxi s'arrête.

— Voilà, monsieur. On y est.

Au-dessus de l'entrée de la salle Pleyel en grandes lettres de lumière, il est écrit :

Neuvième Symphonie
Ludwig van Beethoven
Chœur et orchestre de la Radiodiffusion française
Direction : Rodolphe Meister

Avant chaque concert, Rodolphe reluque un instant le public, pour le sentir, l'apprivoiser. C'est tellement difficile.

La salle se remplit lentement. De fauteuil en fauteuil, on murmure, les voix s'effacent sur les velours pourpres. Des critiques piapiatent, un programme à la main, ils ont des têtes intelligentes ceux-là, des visages d'oiseaux sérieux qui savent, c'est ce qu'ils croient. Les esprits halètent, des commères au premier rang et des jeunes tout raides dans leurs smokings à bas prix, des musiciens aussi, dont les regards se perdent dans le vide immense et chaud de la salle.

En coulisse, Meister serre quelques mains, avec sa politesse distante de Berlinois.

— Comment ça va ? demande le premier violon en faisant sonner une corde grave d'un coup d'ongle.

— Comme quelqu'un qui va diriger la *Neuvième*...

— Oh, je te fais confiance.

Rodolphe distribue quelques sourires et se retire en claquant la porte de sa loge.

Être seul. Dans cette pièce dérisoire aux murs jaunes. L'antichambre des grandes heures est toujours désolante, mais c'est le lieu de la métamorphose, le passage par l'en-dessous du soleil. Rien de superflu, des objets d'une banale vulgarité, l'odeur de plomb d'une vieille peinture. On se transforme rarement dans des lieux de paradis. Le voici dans le huis clos, le vestibule de la lumière. Un cabinet de vérité. Conduire la *Neuvième Symphonie* est toujours une deuxième naissance. Un passage d'un monde à un autre.

— Moins d'une minute ! lance le régisseur de Pleyel. L'orchestre est en place.

Rodolphe saisit sa baguette, ouvre la porte d'un geste sec et s'avance vers la scène, le regard fixé au sol. Ne rien entendre. Ne rien voir. Les étoiles perchées dans les cintres éblouissent. Des visages par centaines sont alignés dans la pénombre. Les applaudissements crépitent. Rodolphe salue brièvement, lève la baguette d'un geste sec et fier, la suspend dans le silence, puis l'abaisse. Comme une caresse dans l'air.

La musique a des accords que les mots ne peuvent dire, ni même comprendre. Faut s'y résoudre. Elle est la parole profonde de l'âme, elle ne se trompe pas. Elle irradie de Rodolphe, parce qu'il sait prendre tous les risques et qu'il est de toutes les audaces.

Pleyel applaudit à tout rompre. Rodolphe salue, s'enivre dans la chaleur électrique du public. Il faut quitter la scène, donner de soi, encore et encore, aux admirateurs, aux journalistes qui laissent traîner leurs oreilles. Et fuir, à nouveau.

Seul, devant son piano, un cognac dans une main, il caresse sa petite tête de pâte à modeler.

— J'ai été bien, Père. Mais j'ai failli perdre le tempo sur les dernières mesures.

— *C'est comme ça que c'est grandiose. Quand le cœur et l'âme oublient la mathématique de la musique.*

Le carillon du salon sonne minuit, douze coups argentins. Une voix fluette appelle, en allemand.

— Je suis là, Maman.

— Comment c'était?

— Un triomphe, pas d'autres mots.

Rodolphe s'assoit sur le bord du lit et prend la petite main de Christa. Elle n'a pas verni ses ongles depuis un bon moment, ses cheveux sont défaits.

— Ton imprésario a téléphoné juste après ton départ.

— Qu'est-ce qu'il voulait?

— Le Théâtre national du Danemark cherche un chef pour *Tristan et Isolde*. Un remplacement. Il faut répondre tout de suite.

Le regard de Christa Meister s'adoucit, un frêle sourire éclaire son visage.

— C'est une belle scène, dit-elle en détournant les yeux. Public exigeant. Un peu froid. J'y ai chanté quelques mois avant ta naissance. Un signe.

— Je ne sais pas si je pourrai.

— Pourquoi?

— Tu le sais.

— Soupèse ton cœur, mon fils, pénètre ton âme. Les nazis aimaient Wagner, c'est vrai. Ils aimaient aussi Beethoven et Schumann. Sans parler de Brahms! Alors, tu vas cesser de diriger toute la musique que les nazis ont aimée?

— Tu as sans doute raison... Ils ont failli nous détruire.

— J'ai aimé chanter Wagner, il m'a donné les plus beaux rôles de ma vie. Je les ai tous eus, de Brunehilde à Isolde, en passant par Elizabeth ou Elsa. Bayreuth, Vienne, Berlin… Je n'ai rien oublié. La fin du *Crépuscule des dieux*, cette magie noire de la musique.

Le visage de Christa se ferme. Elle détourne les yeux et fixe l'abat-jour de la lampe de chevet.

— Il y a autre chose, ajoute-t-elle d'une voix blanche.

— Quoi donc ?

— Tu dois remplacer Wilhelm Furtwängler.

Sa main caresse le drap fleuri en un geste lent, le regard lointain.

— Accepte, c'est un devoir.

Rodolphe veut poser une dernière question. Christa ferme les paupières et soupire. S'enfuir, dans le sommeil et les rêves défaits. Il dépose un baiser sur son front. Le destin est un accord qui sonne faux. Un voile déchiré.

Première partie

Le chant d'amour et de mort

«J'avais des certitudes,
je les ai perdues ;
Je les retrouverai demain
pour les perdre encore. »

Gustav Mahler à Bruno Walter,
cité dans « Gustav Mahlers Weg:
Ein Erinnerungsblatt », *Der Merker*, mars 1912.

1

Bayreuth, été 1932

La limousine Mercedes roule au pas, toute noire, souple et silencieuse sous la voûte des arbres immenses. Les graviers crépitent sous les roues, quelques curieux regardent passer la voiture. De temps à autre, le chauffeur relève sa casquette et sort discrètement un mouchoir de sa poche pour essuyer son front moite, d'un geste fatigué. La chaleur devient insupportable, grasse, le ciel va crever d'un instant à l'autre.

Rodolphe Meister fixe la sorte d'étoile à trois branches au bout du long capot de la voiture, comme une mire qui pointe le paysage. Au détour d'une courbe douce surgit le Palais des festivals de Bayreuth. Dans son imagination d'enfant, Rodolphe s'attendait à un château flanqué de hautes tours et peuplé de personnages fantastiques, une sorte de temple consacré à quelques dieux mystérieux. Il tombe sur une immense bâtisse tassée sous le ciel en sueur, des formes aiguës, un chapiteau et des murs rouges.

— C'est ici que tu vas chanter? demande-t-il en se tournant vers sa mère.

— Oui, mon Prince, répond Christa Meister. Nous sommes arrivés chez le maître.

Le chauffeur fait une large volte devant le Palais et s'arrête à quelques mètres de l'entrée des artistes. Des hommes discutent gravement en fumant. Le plus grand, en bras de chemise, très mince, se détache du groupe et vient à leur rencontre, à grands pas.

— Christa, comme je suis heureux de te voir !

Il prend la main que lui tend la cantatrice et la baise avec cérémonie.

— Moi aussi, Wilhelm, je suis heureuse de te revoir. Je suis venu avec mon petit Prince, Rodolphe.

Le grand monsieur se penche à l'intérieur de la voiture. Il a un regard franc et droit, un sourire mince, des yeux très clairs.

— Sois le bienvenu à Bayreuth, Rodolphe. Et vous aussi, mademoiselle.

— Eva Müller, dit Christa Meister, d'un ton sec. Elle veille sur mon Prince. Je pense qu'elle vous a reconnu, *Herr* Furtwängler.

Eva tressaille, toute rouge. Elle en oublie de dire bonjour. Le chauffeur redémarre. Rodolphe taquine Eva d'un coup de coude.

— Tu le reverras, ne t'inquiète pas.

— Tu n'es pas drôle !

Christa Meister doit chanter Brunehilde pour les trois journées du *Ring* de Wagner. Un rôle écrasant. Sur le programme du festival de Bayreuth de cette année 1932, elle pose en soprano plantureuse, joli minois, lèvres finement dessinées en un cœur gourmand. Elle ne sourit pas, l'air décidé et sombre, un casque ailé en forme d'obus sur la tête. Ses longs cheveux clairs flottent sur ses épaules guerrières. Elle est au sommet de la gloire, tout en haut, dans le ciel des divas.

En milieu d'après-midi, Rodolphe et Eva sont conduits jusqu'à la villa Wahnfried. Un goûter est organisé, selon un programme qui paraît bien rigide. Winifred Wagner, la belle-fille du compositeur, les accueille sur le pas de la porte.

— Soyez les bienvenus dans la maison du Maître.

Winifred Wagner est une grande femme. On dirait presque un homme. Elle ne doit pas être allemande, songe Rodolphe, son accent paraît bien étrange, sa voix n'a rien de musical.

— Venez au salon.

Rodolphe aura sept ans dans trois mois. Il n'est pas timide mais tout semble géant dans l'antre du génie. Un lustre à grosses boules de verre pend d'un plafond à caissons qui renferment des armoiries mystérieuses. Des rangées de livres usés tapissent le mur du fond, de part et d'autre d'une porte masquée par de lourds rideaux verts. Il y a des fleurs dessinées partout, des tapis aux papiers peints, on se croirait dans une sorte de forêt mystérieuse. Des rangées de portraits jettent sur les visiteurs des regards distants. Un vrai décor de théâtre, lourd et pompeux.

— Venez, Rodolphe, dit Winifred Wagner en prenant sa main énergiquement. Je vais vous présenter mes enfants.

Dans un coin du salon, des garçons jouent aux échecs, assis sur des fauteuils vieillots couverts de velours.

— Voilà Wieland, l'aîné, dit Winifred avec un sourire mondain. Il a presque quatorze ans.

Wieland se lève et fait une moue blasée de gosse suffisant. Il porte un short de tennis qui lui fait des jambes comme des quilles.

— Voici son frère, Wolfgang, qui a juste deux ans de moins.

À l'écart, sur un sofa à gros capitons, se tiennent deux jeunes filles qui dévisagent Rodolphe. La plus âgée s'appelle Friedelind, la plus jeune Verena.

— Elle a presque votre âge, Rodolphe !

Un piano, un *Steinway* grand-queue, aux gros pieds sculptés comme des pattes de lion, trône devant les grandes fenêtres ouvertes en arc de cercle sur le jardin. Winifred fixe un instant Rodolphe.

— C'est le piano du maître. On raconte partout que vous êtes un petit prodige. Nous serions très honorés si vous nous jouiez quelque chose.

Rodolphe lève les yeux vers Eva qui semble amusée à cette idée. Elle se penche et lui murmure à l'oreille :

— Joue la sonate « Pathétique », le deuxième mouvement. L'*adagio* ! Tu le connais parfaitement.

— C'est pour toi que je vais le jouer.

Rodolphe s'installe au piano et observe un instant le clavier dont les touches ont jauni avec le temps. C'est là que Wagner a composé certains des airs que chante Maman, songe le petit garçon. Ses doigts sont moites. On l'observe d'un air amusé. Il étouffe tout à coup. Eva lui lance un clin d'œil. La première note l'emporte, comme chaque fois qu'il joue. Le monde rance qui l'entoure disparaît, par magie. L'adagio terminé, il entend quelques mains qui clapent, un ou deux bravos. Des félicitations qu'il ignore. Il veut être virtuose, ne pas s'en laisser conter par cette femme qui semble porter tout le destin de la musique sur ses épaules épaisses. Il enchaîne avec le *Rondo*, si périlleux. Eva le regarde, les yeux mouillés. Winifred est subjuguée et ne le cache pas.

— C'est au-delà des compliments que l'on m'a faits sur vous. Bravo, Rodolphe.

Il n'a pas de sourire, tout juste un timide merci. Dans sa petite vie, on lui a déjà trop adressé de bonnes manières, il s'en moque. On ne construit rien sur des flatteries.

Un cadre en argent est posé sur le piano. Une photo colorisée. Des enfants et un monsieur qui leur sourit avec malice. Wieland et Wolfgang sont sur les genoux de cet homme en costume blanc. Rodolphe l'a déjà vu quelque part. Il ne sait plus. Il tend le doigt pour désigner le cliché.

— Qui est ce monsieur ?

Winifred éclate d'un rire sonore.

— C'est l'ami de notre famille. Un ami très cher. Oncle Wolf. Un homme qui dirigera un jour l'Allemagne et lui rendra son honneur et sa grandeur. Un sauveur. Tu as dû en entendre parler. Forcément !

— Je ne me souviens pas. Je suis trop petit pour ces choses-là.

Winifred caresse la joue de Rodolphe et se saisit du cadre pour l'approcher de ses yeux.

— Cette photo a été prise dans le jardin, juste après la mort de mon mari, Siegfried. C'est Adolf Hitler.

— Pourquoi vous l'appelez Oncle Wolf ?

— Ce sont les garçons qui lui donnent ce nom, comme cela, tout simplement. Il est un peu leur père, à présent.

Les enfants Wagner acquiescent d'un sourire convenu. Rodolphe hausse les épaules et interroge Eva du regard.

— J'aimerais voir Maman qui doit être en train de répéter.

Winifred a un sourire pincé et repose le cadre sur le Steinway.

— Wieland va vous conduire jusque dans la salle, dit-elle. Il ne faudra pas faire de bruit.

Le Palais des festivals est à deux pas. Rodolphe marche vite, d'un pas décidé, sans même écouter les remarques que Wieland Wagner se sent obligé de lancer chaque fois qu'il passe devant un recoin historique de ce sanctuaire de la musique. Eva a posé sa main sur son épaule. Elle a toujours ce geste de tendresse quand elle est fière de lui.

La salle est plongée dans l'obscurité. On distingue à peine la colonnade de la galerie qui domine l'amphithéâtre. Eva et Rodolphe s'installent sur les strapontins du deuxième rang, juste derrière le metteur en scène qu'une ampoule éclaire faiblement.

— On dirait un spectre, plaisante Rodolphe à l'oreille d'Eva.

— Chut.

Sur la scène, Christa Meister est allongée sur un rocher de carton-pâte. Dernier acte de la *Walkyrie*. Wotan se tient au-dessus d'elle, une lance à la main.

— C'est la scène où le cercle de feu entoure Maman, murmure Rodolphe.

Il entend des flûtes invisibles qui filent vers les aigus comme des flammes. Wotan dit :

Que celui qui craint la pointe de ma lance ne traverse jamais ce feu…

Un tonnerre lui succède. La colère du dieu semble bondir de chaque coin de la salle. Puis les flûtes reviennent comme des flammèches crépitant par-dessus les violons qui s'éteignent doucement.

— C'est très bien, dit une voix. Magnifique.

Christa Meister se relève et se dirige vers l'avant-scène. Elle aperçoit son fils dans la salle et lui adresse un sourire.

— Viens nous voir.

Rodolphe se dirige vers le pupitre. Furtwängler apparaît et l'observe, amusé.

— Tu veux voir l'orchestre ? Ici, à Bayreuth, personne ne peut le voir, ni son chef. Monte sur le pupitre.

Furtwängler hisse Rodolphe sur la chaise haute. De là, il domine la fosse qui pénètre loin sous la scène. Les musiciens rangent leurs instruments, échangent quelques mots feutrés dans un bruit de bric-à-brac. En l'apercevant, le premier violoncelle adresse un sourire à Rodolphe qui répond d'un signe de la main.

— Vous n'êtes pas à la bonne page ?

Furtwängler observe Rodolphe qui tapote du doigt l'énorme partition posée sur le pupitre.

— Ce n'est pas là que vous vous êtes arrêté.

Furtwängler se penche vers l'enfant et lui souffle :

— Tu as raison, mon garçon. Mais comment le sais-tu ?

— Je sais très bien lire la musique.

Rodolphe cherche les dernières pages.

— Alors, je dois t'avouer un secret, dit Furtwängler à voix basse. Mais il ne faut pas que tu le répètes. Pas même à Christa Meister. Promis ?

— Juré.

— Je connais la partition par cœur. Toutes les notes, de tous les instruments. Tous les silences… C'est pour cette raison que je ne tourne pas les pages. Ça ne me sert à rien.

Rodolphe écarquille les yeux en visant le gros livre.

— Tout ça, vous le savez par cœur !

Wilhelm appuie la pointe de son index sur sa tempe.

— Tout est là-dedans ! Dans ma tête.

Rodolphe reste bouche bée.

— Est-ce que tu aimerais être chef d'orchestre plus tard, quand tu seras grand ?

— J'hésite, répond le gamin avec aplomb. Peut-être pianiste, car je joue très bien. Ou peut-être compositeur.

— Pourquoi compositeur ?

— Parce qu'il est comme Dieu. Lui seul est la musique.

2

L'hiver 1932 est une saison de mauvais augure. Le froid semble avoir figé la crasse de Berlin sur les plaques de neige qui persistent aux coins des rues. Un taxi dépose Wilhelm Furtwängler sur Mohrenstrasse, dans le quartier massif des affaires et des maisons de l'État, chic et bien ordonné. Adolf Hitler l'attend à l'hôtel Kaiserhof, de l'autre côté de la Wilhelmplatz, à deux pas.

Le chef d'orchestre marche un instant, histoire de se détendre. Il n'aime pas rencontrer les hommes politiques et encore moins les nationaux-socialistes. Une jeune femme le dévisage et lui donne un sourire radieux, belle dans la blondeur froide du matin.

Au kiosque à journaux, Furtwängler aperçoit sa photo. Le *Berliner Tageblatt* annonce le concert qu'il doit donner ce soir, au Staatsoper : *Un Requiem allemand* et *Première Symphonie* de Brahms. Une pure merveille, souligne l'article. Un chef au sommet de son art. Les autres canards consacrent leurs unes aux élections législatives. *Der Stürmer* pend à un papillon de métal. Une caricature, pleine page, représente un homme mal rasé, aux yeux lubriques et au gros nez crochu. Un titre en gothique, rouge et noir : « Les Juifs sont notre malheur ».

L'hôtel Kaiserhof est un immense palace qui date du siècle dernier. Grand luxe et limousines secrètes qui patientent à la porte. La direction ne cache pas ses sympathies nationales-socialistes. Les membres du NSDAP y sont régulièrement invités, le patron est un ami. La chancellerie du Reich se trouve en face. Une place à traverser si jamais les nazis sont élus.

Les élections législatives sont dans deux jours. Adolf Hitler veut connaître les sentiments de Furtwängler vis-à-vis de Bayreuth. Car les relations entre le maestro et Winifred Wagner ne sont plus au beau fixe.

Un an plus tôt, Furtwängler a voulu piloter un avion pour se rendre à Bayreuth, première fois qu'il y participe. Winifred Wagner souhaitait faire un coup d'éclat en invitant Arturo Toscanini, l'immense gloire internationale. L'avion du chef allemand subit des avaries, on manque casser du bois et y rester. Furtwängler arrive en retard pour les répétitions de *Tristan*. Winifred Wagner n'apprécie pas ce qu'elle interprète comme une regrettable légèreté et encore moins Tietjen, l'administrateur du festival, un nazi convaincu.

Cette année-là, on célèbre l'anniversaire de la mort de Cosima Wagner et de son fils Siegfried. Toscanini tient forcément le haut de l'affiche. Il a précédé Furtwängler au festival et il est de très mauvaise humeur, malade paraît-il, déjà que son caractère n'est pas facile. Les deux chefs n'ont pas tardé à se détester cordialement. Furtwängler s'est taillé la part du lion dans la programmation, à lui l'*Héroïque* de Beethoven, à Toscanini *Une Ouverture pour Faust* de Wagner, œuvre mineure pour un maestro de sa taille.

Durant les répétitions, Tietjen ne cesse pas de rapporter les réflexions désobligeantes du chef sur Winifred Wagner. Et puis, Toscanini quitte le festival dans une colère monumentale, parce que du public assiste aux répétitions et qu'il ne le supporte pas, à l'inverse de Furtwängler qui adore ça. Sans parler de cette ambiance brune que le chef italien renifle partout et qu'il déteste. Le soir du concert, Furtwängler dirige comme jamais, des femmes s'évanouissent. On pourrait en rester là mais le chef se permet de critiquer, directement dans la presse, les choix artistiques de la belle-fille de Wagner. Une sorte de crime de lèse-majesté qu'elle ne lui pardonne pas. L'arrogance a ses limites. Furtwängler gagne deux cent mille marks par an alors que Strauss ne dépasse pas les quatre-vingt mille. De quoi se plaint-il en permanence ! Winifred ne décolère pas, le chef à qui elle sert du « très cher ami » s'occupe de tout et tire sans cesse la couverture à lui.

Hitler demande :

— Si nous sommes élus, reviendrez-vous à Bayreuth ?

— C'est une question difficile. La balle est dans le camp de la famille Wagner.

Hitler sourit, une drôle de mimique de garçonnet gêné de poser des questions, un peu gauche dans sa manière de faire des compliments. Furtwängler s'attendait à un personnage impressionnant, un type gonflé d'orgueil et de revanche, un ancien de la

Grande Guerre, croix de fer, avec un regard droit et froid, comme on en rencontre si souvent. Les actualités montrent sans cesse un tribun dégoulinant de haine et de sueur, de colère et de revanche. Il se trouve face à un garçon coiffeur qui cherche ses manières, un tantinet efféminé.

— Winifred Wagner est une amie personnelle, dit Hitler. Elle est acquise depuis toujours à la mission historique du national-socialisme. À notre plus grande cause ! C'est elle qui m'a fait parvenir du papier quand j'étais en prison et que j'écrivais *Mein Kampf* !

Adolf Hitler réfléchit et s'assombrit soudain. Engoncé dans un costume noir de grand prix, il a presque l'air élégant. Furtwängler l'observe, amusé et inquiet à la fois. Il connaît les actions de la SA* et le programme des nationaux-socialistes. Il en croise partout, de ces vauriens en uniformes quand il déambule dans Berlin ou les autres villes d'Allemagne. On a beau lui dire que ce sont tous des battus de la crise, des laissés-pour-compte, il n'en démord pas : tous des voyous et des ratés à qui l'ont fait miroiter les délices du petit pouvoir ! Cette populace saura cravacher les élites, les bons, les intelligents, si jamais elle prend d'assaut la démocratie. De ses yeux bleus pareils à de l'acier, Hitler épie chaque expression du maestro comme quelqu'un qui s'y connaît en hommes et qui sait jauger avec certitude.

---

* SA, pour *Sturmabteilung*, section d'assaut. Organisation paramilitaire nazie qui joua un rôle majeur dans l'accession de Hitler au pouvoir.

— J'ai beaucoup d'admiration pour votre façon de diriger, vous savez ! Ce flux vital qui semble émaner de votre corps tout entier. Ce magnétisme. Vous dirigez de la façon que Wagner aurait souhaitée. Ce n'est pas comme ce Juif de Bruno Walter, une nullité totale. Sans parler de Knappertsbusch. Il a beau être un pur arien, celui-là, mais je ne connais pas pire torture qu'un opéra sous sa baguette. L'orchestre noie le chant, et il fait de tels mouvements des bras que le regarder devient une véritable punition. Je ne peux imaginer une symphonie de Bruckner sans vous.

Furtwängler ne dit mot, il apprécie les deux chefs. Bruno Walter figure parmi ses amis. Ensemble, ils parlent souvent de Gustav Mahler que Walter a bien connu.

Hitler est un camelot qui ne comprend rien à rien à la musique. Il fronce les sourcils et parle nerveusement, avec un horrible accent autrichien qui trahit ses origines modestes. Son visage dégage une étrange lumière quand il livre quelques sentiments personnels. La conversation dérive sur l'art. Il tient à exposer ses pensées. Le chef d'orchestre l'écoute vaguement.

— Je sais que vous pensez comme moi, Maître. La musique est une source d'émotions et de sentiments qui animent l'esprit. Pour moi, elle n'est que peu qualifiée pour satisfaire la raison. Qu'en dites-vous ?

Hitler fixe Furtwängler quelques secondes. Il transparaît une sorte de passion rageuse quand il s'exprime, quelque chose d'indicible qui force le respect et dicte la crainte.

— J'ai toujours pensé que la musique agit davantage sur les sentiments que sur la raison, dit le maestro pour couper court à la discussion. Mais il ne faut pas négliger la part de celle-ci. C'est pourquoi pour moi l'art n'a rien à voir avec la politique. Il a besoin de liberté, de la même façon que nous avons tous besoin d'oxygène.

Hitler secoue la tête.

— Je ne suis pas d'accord avec vous. Nous avons l'intention de donner à l'art la place qui lui revient de droit dans le cœur des Allemands. L'art, et particulièrement la musique, sera un des instruments de notre politique, pour le peuple.

Hitler laisse son regard planer sur le décor qui l'entoure, un autre âge, des tables vernies, rutilantes et des couleurs pastel.

— La musique imprègne l'atmosphère de son caractère profond, dit-il. C'est ce que je ressens. Et cette musique atteint son apogée comme nulle part ailleurs dans les œuvres de Wagner.

Furtwängler préfère Bach ou Beethoven qu'il place par-dessus tout autre musicien. Rien ne dépasse la *Neuvième* ou la *Missa solemnis*.

— L'Allemagne est le pays classique de la musique, poursuit Hitler. Chez nous, la musique est innée. En chacun de nous. C'est du goût que toute la race ressent pour la musique que sortent les grands génies artistiques, de la valeur de Bach, de Beethoven ou de Wagner. Ils constituent l'ultime sommet du génie artistique allemand.

Hitler se lève, fait quelques pas vers la fenêtre, s'arrête et fourre une main dans la poche de son veston.

— Nous serons élus, et nous ferons de la musique le guide de tout un peuple. Croyez-moi. Et j'ai besoin de vous car vous êtes notre plus bel ambassadeur. Le monde entier vous connaît et vous admire. Quel est votre prochain concert?

— Ce soir même. On donne *Un Requiem allemand* au Staatsoper.

— Brahms. Magnifique. Je viendrai sans doute.

Hitler jette deux banalités en travers de la discussion. Une secrétaire entre, les bras chargés des journaux du jour. L'entretien est terminé.

Une fois sur Wilhelmplatz, Furtwängler fait quelques pas, l'esprit désordonné. Le monde qui l'entoure, son agitation furieuse d'essaim, ses crieurs de journaux qui déballent sans cesse la noirceur du quotidien, ses hommes aux costumes sombres qui sortent des ministères, l'esprit à la hâte, leurs mines sévères, lui semblent hors du temps. Il lève les yeux vers la façade aux moulures chantournées du Kaiserhof. Il lui semble voir le chef des nazis encore à la fenêtre, qui l'observe et lui fait un signe de la main, comme on dit à demain.

L'Allemagne n'est pas une opérette pour les aventuriers comme toi, songe Furtwängler en appelant un taxi. Nous sommes des Allemands, tout de même. Nous ne nous laisserons pas faire.

Le soir, le musicien note dans son carnet :

Cet homme a une multitude d'idées marginales et fort conventionnelles sur l'art. Sa médiocrité m'aurait effrayé si je n'avais pas été persuadé que jamais il ne parviendrait au pouvoir.

3

Rodolphe termine ses devoirs avant l'heure. Eva lui fait répéter l'orthographe. Elle a tout juste dix-huit ans, vient de Munich et parle avec un fort accent bavarois, en roulant un peu les « r ». Elle aime rire et s'amuser avec lui, le cajoler aussi, comme une deuxième maman. Pour l'amadouer, il lui joue des mélodies populaires de Bavière.

— À même pas sept ans, tu es déjà un virtuose !

Et un séducteur. Il a promis de l'épouser un jour, quand il sera grand.

— Encore une heure pour te distraire, Petit Homme. Ensuite, nous allons au concert pour entendre le grand Furtwängler, ton ami !

— Tu es jalouse.

— Va t'amuser.

Brahms est à l'affiche du Staatsoper. La *Première Symphonie* et *Un Requiem allemand*. C'est tellement beau. Au-delà de l'exprimable.

Rodolphe ne s'amuse pas comme les autres enfants, ignore les soldats de plomb ou les cubes de construction que sa mère lui a offerts, en bois décoré sur les quatre faces d'images naïves. Il préfère s'asseoir au piano, cherche une partition, hésite, tourne des pages en soufflant avec l'air détaché d'un adulte blasé qui a tout lu. Il possède déjà son répertoire, ce qu'il peut jouer sans lire les notes et qu'il garde dans son cœur. Toutes les sonates de Beethoven, des nocturnes de Chopin et des pièces de Liszt. Et Bach, son préféré.

— « Au clair de lune », dit-il à voix basse en posant ses petits doigts sur le clavier. Pour faire plaisir à Eva qui chantonne dans sa chambre en se préparant.

Christa Meister est absente. Elle chante *Tristan et Isolde* à Munich, puis ce sera *Otello* à Nuremberg, sa scène favorite. Elle ne sera pas là de toute la semaine.

Rodolphe laisse mourir le dernier accord dans le corps de bois rutilant du Bösendorfer qui occupe la moitié du salon. La mécanique dorée vibre longtemps. Rodolphe écoute les harmoniques subtiles, perdu dans ses émotions, assis sur son tabouret trop haut pour ses petites jambes qui pendent dans le vide. Ses yeux fixent un téléphone blanc posé sur un guéridon laqué. Il imagine sa mère, dans sa loge, en train de se maquiller, ses gestes sûrs, son regard infaillible. Les traits de crayon sont gras, elle insiste sur le fond de teint, farde l'arête du nez et termine par du rouge sur ses lèvres gourmandes. Elle se transforme en Isolde, cette héroïne qui aime à mort et que Rodolphe déteste, ce soir. Comme tous les personnages que Christa peut incarner et qui la séparent de lui. Seule Eva comprend son tourment, cette souffrance cachée. Attendre sa mère, attendre sa voix à travers un combiné que retient un fil. Écouter la douceur de cette voix, rien que pour lui, et pas pour un public dans la pénombre.

Christa n'appellera pas. Jamais un soir de spectacle, ni avant, ni pendant l'entracte. Un jour que Rodolphe se plaignait de ces silences, elle a répliqué qu'une cantatrice doit garder toutes ses émotions en elle pour les donner au public, comme une offrande unique.

— On y va, Petit Homme, lance Eva qui a passé un manteau à carreaux et dont le col en fourrure caresse ses belles joues toutes douces.

Le Staatsoper se trouve à deux pas de la maison. On peut y aller à pied ou en taxi. Rodolphe préfère marcher dans Friedrichstrasse, le centre de son univers. Il aime à regarder partout la vie qui bouillonne, parfois fragile, souvent désemparée et dangereuse. Dans les cours d'immeuble, des familles entières tentent de survivre sous des planches crasseuses. Des pauvres, des fauchés, des mutilés, il y en a partout. Des marlous aussi, qu'il reconnaît à leurs larges casquettes et à leur démarche chaloupée. Le gosse de riche s'est habitué à cette misère qui rogne l'espoir, pareille à des vers dans une blessure mal recousue.

En mettant le pied sur le trottoir, Eva et Rodolphe manquent glisser. C'est un soir de novembre. Un soir d'une semaine neigeuse. Dans le jour finissant, des hommes, en lignes bien ordonnées, raclent la neige, chacun poussant une large pelle de bois. Ils rient grassement et chantent à chaque poussée.

La rue fourmille de passants trottant dans tous les sens, les mains dans les poches, évitant les bagnoles qui se frayent un passage entre les carrioles à chevaux et les tramways. Tout un peuple de fonctionnaires emmitouflé s'en revient des bureaux. Près de la gare, on croise pas mal d'ouvriers des ateliers ferroviaires, en bleus de chauffe et pelisses usées. Leurs grosses chaussures claquent sur le sol luisant de verglas.

À leurs manières un peu lourdes et leurs regards battus, certains donnent l'impression de n'avoir été leur vie durant que des bêtes de somme.

Des hommes-sandwichs vont et viennent avec des pancartes, comme des chasubles d'évêque, en gueulant des slogans politiques. Leurs haleines parfumées de schnaps fument jusqu'au-dessus de leurs têtes coiffées de grosse laine.

— Dans trois jours, ce sera les élections, lance Eva.

Deux portraits sont collés sur le tronc d'un immense tilleul. Un vieux maréchal aux yeux de métal et un homme plus jeune, au regard magnétique. L'un a de grandes bacchantes qui frisottent et une trogne carrée, l'autre une moustache carrée et un visage tourmenté.

— Qui est-ce ? demande Rodolphe, en désignant, le doigt tendu, les affiches. On dirait le monsieur de la photo, à Bayreuth.

— Hindenburg et Hitler, tu as raison. Ces affiches datent de l'élection présidentielle.

— C'est Hindenburg qui a gagné ! Je l'ai lu dans le journal de Maman.

— Tu as raison, Petit Homme.

Eva parle à voix basse, en se penchant vers Rodolphe, comme si elle redoutait d'être entendue. Ça devient de plus en plus moche, Berlin, tout le monde s'épie, tout le monde se renifle. Le ciel est sale. Un porteur de chasuble regarde Eva avec insistance, une lueur d'arrogance au fond des yeux. Rodolphe a juste le temps de lire ce qu'il y a d'écrit sur son ventre :

Travail, liberté et pain !
Votez national-socialiste !

Un gars maigrichon souffle de temps à autre dans une trompette à laquelle pendouille un fanion frappé de la croix gammée. Eva marche vite, ses talons clapotent dans les flaques de neige salies de mâchefer. Par deux fois, elle manque s'affaler. Son manteau se balance sur ses belles jambes à moitié cachées par des chaussettes de laine. Elle s'est parfumée, trop, selon Rodolphe qui trouve qu'elle sent le poivre, et cela le fait éternuer. Un parfum qui ne va pas avec l'hiver.

Sur Unter den Linden, des jeunes hommes sont rassemblés autour d'un brasero et distribuent des boissons chaudes. Une affiche dit :

C'est Adolf Hitler
L'homme et le leader du peuple allemand

Rodolphe trouve que ces jeunes ressemblent beaucoup à des militaires parce qu'ils portent des uniformes très bien taillés. Eva lui explique qu'ils sont membres du parti national-socialiste.

— Ils sont un peu comme des soldats. On les appelle les sections d'assaut, les SA. Parfois, ils se battent avec les communistes.

— Ils sont courageux, alors !

— Ah oui, tu peux le dire ! De vrais Allemands, ceux-là.

— Ils ont de beaux uniformes. J'aimerais en avoir un comme ça. Avec le brassard rouge et noir.

— C'est la croix gammée. L'emblème des Aryens.

— Je veux en avoir une.

— Non, non, non. Ta mère n'aime pas trop ça.

Eva prend la main de Rodolphe pour traverser. Un cheval arrive droit sur eux en trottant vigoureusement, l'encolure et les naseaux fumants. Ils courent pour l'éviter et passent sous le pont du chemin de fer. Une grosse locomotive est arrêtée au-dessus et lâche des nuages de vapeur en sifflant.

Sur Unter den Linden, les cafés s'emplissent de monde. Des files de personnages engoncés dans de gros manteaux se forment devant les arrêts des tramways, plus longues que d'ordinaire à cause des grèves. Eva souffle sur ses doigts.

— On va y aller à pied, ce n'est pas loin.

Rodolphe fait une mine désolée.

— Je sais que tu aimes prendre le tramway, Petit Homme, mais aujourd'hui, ce n'est pas possible.

Opernplatz se trouve à deux cents mètres, en direction du sud. Unter den Linden est blême dans la froidure. La neige a été repoussée contre les marches des trottoirs et au bas des murs en des bourrelets grisâtres entre lesquels les passants, pressés par le froid, laissent des empreintes noires.

La place est occupée par les partis politiques qui se tiennent à bonne distance les uns des autres et se jaugent à coups de regards farouches. Devant l'université Humbolt, des étudiants distribuent des tracts. À l'autre bout de l'immense place, la cathédrale catholique Sainte-Edwige est ouverte pour l'office du soir – son gros dôme verdâtre fait comme une boule prête à s'échapper vers le ciel. De temps à autre, Rodolphe s'y rend pour assister à la messe parce qu'il est catholique. À l'entrée d'Opernplatz, le petit parc est tout blanc. Des enfants font la manche en déjouant la surveillance des agents de police.

C'est la première fois que Rodolphe pénètre dans le Staatsoper. Il s'arrête un instant en apercevant les rangées de fauteuils couverts de pourpre, la loge impériale qui ruisselle de dorure. Il aurait aimé que sa mère lui ouvre les portes de ce monde enchanteur.

Eva a pris des billets pour des places au balcon, au premier rang pour que Rodolphe puisse voir. Les musiciens occupent déjà la scène. Certains répètent les passages difficiles des partitions qu'ils vont jouer, d'autres discutent en jetant de temps à autre des coups d'œil vers le public. Eva tient la main de Rodolphe. Il contient son émotion; son souffle s'accélère quand la lumière s'abaisse.

Furtwängler entre sur scène côté jardin en faisant des pas de géant, sans regarder le public. Son arrivée dans le décor austère déclenche un tonnerre d'applaudissements. Certains se lèvent pour applaudir. Revêtu d'une queue-de-pie noire, il invite l'orchestre à se lever et serre la main de Szymon Goldberg le premier violon, un formidable soliste, qui s'incline timidement. Goldberg, même quand il joue de petits solos, est fantastique. Un artiste rare. Un modèle pour les autres violonistes de l'orchestre.

Furtwängler lève sa longue baguette d'ivoire tout doucement, laisse passer de longues secondes, puis l'abaisse d'un coup vif. Le premier accord, puissant, embrase Rodolphe, au-delà de ce qu'il a jamais entendu. Puis les coups de timbale réguliers comme le rythme d'un cœur de géant. Une extraordinaire énergie se dégage du chef, une sorte de hardiesse qu'il sait communiquer aux spectateurs et à son orchestre. Personne n'aurait pu l'exprimer. La fièvre circule, enfle et déborde, étrange fluide qui fait luire les yeux. Furtwängler dirige la *Première Symphonie* puis le *Requiem allemand*.

Rodolphe aime la symphonie, mais, par-dessus tout, le *Requiem* le bouleverse. La splendeur des chœurs qui se répandent en notes puissantes.

Heureux ceux qui souffrent
Car ils seront consolés

Quelquefois, il a entendu sa mère répéter au piano la partie de la soprano. Une musique aérienne qui fuit dans les aigus, là-haut, tout là-haut où les émotions rencontrent les esprits. Quand il se tourne discrètement vers la chanteuse, Furtwängler paraît transfiguré.

Vous aussi, vous êtes triste maintenant
Mais je vous reverrai
Et votre cœur se réjouira,
Et nul ne vous ravira votre joie.

Un triomphe. L'air vibre, de longues minutes. Les hommes du philharmonique ont l'air presque gêné de tant de gloire. Furtwängler revient plusieurs fois s'incliner, avec ce beau sourire qui indique la franchise de cœur.

En sortant, un vent glacial souffle depuis la rivière Sprée. Eva relève le col de son manteau. Le froid tombe en grésil. La place scintille dans la lumière des réverbères. Devant l'université Humboldt, la troupe des étudiants a grossi. Un feu est allumé. Eva attire Rodolphe contre elle.

— Un jour, je serai chef d'orchestre, lance-t-il tandis qu'ils s'engagent sur Unter den Linden.

— Comme Furtwängler ?

— Je serai encore meilleur que lui.

— Tu es sûr ? Il est une gloire nationale, tu sais. Toutes les femmes le trouvent beau.

— Il est efflanqué et tout chauve. Quand il dirige, on dirait une marionnette.

— Une marionnette animée par une main invisible et puissante, la musique.

Sur les images noir et blanc des actualités cinématographiques, Furwängler est grand et sec, mal peigné. Un peu fou. Pas du tout l'air austère comme la plupart des autres chefs. Karl Böhm et Otto Klemperer ressemblent à des instituteurs farouches, pas Furtwängler. Peut-être parce qu'il tord légèrement la bouche selon ses émotions et qu'il s'agite sur ses longues jambes quand il conduit le Berliner.

— Tu es trop jeune pour comprendre, ajoute Eva. Les femmes ne regardent pas que la beauté. Elles aiment le génie et la gentillesse.

— Il n'a pas l'air gentil !

— Il l'est. C'est parce que tu es jaloux que tu dis ça.

Elle le pince sur le ventre. Il chavire. C'est la première fois qu'il ressent cette chaleur intense dans tout le corps.

— Je n'aime pas Furtwängler.

— Ingrat ! Il a été gentil avec toi quand nous étions à Bayreuth, l'été dernier.

— Je m'en moque.

— Eh bien, moi, je l'adore autant que notre Führer bien-aimé.

Rodolphe se renfrogne. Pour le consoler, Eva le serre dans ses bras et claque une bise sur sa joue.

— Toi aussi, je t'aime, Petit Homme. Un jour, tu seras un grand chef d'orchestre et tu m'épouseras.

Le soir venu, Rodolphe se blottit dans le creux de son lit, tout secoué. Il gigote, rencogné dans ses pensées et ses émotions, jusque tard dans la nuit, plaçant Furtwängler en rival définitif. Un homme à pourfendre, en chevalier, à la loyale. Mais tellement perché dans les étoiles, tout là-haut, que pour l'atteindre il faut une grande échelle de rêves.

4

La veille des élections, Rodolphe fête son anniversaire. Sept ans. Christa est revenue de Nuremberg, spécialement pour cette occasion.

— Nous avons deux jours de relâche. Pas question de rater l'anniversaire de mon Prince.

Elle a découpé dans la presse des articles qui relatent son succès. Pourrait-elle passer une seule journée de sa vie sans parler d'elle? se demande parfois Rodolphe. Un critique la hisse au rang des dix meilleures cantatrices de la décennie. Rodolphe s'en moque. Le succès de sa mère, c'est son malheur de petit garçon.

Eva n'est pas là, ce soir. Christa a fait livrer un gros gâteau à étages, une forêt-noire épaisse de crème, comme Rodolphe en raffole. Elle a planté dessus sept belles bougies torsadées et fait dessiner un cœur en sucre rose au centre.

— C'est la meilleure forêt-noire qu'on puisse trouver dans tout Berlin.

— Merci, Maman.

Christa dépose un baiser sur le front de son fils.

— Eva me dit que tu as fait de grands progrès en mathématique mais aussi en musique. Je suis très fière de toi.

Elle se lève, comme si elle était au théâtre. Rodolphe la regarde disparaître dans sa chambre, mystérieuse. Elle farfouille dans le tiroir de sa grande armoire et ressort avec un paquet emballé dans du papier doré.

— Tiens, mon fils chéri. Joyeux anniversaire.

Rodolphe fronce les sourcils en soupesant la boîte qui lui semble bien lourde. Il défait le nœud de ruban rouge.

— Qu'est-ce que c'est? demande-t-il en levant les yeux.

— De la pâte à modeler, comme tu voulais. La meilleure pâte qui existe, conseillée par un ami peintre et sculpteur. Ouvre.

Tout ce que Christa offre à son fils est toujours ce qu'il y a de mieux, superlatif. On dirait qu'elle veut gommer les erreurs d'amour, les silences et les froides absences.

Rodolphe ouvre la boîte. Des barres de pâte sont alignées entre du papier de soie qui chuinte quand il le déplie délicatement. Il y en a des rouges, des bleues, des noires. Rodolphe est heureux, il cherche à partager son bonheur dans les yeux grandioses de sa mère. Elle sourit avec une sorte de tristesse. L'enfant saisit un bloc de pâte noire et le pétrit nerveusement entre ses doigts longs et fins.

— Fais attention, tu vas trop le déformer!

Rodolphe serre très fort la matière molle, jusqu'à ce qu'elle déborde de ses doigts crispés. Une larme coule sur sa joue. Christa le presse contre elle en lui caressant les cheveux. Ses seins ont une odeur de poudre à fard et de fruits gourmands.

— Ne pleure pas, mon Prince.

— Je veux aller dans ma chambre.

— Oui, il est tard. File. Demain, on ira sur les manèges, après la porte de Brandebourg. Les grandes balançoires et les tourniquets qui tournent dans le ciel.

Rodolphe s'enferme et pose son cadeau sur le gros coussin à fleurs de son lit. Des gouttes de pluie tapotent sur les vitres floues des fenêtres de la chambre. Le vent s'engouffre dans la Friedrichstrasse. À côté de son lit, s'empilent de beaux livres d'images, des récits de chevaliers, la légende sombre des *Nibelungen*. Il aime par-dessus tout l'histoire de Hansel et Gretel, abandonnés par leurs parents. Lors des promenades dans le bois de Tiergarten, passé la grande porte de Brandebourg, il ramasse des petits cailloux, le long des chemins qui s'enfoncent sous les chênes et les ormes immenses, et les fourre dans les poches de son pantalon. Alors, il jure que, toujours, il retrouvera son chemin. Qu'on ne peut pas l'abandonner. Qu'au bout de ses petits cailloux, il y a son père, cet homme qui ne vient jamais aux anniversaires.

La vieille cabane, près du petit lac, est celle de la sorcière, à n'en pas douter. Parfois, quand le brouillard pèse sur la forêt, on la croirait couverte de sucre glace, comme les pâtisseries du dimanche. Il lui semble voir un père qui cherche son enfant prisonnier du charme de la méchante femme.

Rodolphe ouvre la fenêtre de sa chambre. Une grande rumeur s'élève dans Berlin. On se bat, à coup sûr. Les types crient tellement fort que le petit garçon ne comprend rien à ce qu'ils vocifèrent. Ce doit être des histoires d'élections. On se tape du côté du

Panopticon, le musée de la cire. Rodolphe y a vu des centaines de sculptures de grands personnages grandeur nature, tous les Hohenzollern, la famille impériale, au grand complet et en habits d'apparat.

Il referme la fenêtre et s'assoit sur le bord de son lit. Le bloc de pâte qu'il a déformé ressemble à un étrange monstre, long et difforme. Ses doigts ont formé de grosses écailles. Il en fait une boule, qu'il allonge comme une tête humaine. Pourquoi ne pas faire une tête d'homme ? Pas facile. C'est pour cela qu'il a commandé de la pâte à modeler. Fabriquer, dans le secret de ses jeux, ce dont la vie le prive. Il s'y reprend plusieurs fois, n'arrivant pas à faire une forme bien ronde pour enfin la sculpter. Il pourrait attendre que sa mère ou Eva viennent à son secours, mais il s'y refuse.

— C'est moi seul qui dois sculpter.

Au bout d'une heure, un visage se forme, long et avec des joues creuses, les yeux en accents circonflexes. Le nez n'est pas encore fait. C'est le plus difficile car il le veut long et fin. Pourquoi ? Il ne le sait pas. Dans son esprit, cet inconnu possède pareil appendice. Pas un pif à la Pinocchio qui s'allonge au fur et à mesure qu'il ment. Non, un nez d'homme franc et tumultueux. C'est comme ça qu'il le voit.

Sa mère entre à pas feutrés et s'installe à côté de lui. Il ne la regarde pas, contrarié de la voir s'introduire dans ses secrets.

— Et les cheveux, comment vas-tu les faire ?

Sa voix est douce et grave, tragique, comme quand elle chante les *Kindertotenlieder* de Malher.

— Je crois qu'il ne doit pas beaucoup en avoir, des cheveux, marmonne Rodolphe. Il est vieux.

Une déflagration sourde fait trembler les vitres de la chambre. On dirait une bombe qui aurait explosé du côté du Reichstag. Une sirène de police monte de la rue, suivie d'une déflagration.

— Ces cochons de nationaux-socialistes ont encore provoqué des bagarres, grogne Christa. On va sûrement relever des morts, demain.

Elle pose sa main sur l'épaule de Rodolphe. Il frissonne.

— Comment vas-tu l'appeler, ta première petite sculpture ?

Il cherche ses mots, la mine boudeuse. Trouver un prénom, n'importe lequel, juste pour plaire à sa mère. Rien ne lui vient à l'esprit.

— Je ne sais pas. Je ne sais même pas si je vais la garder.

— Il ne faut pas la détruire. C'est ta première œuvre d'art.

— Mon art, c'est la musique. Et rien d'autre.

Rodolphe a parlé avec une telle fermeté que sa mère a retiré sa main.

— Tu seras un grand musicien. J'en suis sûre. Le plus grand de tous, et mon rêve de te voir sur la scène du Staatsoper, dans un beau costume, se réalisera.

— Le même que celui de Furtwängler ?

— Oui.

— Mais ça ne lui va pas !

— C'est vrai, il est un peu trop maigre.

Elle dépose un dernier baiser sur sa joue toute rouge et sort de la chambre. Les clameurs n'ont pas cessé dans la rue. En se glissant sous la couette lourde, Rodolphe tente d'imaginer les affrontements qui déchirent la nuit de Berlin. Il ne voit que des visages hideux, des nains cruels, comme dans les contes des *Nibelungen*.

— Père, dit-il tout à coup à voix haute, comme s'il sortait d'un songe. Pas besoin de prénom. Je l'appelle Père, et personne ne le saura jamais.

Il pose le petit buste à côté de lui et ferme les paupières.

5

Le 25 janvier 1933, Wilhelm Furtwängler a quarante-sept ans. Pour son anniversaire, dans sa maison de Potsdam, ses amis jouent la *Kindersinfonie* de Leopold Mozart et une version revisitée pour quatuor à cordes de l'ouverture du *Vaisseau fantôme*. Ça ressemble à un mauvais orchestre qui s'échine sur des leitmotive poussifs, comme il y en a dans chaque station thermale pour égayer les malades du foie ou des reins. Furtwängler est aux anges. Il n'a jamais autant ri. La soirée s'étire, personne ne parle de politique. Pour une fois.

Depuis plus d'un an, son mariage part à la dérive. La belle Zitla, épousée en 1929, a pour ainsi dire quitté le domicile conjugal. Elle a des amants, son mari le sait et il s'en accommode. Quand l'amour s'enfuit à toutes jambes, pourquoi le retenir. Ils ne s'aiment plus, c'est aussi simple que ça.

Le 27 février 1933, on joue le *Concerto pour violon n° 2* de Mendelssohn dans la salle de la Philharmonie. Furtwängler marche lentement, les mains dans les poches, observe le monde qui l'entoure, s'imprègne de sa musique folle de klaxons, de cloches, de talons de femmes qui claquent au sol et du pas cadencé des chevaux.

Malgré le froid, les rues sont bondées. Dans les angles morts des immeubles, la neige dure et noircie fond lentement en dessinant des filets luisants sur le goudron. La tension est si lourde qu'on s'attend à l'explosion finale. Des bandes de SA défilent entre les vélos et les voitures qui les évitent. Impossible de savoir où ils vont trimballer leur arrogance, ni d'où ils viennent.

Le pays est envahi par des uniformes, des bruns, des fauves, des oriflammes noir et rouge pendent aux fenêtres, avec cette croix ridicule au centre de chacun. Le nombre d'uniformes augmente chaque jour, depuis les élections. Pareil pour les drapeaux.

Furtwängler fend la foule qui s'est agglutinée autour d'un crieur de journaux. Des policiers patrouillent, raides et sévères dans leurs uniformes verts. Les gros aigles de fer sur le front de leurs képis jettent des éclats dans le soleil rasant de la fin de journée. Des SA marchent à leur côté, un chien en laisse, la gueule bavant dans une muselière.

Les troncs des tilleuls sont couverts d'affiches électorales. On vote à nouveau, en mars. Pour l'instant, Hitler est chancelier du Reich. Cette vieille baderne de von Hindenburg l'a appelé. Il ne le restera pas longtemps, chancelier, Wilhelm Furtwängler en est sûr, comme tout le monde autour de lui. Le vieux maréchal a mis le petit caporal à la tête d'un gouvernement fantoche pour s'en servir et le manipuler telle une marionnette.

Il y a quelques nationaux-socialistes au Berliner, ils se tiennent calmes. Le chef d'orchestre a le sentiment d'être observé. Un violoniste juif lui a dit qu'il quitterait l'Allemagne si les nazis restaient au gouvernement. Un autre musicien, un tromboniste, affirme que le *Zentrum*, le parti catholique du centre, a décidé de laisser Hitler au pouvoir jusqu'aux nouvelles législatives qui doivent avoir lieu en mars.

— Les nazis vont perdre deux tiers de leurs voix. Ce sera le chef de notre parti qui sera élu. Il n'y a aucun doute !

Mendelssohn, Goebbels affirme que c'est de la musique de Juif, une pâle imitation des grands génies allemands. Il a promis de le retirer bientôt du répertoire car le peuple allemand s'est réveillé. Bannir le grand Mendelssohn, comme Hindemith ou Schönberg, dégénérés eux aussi. Tous des amis proches de Wilhelm Furtwängler. Il n'y a que de la bonne ou de la mauvaise musique, a déclaré le maestro à un journaliste. Pas de races, en matière d'art. Il n'a pas osé dire que la politique, c'est pour les idiots.

Arrivé dans les coulisses du grand théâtre, il lance, de sa voix grave, son traditionnel :

— Bonsoir, messieurs !

Une voix trop aiguë, revancharde, s'échappe d'entre les musiciens qui ajustent leurs vestes de costume :

— On ne dit plus bonsoir, mais *Heil Hitler* !

— Messieurs, réplique Furtwängler, en cherchant des yeux l'importun, je ne crois pas qu'on doive dire cette chose ici aussi.

Szymon Goldberg a baissé la tête, le chef le regarde furtivement. Les yeux du soliste fixent son archet.

Tout le poids de la soirée repose sur ses épaules. Le *Concerto pour violon* de Mendelssohn, c'est de la virtuosité à l'état brut mais aucune grande difficulté pour un artiste aussi fantastique que Szymon Goldberg, aucun piège technique. Ce soir, on lit sur son visage une sorte d'immense frousse. Le *Heil Hitler* l'a cinglé. Le trac monte, il risque de le clouer au sol. Pour la première fois, depuis bien longtemps, il a l'impression que quelque chose le menace, un péril encore invisible, qu'il doit à nouveau faire ses preuves.

— Messieurs, lance le régisseur. Nous commençons.

Furtwängler entre le premier et, une fois au milieu de la scène, d'un signe du bras, invite Goldberg. Les applaudissements redoublent. Le soliste regarde la salle et s'incline, la poitrine serrée.

Les premières mesures ne lui posent pas de problèmes, elles viennent tout de suite, pas de longues phrases d'orchestre comme chez Beethoven ou Brahms. Il entre immédiatement dans cette œuvre immense que tout le public connaît. Le tempo de Furtwängler lui va à merveille, pas trop rapide pour trouver l'élégance des premières mesures. Une sorte de colère le porte. Son jeu s'affûte. Il ne grignote pas la moindre croche. Quand vient le deuxième mouvement, Furtwängler marque une courte pause, quelques secondes. Szymon Goldberg regarde une dernière fois Furtwängler et ferme les yeux. Les mesures du début sont très faciles, mais elles demandent tout le cœur. C'est là qu'on juge les très grands violonistes. Et, ce soir-là, Goldberg est digne de ses prestigieux anciens.

Quand Furtwängler sort du Staatsoper, à la nuit, la tension de la fin de journée s'est libérée, furieuse. Un immense incendie s'élève dans le ciel. La porte de Brandebourg, au bout de l'avenue, rougeoie. Les branches griffues des tilleuls jettent des ombres de monstres de cinéma. Le Reichstag est en flammes.

Une odeur de fumée, âcre et lourde, se répand dans les rues. Dans Friedrichstrasse, les passants crient. Rodolphe ouvre la fenêtre. Des sirènes de pompiers hurlent dans la rue. Eva s'est levée.

— On dirait que cela vient de la porte de Brandebourg, dit-elle.

— C'est un incendie ?

— Oui, Petit Homme.

— Je veux le voir.

Eva refuse, Rodolphe insiste.

— Bon, d'accord ! Mais tu ne diras rien à ta mère.

Dans la rue, les gens courent en direction d'Unter den Linden.

— Le Reichstag est en flammes ! hurle un vieux qui se tient sur deux béquilles.

Eva tient fermement la main de Rodolphe. La nuit de février est froide, par endroits le sol verglacé luit, blafard. Passé la porte de Brandebourg, la chaleur devient suffocante. D'immenses flammes percent la coupole du Reichstag à travers les poutrelles d'acier qui s'effondrent les unes après les autres.

— Ce sont les communistes qui ont mis le feu ! crie une femme dont le visage s'illumine à la lumière de l'incendie. Les communistes et les Juifs.

Eva s'arrête, les larmes aux yeux. Son regard cherche l'inscription qui disparaît dans la fumée :

Dem deutschen Volke. Une statue qui orne la base du toit s'effondre en répandant des étincelles dans le ciel noir. Le feu s'échappe par les fenêtres et remonte furieusement le long de la façade. On dirait des dizaines d'yeux maléfiques qui brillent dans les ténèbres.

— C'est quoi, les communistes ? demande Rodolphe.

— Ce sont les ennemis du Reich allemand, Petit Homme. Nos pires ennemis.

Une cloche sourde sonne. Une voiture des pompiers fend la foule. Une partie du toit vient de s'écrouler dans un gigantesque bruit de ferraille qui résonne derrière la façade calcinée.

— Rentrons, ordonne Eva. Je ne veux pas voir ça plus longtemps.

Cette nuit-là, Rodolphe met du temps à s'endormir. Le ciel vacille derrière les rideaux de la grande fenêtre de sa chambre. Il serre Père contre lui, sans même lui parler, et ne s'endort qu'une fois l'aube levée, avec la certitude du jour.

En fin de matinée, les murs se couvrent d'affichettes qui accusent les communistes d'avoir incendié le siège du Parlement. Le crieur de journaux, qui se tient toujours devant l'arrêt du tramway, annonce, en brandissant son canard au-dessus de sa tête, que le coupable a été arrêté.

Rodolphe demande à Eva de l'emmener voir les restes du Reichstag. Un cordon interdit l'accès au bâtiment. Une haleine de cendres emplit les rues alentour. Il se répand un étrange lamento, lointain, qui monte de la ville. Un vieil homme s'approche de Rodolphe.

— Ces incendiaires veulent mettre le feu à tout Berlin.

Effrayé, Rodolphe s'accroche au bras d'Eva.

— Avez-vous entendu le docteur Goebbels à la radio, ce matin ?

— Non, répond Eva.

— Ils tiennent déjà le coupable. C'est un communiste hollandais qui a fait le coup. On a trouvé dans sa poche la carte du parti.

Une autre femme dit :

— Je suis concierge. Cette nuit, des policiers m'ont fait ouvrir tous les appartements. Ils ont fouillé tout l'immeuble et ils ont tiré de leurs lits tous les communistes. Je n'aurais pas imaginé qu'il y en avait autant, de cette vermine, autour de moi.

— Les cocos, je ne les aime pas, dit un autre type qui fume une pipe de terre cuite. Mais je ne crois pas que ce soit eux. Vous les imaginez mettre le feu et rentrer tranquillement dormir dans leurs foyers ?

Rodolphe presse la main d'Eva qui n'a pas dit un mot de toute la conversation.

— Je voudrais aller à Tiergarten.

— Pas aujourd'hui.

Une fourgonnette de la police passe à toute vitesse en direction du parc.

— Ce n'est pas un bon jour pour se promener, Petit Homme. On va rentrer, tu me joueras un peu de piano.

Rodolphe va pour faire un caprice mais Eva l'arrête d'une moue contrariée. Elle lui a appris qu'il était maintenant trop grand pour se laisser aller à ce genre de comportement. Il a tout juste huit ans.

Le dimanche 5 mars 1933, quelques jours seulement après l'incendie du Reichstag, se tiennent les élections. Rodolphe et Eva écoutent à la radio les premiers résultats du dépouillement. Le parti de Hitler remporte presque la moitié des voix.

Suivent des discours-fleuves, des musiques grandiloquentes que Rodolphe n'aime pas. Ça bat de la grosse caisse, du tambour, sur des airs de fifres et de gros trombones. Et puis le *Horst-Wessel-Lied*. On le chante de plus en plus souvent depuis que Hitler est chancelier. Rodolphe le trouve entraînant.

En milieu d'après-midi, il se penche à la fenêtre. Dans les rues, des colonnes de SA vont d'immeuble en immeuble et frappent aux portes. Les concierges ouvrent. Une colonne s'engouffre et ressort quelques instants plus tard avec un homme ou deux en civil, parfois avec des femmes, menottes aux poignets.

— Ils vont venir ici, se dit Rodolphe. Ils vont tout fouiller et trouver des ennemis. Peut-être le voisin du troisième qui ne parle jamais à personne. Peut-être que c'est un communiste ?

Quatre SA s'arrêtent devant la porte d'entrée de son immeuble. Le concierge sort dans la rue, ils discutent un moment. L'un des SA lève la tête et aperçoit Rodolphe. Un instant, ils s'observent l'un l'autre. Puis les quatre miliciens se remettent en route sans avoir pénétré dans le hall d'entrée. Rodolphe referme la fenêtre.

6

Furtwängler se réveille de mauvaise humeur. Comme une complainte, le vent s'est levé avec l'arrivée du jour et charrie une odeur de décombres calcinés depuis le centre de Berlin, un parfum acide et noir.

Le maestro enfile sa robe de chambre, les cheveux en bataille, passe quelques coups de fil. Le premier est pour le régisseur du Philharmonique. Une tournée s'annonce, l'organisation n'est pas le fort du chef d'orchestre. Sa secrétaire, Berta Geissmar, s'en occupe. Mais pour combien de temps ? songe soudain Furtwängler. Si les nationaux-socialistes parviennent à renverser la démocratie, Berta sera licenciée, elle est juive et doit partir, comme ils disent dans leurs torchons de propagande.

Le téléphone sonne, encore et encore. Des musiciens, juifs pour la plupart, inquiets pour l'avenir. Bruno Walter a décidé de quitter l'Allemagne selon les résultats des élections. Il sera suivi par d'autres, le maestro en est sûr. Szimon Goldberg, le super-soliste, a prévenu, lui aussi.

— J'ai entamé des démarches pour quitter l'Allemagne.

— Où irez-vous ?

— En France, en Angleterre ou aux États-Unis. Je ne sais pas encore. On m'a déjà proposé du travail.

Comment est-ce possible ? Les meilleurs vont partir. Furtwängler rumine depuis l'arrivée des « cochons », comme il les appelle, dans les coulisses de l'État. Goebbels, le faux arien au regard noir, les cheveux comme une aile de corbeau et qui boitille. Il fait des bonnes manières à Furtwängler. Comme Göring qui a voulu le rencontrer. Ce héros de la Grande Guerre se pose en passionné de musique. C'est un type qui a fait des ravages dans l'aviation ennemie. Il est obèse et porte des uniformes comme d'autres des costumes extravagants. Un traîneur de sabre, en fait, qui n'entend pas grand-chose à l'art. Et leur chef, l'homme rencontré quelques jours auparavant, au Kaiserhof, si sûr de sa victoire. Lui non plus n'a pas grand-chose à dire, mais c'est peut-être là son secret. La populace n'a pas besoin de plus que des slogans simplistes.

Furtwängler a qualifié le national-socialisme de « grosse cochonnerie » et Hitler d'« ennemi public ». Otto Klemperer lui a conseillé d'envisager un départ.

— Tu risques de payer cher ton courage.

Le chef d'orchestre a été touché par ces mots.

— Pars, Wilhelm. Ne te crois pas intouchable.

— Partir ? Jamais. Ma vie est ici. Si nous abandonnons l'Allemagne, ils auront les mains libres. Nous représentons toujours quelque chose d'important pour notre public. Il faut résister à cette vague de bêtise qui contamine notre peuple. Ça passera.

— Puisses-tu être entendu, Wilhelm…

Un dernier appel. Christa Meister.

— Que se passe-t-il, à Berlin ?

— Le Reichstag a été incendié. Je n'en sais pas plus.

— C'est ce que vient de me dire mon fils. Nous habitons à deux pas, comme tu le sais. Il paraît que c'est un coup des communistes ?

— C'est ce que vient de dire Goebbels à la radio. Je ne sais rien de plus. Les SA sont partout.

— J'ai peur, Wilhelm.

— Il ne faut pas, rien n'est joué. Les élections approchent et le parti nazi est en perte de vitesse.

Christa raccroche. Elle connaît Furtwängler depuis les années vingt. Un infatigable naïf doué d'un optimisme à toute épreuve.

Le chef d'orchestre fait quelques pas dans son appartement désert. Il songe à son Allemagne qui s'effiloche davantage chaque jour. Il est né à Berlin mais sa patrie de cœur, c'est la maison de Tanneck*, sur une presqu'île du lac Tegernsee, près de Bad Wiessee. En Bavière. Un peu un coin de paradis sur terre. On aperçoit les Alpes au lointain. Son père, Adolf, avait découvert cet endroit lors d'un périple à vélo. Une grande et belle maison sur deux étages, tout en longueur, cachée par de grands arbres. Autour, les eaux y sont calmes et profondes.

Furtwängler a posé sur une étagère de sa bibliothèque la photo d'un petit gréement, la voile gonflée. Il est à la barre. Walter et Annele, ses frères, se trouvent à l'avant, leurs jambes nues pendent au-dessus de l'eau lisse. Sa sœur, Märit est assise à côté

---

* « Au coin du sapin ».

de lui, elle fait un signe à son père qui est en train de les prendre en photo.

— C'était cela, l'Allemagne de mon enfance, dit le chef d'orchestre en reposant le cliché. On se moquait de savoir si le Kaiser préparait ou pas une nouvelle guerre contre la France. On s'en foutait du nationalisme, cette saloperie.

Le père tenait les siens à l'écart des tumultes du monde. La famille est restée à Tanneck des années. C'est là que Furtwängler est devenu musicien, tout ce qu'il est aujourd'hui puise encore sa force dans la vigueur des grands arbres, les rochers de granit et le calme de l'eau. Les plus beaux jours de sa vie. Il aimait être seul, loin des cris, des petits tracas de l'existence, et dans la lenteur du monde. Il partait sur les chemins, vers la montagne, sans but précis, avec toujours une musique en tête et plein de rêves. Chaque pas était pour lui comme une note, chaque souffle une mélodie.

Dans une heure ou deux, il téléphonera à sa mère, Adelheid, qui vit à Heidelberg. Ils parleront un peu du passé et de ses deux frères. À Tanneck, ils passaient le plus clair de leur temps à se chamailler, Wilhelm était l'aîné. Le père ne grondait jamais. Adelheid était plus sévère. Heureusement, car Wilhelm a quitté l'école à l'âge de huit ans. Ses parents préféraient mettre les enfants à l'école de la vie et de la nature. Il a plus appris en gravissant les montagnes ou en plongeant dans les eaux du lac Tegernsee qu'assis au fond d'une classe d'un collège de Bavière.

Adelheid a cessé de peindre. Sa vue est trop faible, à présent. Dans sa jeunesse, elle était une très bonne copiste. Peut-être la meilleure de Munich, très connue.

Son père comptait parmi ses amis un génie tel que Brahms. Il avait connu Mendelssohn.

— Brahms et Mendelssohn, murmure Furtwängler en regardant sa montre.

Plus que deux heures avant la répétition. Le chef soupire et fredonne une mélodie légère et jouant de ses doigts sur un clavier imaginaire.

Il a commencé à apprendre la musique avec sa mère puis avec des professeurs qui venaient à la maison. Le violon et le piano, bien sûr. Il n'est jamais retourné à l'école, il la détestait comme il a toujours détesté l'autorité. Il a composé ses premières musiques à l'âge de sept ans et demi. Quelques sonates, des lieder…

Le téléphone sonne une dernière fois. Il hésite avant de décrocher et laisse le grelot de l'appareil tinter bêtement dans le vide, jusqu'à ce qu'il s'épuise. Il a comme une sorte de vertige.

— J'aurais dû devenir compositeur, jamais chef d'orchestre. C'est bête, la vie.

Furtwängler ne se considère pas comme un chef qui compose mais comme un compositeur qui dirige.

Le 5 mars, les nazis remportent les élections législatives avec 43,9 pour cent des voix.

Le 7 mars, le grand Fritz Busch, chef d'orchestre opposé aux nazis, est arrêté en pleine répétition de *Rigoletto* au Dresden Oper.

Le 16 mars, Bruno Walter, d'origine juive et dirigeant au Gewandhaus de Leipzig, trouve portes closes la salle où il doit donner un concert. Quatre jours plus tard, il demande au ministère de la Propagande d'être placé sous protection. Un concert est prévu à la tête du Philharmonique de Berlin. Le ministère lui répond qu'il sera remplacé par un chef arien, Richard Strauss. Walter s'exile.

Otto Klemperer, qui dirige *Tannhäuser* au Staatsoper pour le cinquantième anniversaire de la mort de Wagner, est persécuté par la presse. Il est vrai qu'il est un opposant sérieux au nouveau régime et qu'il a commis le crime de se produire régulièrement en Union soviétique. Pire, il a pris parti pour les modernistes. Finalement, après deux représentations, *Tannhäuser* est annulé.

Entre-temps, Furtwängler est parti en tournée une dizaine de jours : Leipzig, la Belgique et les Pays-Bas. En son absence, Göring, le ministre président de Prusse, a nommé un homme à lui au Staatsoper Unter den Linden dont il est à présent le maître absolu. Göring contrôle tous les opéras de Prusse. Il veut une soirée éblouissante pour le *Tag von Potsdam* («la journée de Potsdam»), le 13 mars. De la grande musique avec le plus aimé de tous les chefs et le plus connu à l'étranger : Furtwängler. Pour Goebbels, il est «le seul qui soit capable d'exprimer à chaque concert la force de la vraie Allemagne, de rassembler dans ses interprétations le meilleur de la musique allemande.»

Ce sera *Les Maîtres chanteurs de Nuremberg*, l'opéra le plus national de Wagner. Goebbels est chargé de tout le cérémonial. Dans le Staatsoper, il y aura Hitler, Göring, Frick, le ministre de l'Intérieur, Hugenberg et Hindenburg, le vieux maréchal qui risque bien de s'endormir, passé l'ouverture pompeuse.

7

Une grande porte de verre s'ouvre. Un homme s'agrippe à la poignée en laiton, ivre. Eva tire Rodolphe à elle. Un chant triste s'échappe des chaleurs acides de la brasserie, des vapeurs de nostalgie. Les vieux du front de France chantent, l'œil humide, cœur en berne. Des gueules cassées, tous, l'âme en mille morceaux, des yeux crevés, des amputés. De la glaise de tranchée dans la voix.

J'avais un camarade
Un meilleur vous n'en trouverez pas
Le tambour nous a appelés pour se battre
Il marchait toujours à mes côtés
Du même pas…

Rodolphe s'arrête et observe.

— Ce n'est pas de ton âge, dit Eva. Viens.

Rodolphe résiste. Les vétérans attaquent le deuxième couplet, les larmes troublent la mousse épaisse de leur bière. Ils en ont les yeux rouges, ces blafards de la grande défaite, et frappent du poing sur les tables de gros bois pour lancer d'autres chansons de gaillards vaincus. De la belle mélodie, à en crever le monde. Il n'y a pas mieux pour bouleverser un musicien.

Il veut encore me tendre sa main
Mais je charge mon fusil.
Je n'ai pas pu lui donner ma main
Reste dans la vie éternelle
Mon bon camarade !

Rodolphe a huit ans. Il comprend, le cœur serré, cette grande blessure jamais refermée de ces vieux soldats vaincus, à qui on a pris leur honneur. Ils réclament vengeance. Ne plus être à genoux.

Rodolphe porte un pantalon traditionnel, court, une veste à la mode bavaroise, d'un vert de sapin avec une petite chaîne d'argent sur la poitrine. Ce soir, il va voir sa mère qui chante au Staatsoper. Son fauteuil est à l'orchestre, deuxième rang. Il n'a jamais vu la scène d'aussi prêt. Son voisin de gauche est un officier supérieur de la Wehrmacht, en grand uniforme. Rodolphe le regarde à la dérobée, curieux. Ça impressionne les enfants, les militaires avec des galons en argent et une croix de fer sur la poitrine. Le soldat feuillette un carnet sur lequel sont tracées des notes d'une écriture rigoureuse. D'autres officiers, plus loin, plaisantent entre eux. Ils portent des uniformes noirs. Un drapeau rouge frappé de la croix gammée est accroché au balcon de l'ancienne loge du Kaiser. La dernière fois que Rodolphe est venu au Staatsoper, il n'y avait pas de drapeaux et pas d'uniformes.

Eva s'est installée à droite. Son parfum sucré titille les narines de Rodolphe. Il trouve qu'il flatte la tendresse de son visage.

— Pourquoi leurs uniformes sont-ils tout noirs ?

— Ce sont des SS, murmure Eva. L'escadron de protection. Les unités spéciales de notre bien-aimé Führer.

Rodolphe les espionne du coin des yeux, fasciné.

Un Bösendorfer grand-queue, un *Imperial*, occupe le centre de la scène, couvercle soulevé. Les cordes et le cadre se reflètent sur le bois laqué en de longues courbes dorées.

— C'est le même qu'à la maison, chuchote Eva. Mais en noir.

La lumière s'abaisse, ça toussote de rangée en rangée. Les dorures de l'immense salle s'estompent dans la pénombre comme la netteté du monde qui disparaît au crépuscule. Il ne reste qu'un halo sur scène. Le pianiste entre et salue, petit homme aux mèches rebelles qui semble avoir des bras trop longs. Christa Meister le suit à quelques pas. Ce soir, elle chantera des lieder de Schubert et des airs d'opéras. Wagner et Verdi. Maman est d'une beauté irréelle, se dit Rodolphe, dans sa robe de soie amarante.

Tout à coup, un frisson parcourt le public. Une porte s'ouvre au balcon. Un homme apparaît, raide et souriant. Pour Rodolphe, c'est le même que celui qu'il voit partout, sur les murs et les colonnes de réclames. Tout le monde, même le pianiste, se lève et tend le bras.

— *Heil Hitler !*

Le Führer balaie la salle d'un regard bienveillant, les lèvres pincées en un demi-sourire, à peine visible sous sa moustache. Il donne l'impression d'être gêné par l'ovation qu'on lui fait. Ses yeux brillent et scrutent chaque recoin de la salle. Tous les visages sont tournés vers lui. Les applaudissements redoublent. Hitler hoche la tête, avec une sorte d'humilité parfaitement jouée. Rodolphe imagine mal qu'il est le même homme, aperçu partout, sur les affiches et dans les reportages d'actualités quand Eva l'emmène au cinéma.

Rodolphe observe sa mère. Elle garde les mains croisées. Ses bijoux jettent des feux, surtout le bracelet qui lui a été offert par un admirateur, un grand industriel. Hitler vient de faire un signe à Christa Meister, comme s'il l'invitait à chanter. Elle répond d'un air mal assuré.

C'est alors que le chant sort de toutes les poitrines. Rodolphe l'a appris à l'école et le chante à pleine voix, torse bombé.

Le drapeau haut
Les rangs bien serrés
La SA marche
D'un pas calme et ferme.

Christa Meister ne chante pas. Elle s'incline légèrement, regarde l'accompagnateur et lui sourit discrètement.

Christa n'a pas tendu le bras non plus.

Ce soir-là, Furtwängler s'est attardé à son bureau de la Philharmonie. Sa secrétaire, Berta Geissmar, a posé sur son bureau une affichette. Elle est rentrée chez elle, fatiguée et anxieuse. Avant de partir, elle a regardé le chef d'orchestre auquel elle est fidèle depuis tant d'années. Elle a dit, simplement et avec cette rouille de la tristesse dans la voix :

— Je suis juive. J'ai peur.

— J'ai encore le pouvoir de vous protéger, a répondu le musicien.

Berta a refermé la porte avec un regard de doute. Le chef d'orchestre reste pensif, un long moment. Il a décliné toutes les invitations du petit monde de Berlin, maussade. Sur l'affichette posée devant lui, il est écrit :

Concerne : assemblée du personnel.

Sur ordre du gouverneur adjoint de la province Berlin du parti NSDAP, le chef de l'éducation de la Province Scheller, tiendra une conférence sur l'idéologie nationale-socialiste.

Votre présence est obligatoire
Heil Hitler

*Berliner Philharmoniker – G-m-b-H**

— Que peut-il bien nous arriver si jamais on oublie de s'y rendre, murmure Furtwängler. Une réunion du parti n'a rien d'officiel. Le parti, ce n'est pas l'État.

Une voix lui dicte que le NSDAP et l'État se confondent totalement. Et qu'il n'y a qu'une seule personne qui l'incarne. Ce petit homme qu'il a méprisé naguère. Il a compté les nazis de son orchestre, ceux

* Société à responsabilité limitée.

qui ont la carte du parti. Seize en tout, pas une majorité. Les musiciens ne font pas de la politique.

Berta Geissmar a laissé un petit rapport sur les finances de l'orchestre. Le Philharmonique est une entreprise privée. Chacun des cent membres est actionnaire et participe aux bénéfices. Il n'y en a guère, depuis dix ans, précise Berta. Une vraie catastrophe financière. Furtwängler comprend que, pour continuer, il va falloir demander des aides au nouveau régime.

— Ce ne sera pas gratuit, souffle-t-il. Ils peuvent faire de nous ce qu'ils veulent s'ils entrent dans le capital. Les musiciens ne bougeront pas. Être au Berliner, c'est l'aboutissement de toute une carrière. Un privilège. Personne ne peut le refuser. Ils sont trop attachés à l'orchestre et à la musique.

Furtwängler se lève et enfile son manteau. Les couloirs de la Philharmonie sont déserts. Un gardien de nuit le salue. Il passe par la salle et s'arrête un instant entre les travées de fauteuils, un endroit où il ne vient jamais. Au-dessus de la galerie flanquée de colonnes éclairées de lampes rondes, des fenêtres voûtées laissent entrer un peu de lumière de la rue, entre leurs lourds rideaux de velours plissés, baroques. Furtwängler n'est jamais monté là-haut. On doit y avoir une bonne écoute, songe-t-il. Au-dessus des fenêtres luisent des portraits en bas-relief dans du plâtre blanc, entourés de muses.

— Je peux éteindre, docteur Furtwängler? demande le veilleur.

— Regardez, dit le chef, en montrant les portraits. Ils sont tous là. Bach, Beethoven, Wagner, Brahms, Mendelssohn…

— Oui, nous en avons beaucoup, des génies. Parfois, je m'assois là et je les observe. Il me semble entendre leur musique.

En sortant, Furtwängler passe devant le buste en bronze d'Anton Bruckner, ralentit et croise le regard métallique et vide du grand compositeur, l'un des préférés de Hitler, à ce qu'il paraît.

— Ta musique ne lui appartient pas, marmonne le chef en mettant son chapeau. Elle ne lui appartiendra jamais.

8

Le 10 mai 1933, Christa Meister répète *Elektra* de Richard Strauss au Staatsoper. Un rôle qu'elle n'a encore jamais porté, difficile et d'une grande intensité dramatique. Elle n'est pas inquiète, sa voix possède la puissance et la souplesse nécessaires pour interpréter pareil personnage, tout en tension.

— Je suis en pleine maîtrise de mes moyens, a-t-elle déclaré à un journaliste de Radio Berlin.

Dans l'après-midi, Rodolphe l'a accompagnée. Il s'est assis dans la salle et a écouté, fasciné par la force qui se dégage du chant. Ce soir, commencent les répétitions avec l'orchestre. Strauss en personne dirige son propre opéra.

Christa a présenté son fils au compositeur. Rodolphe a été impressionné par l'aura du musicien qui est âgé et un peu lent. Un homme replet, avare de sourire, tout chauve, lui aussi. Un grand ami de Furtwängler mais pas du tout le même caractère. Une sorte de survivant d'une époque où les génies de la musique se bousculaient à Berlin, Paris ou Vienne.

— J'ai dit au Maître combien tu joues remarquablement du piano. Il veut t'entendre. Travaille quelque chose.

— Mais que vais-je jouer, Maman ?

— Un de ses lieder. Je chanterai avec toi. Comme ça, il sera séduit. Après, tu pourrais jouer du Liszt. Il aime beaucoup et il est très gentil, tu verras.

En sortant de l'opéra, en fin d'après-midi, Christa voit que des étudiants se massent devant l'entrée de l'université Humboldt. Elle n'y prend pas garde. Depuis que les nazis sont au pouvoir, les défilés, de jour comme de nuit, se répètent, plusieurs fois par semaine. L'Allemagne marche au pas. En un claquement de doigts, tout a changé, jusque dans le cœur des Allemands. Furtwängler a qualifié cette politique de cochonnerie. Goebbels a menacé le maestro mais le Führer a tranché : personne ne touche à l'idole des Allemands. Comme Strauss, Furtwängler fait désormais partie des projets nazis. La nouvelle Allemagne se doit d'avoir ses monuments, vivants si possible. Les deux hommes deviennent son escorte sonore.

En entrant à la maison, Christa voit sur le lit de son fils un brassard frappé de la croix gammée.

— Qui t'a donné ça ?

— C'est Eva, mais c'est moi qui le lui ai demandé.

— Et je peux savoir pourquoi ?

— Tous les copains à l'école en ont un. Y en a certains qui le portent jusqu'en classe. Le maître ne leur dit rien. Au contraire, il trouve cela épatant.

— Et qu'en pense Eva ?

Rodolphe hausse les épaules en guise de réponse. La question est stupide. La colère monte dans le regard de sa mère. Il déteste la contrarier, surtout pour des broutilles. C'est comme déchirer quelque chose au plus profond de lui-même.

— Elle te met de mauvaises idées dans la tête, cette Eva.

— Ce n'est pas vrai. Elle s'occupe très bien de moi. C'est moi qui ai voulu. Maintenant ce sont les nationaux-socialistes qui gouvernent l'Allemagne et je trouve que ça a une fière allure.

Christa s'accroupit pour se mettre à la hauteur de son fils. Il ne l'a jamais vue pleurer à cause de lui, auparavant. Il en ressent comme un sentiment de puissance, une sorte de vengeance diffuse pour toutes ses absences, tous les appels téléphoniques qu'elle n'a pas passés. Pour tous ses secrets et ses mensonges.

— Ce matin, Bruno Walter m'a téléphoné. Le Bruno que tu aimes tant quand il vient à la maison. Il va quitter l'Allemagne. Tu sais pourquoi ?

Rodolphe secoue la tête.

— Parce qu'il est juif. Et qu'être juif, dans ce pays, ce n'est plus tenable. Un grand chef d'orchestre comme lui. Klemperer va suivre, c'est certain. Tu te rends compte ! Ils vont être des milliers comme lui. Beaucoup de nos grands savants et de nos meilleurs musiciens…

Rodolphe ne répond pas. Il comprend vaguement que sa mère n'a qu'une chose en tête : qu'il n'attrape pas « la peste brune », comme elle l'a déclaré le lendemain des élections.

— Et Furtwängler ? demande Rodolphe.

— Il vient de diriger *Les Maîtres chanteurs* devant le Führer et Hindenburg.

La voix de Christa est froide.

— Est-ce que tu veux venir à la répétition ce soir ? Demain tu n'as pas école.

— Oui, Maman.

Sur Unter den Linden, des groupes hétéroclites se sont formés. Tous marchent en direction de l'Opernplatz. Beaucoup de jeunes en chemises kaki, brassards au bras. Des hommes plus âgés aussi, des membres de la SA avec des casquettes vissées sur leurs crânes. Et des policiers un peu partout. Certains passants reconnaissent Christa et la saluent respectueusement.

Ils marchent sur deux cents mètres jusqu'à l'Opernplatz. Les SA ont formé des cordons autour de l'université Humboldt. Christa ne se sent pas rassurée. Son visage est connu. À tout moment, elle peut être prise à partie.

— Que se passe-t-il? demande-t-elle à un vieux monsieur qui tient son chapeau de paille dans sa main.

— Le docteur Goebbels doit venir faire un discours d'un moment à l'autre.

Goebbels, Christa le connaît. Un boiteux et un foireux, comme elle dit. Il est venu la féliciter dans sa loge, un peu avant l'accession au pouvoir. Il n'était que député, à cette époque, tout miel, tout sourires. Il avait vanté sa voix et ses qualités allemandes. Beau parleur, belle culture mais que du froid dans les yeux.

— Vous êtes l'expression même du Reich que nous devons bâtir, avait-il déclaré. Une arienne au plus beau et pur sens du terme.

Christa ne l'a pas pris au sérieux et l'a laissé baiser sa main avec un sourire hypocrite.

Elle regarde en direction du théâtre, la porte semble fermée. Rodolphe se grandit sur la pointe des pieds pour voir ce qu'il se passe au centre de la place.

— Ils ont allumé un grand feu ! s'écrie-t-il en apercevant des flammes qui dansent entre les badauds.

— Un grand feu ?

— Oui.

Christa se fraie un passage à travers la foule de plus en plus compacte. Elle joue des coudes. Rodolphe s'accroche à sa robe.

Et comme la nuit vient, le feu grandit. C'est beau, presque irréel. Les flammes se reflètent en dansant sur les visages exaltés des badauds. Ce n'est pas du bois que les étudiants jettent dans le brasier, mais des livres. Des livres qui ouvrent leurs ailes de papier avant de s'abîmer dans l'incendie. Et les étudiants crient, comme des automates, dialogue furieux entre un récitant et un autre, une messe apprise par cœur :

— *Contre la lutte des classes et le matérialisme, pour la communauté nationale et un idéal de vie.*

— *Je jette dans le feu les écrits de Marx et de Kautsky.*

— *Contre la valorisation excessive de la vie pulsionnelle, qui dégrade l'âme, pour la noblesse de l'âme humaine.*

— *Je jette aux flammes les écrits de Sigmund Freud.*

Christa recule, comme pour disparaître dans la foule et dans les *Sieg Heil* qui fusent de bouche en bouche. Plus personne ne la remarque.

Il fait nuit, à présent. Des escarbilles rouges montent vers le ciel noir. Le cœur de Rodolphe bat plus fort. Il est fasciné. Les yeux grands ouverts. C'est comme une symphonie, quelque chose du chaos.

La violence de la foule l'enivre. Il se tait jusqu'à la maison. Christa non plus ne parle pas.

— Ce que tu viens de voir, mon chéri, c'est la fin de notre pays, murmure-t-elle, une fois la porte refermée.

Rodolphe ne l'écoute pas. Ce n'est pas la fin mais la nuit la plus fantastique de toutes. Il s'est senti soulevé par la foule, le ventre plein d'ardeur. Une fois dans sa chambre, il demande à Père ce qu'il en pense, mais Père n'a pas d'opinion.

9

Le 13 juillet 1934, une lettre arrive chez Furtwängler, un pli venu de Bavière. Des mots tracés nerveusement sur un beau papier.

Cher Papa,

Je pourrais, selon la nouvelle loi en vigueur sur les enfants illégitimes, porter votre nom. Ce serait un immense honneur pour moi. J'en ai fait la demande, Maman n'y voit pas d'objection. Je viens vous demander votre accord.

Votre fille qui vous aime

Friederike

Furtwängler donnera son accord. C'est une loi des nazis mais elle sonne juste, pour une fois.

Il n'a pas gardé de photos de la mère de Friederike. Un soir de chagrin, il a tout bazardé, croyant que les souvenirs de papier emportent avec eux les blessures du cœur. Il le regrette à présent, même si, au fond, c'est heureux.

Il aimerait revoir Martha, la comédienne du Schauspielhaus, très belle et très talentueuse, pleine de vie et de la joie à revendre. Elle avait deux ans de plus que lui. Peu importait, ils étaient amoureux. Quand elle a mis au monde Friederike, il a voulu l'épouser, son désir le plus fou. Elle a refusé. Et puis, plus tard, quand l'enfant était déjà une petite fille, elle aurait bien fondé un foyer, mais Wilhelm ne s'appartenait plus vraiment. Sa gloire l'écrasait et l'éparpillait en mille rencontres, de concert en concert, de théâtre en théâtre. Sa gloire l'écrase toujours. Elle pèse sur toute sa vie à présent, plus que jamais. De la gloire sombre qu'une lumière noire éclaire. Parce que Goebbels et Göring se le disputent. Avec Richard Strauss, il est l'un des « monuments vivants », comme disent les dignitaires du régime.

Friederike est venue deux ou trois fois chez son père, accompagnée de sa mère. Elle adorait courir dans l'immense appartement de la villa *Die Fasanerie*, tandis que ses parents discutaient de choses un peu secrètes, parfois à voix basse. Friederike ne savait pas ce que pouvaient bien se dire les amoureux à jamais séparés. Furtwängler ne faisait pas trop attention à sa fille. Elle était heureuse d'être un instant auprès de son père, ce si grand homme dont tout le monde parlait dans le grand Reich allemand.

Depuis que les nazis sont au pouvoir, Friederike et Martha ne lui rendent plus visite. Elles se trouvaient à Vienne, en 1933. Il dirigeait la *Tétralogie* et *Parsifal*. Il n'a pas voulu qu'elle entende *Parsifal*.

— Tu es trop jeune pour cet opéra, a-t-il tranché. C'est trop difficile.

Aujourd'hui, il trouve son attitude complètement stupide. La déception se lisait dans les yeux de sa fille. Elle était si fière de son père et il venait de la décevoir.

Furtwängler s'assoit à son bureau et rédige l'accord que lui réclame sa fille. Elle portera désormais son nom, et il en est fier. Il organisera une petite fête et lui offrira un beau cadeau, un bijou qu'il fera choisir par Berta Geissmar, sa secrétaire.

Distraitement, le chef d'orchestre écoute la radio qu'il allume dès le matin. Les programmes musicaux n'ont guère changé depuis l'arrivée au pouvoir des nazis. La seule nouvelle mélodie, c'est le discours politique jusqu'à la nausée. Goebbels tient sa radio et donne le tempo. Il en est le maître et la voix. Chaque discours de Hitler est radiodiffusé.

Furtwängler tend l'oreille. La *Symphonie n° 40* de Mozart lui paraît bien rapide. Ce doit être Herbert von Karajan qui la dirige. Un nazi celui-là, un vrai membre du parti. Furtwängler ne l'aime guère. C'est un ambitieux prêt à toutes les compromissions.

Le musicien signe sa reconnaissance en paternité. Parfois, il pense aux autres enfants qu'il a peut-être laissés dans le secret de ses amours éphémères. Il séduit. Sans doute trop. C'est parfois comme une frénésie. Une faim jamais rassasiée. Beaucoup de femmes se donnent à lui. Beaucoup veulent être la maîtresse du plus grand des chefs. Aucune ne l'accroche. Et il n'en souffre pas. Le souvenir de Martha demeure trop fort. Il l'aime toujours, c'est comme une mélodie sombre et lancinante qui ne passe pas et le chavire encore. Alors, ses amours deviennent autant de désertions.

Il joint à son courrier, une carte sur laquelle il note :

Ton papa qui t'aime et qui languit de te revoir.

Sur le point de couper la radio, il retient son geste. D'une voix nasillarde, le présentateur de Radio Berlin interrompt les programmes pour annoncer la diffusion d'un discours du Führer aux membres du Reichstag. L'heure est grave. Hitler parle. Le ton est posé, un peu chantant, d'un calme étrange. Il prétend avoir déjoué une tentative de coup d'État. C'est grâce à la SS, dit-il, que la rébellion a été matée. La SA est démantelée. Le Führer cite des noms. Ceux de Röhm et Schleicher reviennent souvent. Des noms que Furtwängler connaît mal. Le ton monte, la voix de Hitler se fait métallique, son horrible accent s'en mêle. Le chef d'orchestre écoute. Il se murmure, dans les cercles qu'il fréquente, que des assassinats politiques sont perpétrés à travers l'Allemagne, beaucoup plus que ce que signale la propagande officielle. Des dizaines et des dizaines de SA sont assassinés. Hitler parle de Röhm le traître, l'ami qui a voulu poignarder la révolution dans le dos. Il éructe et s'en prend aux ennemis du Reich, toujours les mêmes.

Depuis le début de l'été, un communiqué de presse circule, un texte de Goebbels ou d'un de ses sbires. Furtwängler l'a lu. La propagande y parle de l'homosexualité de Röhm, des tares sexuelles des membres de la SA que les SS ont retrouvées avec des prostitués.

Hitler dit :

Quiconque s'élève contre l'Allemagne est traître à la patrie. Quiconque est traître à la patrie ne doit pas être jugé d'après l'étendue de ce qu'il a fait mais d'après ce qu'il voulait faire. Celui qui se place sous le signe de la déloyauté, de l'infidélité à ses promesses les plus sacrées ne peut attendre rien d'autre que ce qui lui est arrivé.

— Et tout le monde applaudit, enrage Furtwängler, en manquant renverser la radio d'un geste de colère. Même le vieil Hindenburg. Pauvre sénile. Cochon.

Il connaît des généraux de la Wehrmacht, des galonnés qui l'admirent et ne ratent pas un concert. De vrais amis pour certains, qui lui ont parlé des sympathies des magnats de l'industrie pour le nouveau régime. C'est nouveau, Hitler va manger à présent au râtelier de Krups et d'IG Farben. Dans les soirées mondaines, il n'apparaît pas, le petit caporal dont se moque Hindenburg. C'est Göring qui fait le paon. Furtwängler l'a croisé une fois ou deux, lors de galas, en compagnie des géants du métal ou de la chimie.

Le téléphone sonne.

— Wilhelm, c'est Christa. Je ne peux pas chanter à Bayreuth cette année.

— Que se passe-t-il ? Tu es malade ?

— C'est ce que je vais dire, en tout cas.

— Je ne comprends pas vraiment.

— Voyons Wilhelm, ne fais pas le naïf. Ils ont massacré des centaines de SA. Pour moi, chanter devant ces types est tout simplement impossible.

Furtwängler marque un silence. Au-dessus du piano, une peinture le représente assis, une partition à la main, quand il faisait ses débuts de chef d'orchestre à la tête du Philharmonique de Berlin, dix ans plus tôt. Un portrait très réaliste, il semble sérieux et décidé. Son regard est comme décalé, on dirait qu'il n'arrive pas à fixer celui qui le croise.

— Flagstad risque de te remplacer, dit-il d'une voix pâle. Elle est prévue pour Sieglinde dans *La Walkyrie*… Et pour Gutrune dans *Le Crépuscule des dieux*. Tu devais faire Kundry, dans *Parsifal*. Ils chercheront quelqu'un d'autre, tu sais, et il te sera difficile de revenir.

Christa Meister souffle de colère dans le combiné.

— C'est tout ce que tu trouves à me dire ! Des problèmes de distribution et de carrière ! Réveille-toi, Wilhelm, tout notre pays est en train de basculer dans la tyrannie. Moi, je n'irai pas faire la buse devant ces messieurs. Comment être Brunehilde devant Göring ? Le voir là, devant moi, dans son costume d'opérette ! Avec ses cheveux gominés et sa graisse qui lui sort de partout. Et monsieur Hitler, qui va venir en grand habit, tout noir, chemise blanche et nœud papillon. Il va faire une apparition au balcon et la foule tendra le bras pour le saluer. Et moi, je vais faire quoi ?

Furwängler écoute. La gorge nouée. Il n'a jamais fait le salut nazi et ne le fera jamais.

— Comment oseront-ils faire des bonnes manières, cet été ? Ils viennent d'assassiner on ne sait combien de SA, et Röhm lui-même. Ceux qui avaient mis le pays à feu et à sang pour les faire élire. Leur chef était l'ami du Führer. Il faudrait quitter le pays, tout de suite… Mais c'est tellement difficile, n'est-ce pas ?

Christa sanglote. Furtwängler est ému, il ne l'a jamais connue dans cet état. Il pense à sa mère qui vit à Heidelberg, à Friederike, sa fille, qui va bénéficier d'une loi de ces foutus nationaux-socialistes. Il pense à Bruno Walter qui a déjà fui parce qu'il est juif et ouvertement antifasciste. Et tant d'autres qui partiront.

— Pour moi, c'est impossible de quitter mon pays. Si on abandonne, que va devenir l'Allemagne ?

— Tu crois qu'en faisant de la musique on va changer les choses ?

— Oui, je le crois. Tout cela ne va pas durer. Et puis, je déteste la politique, tu sais.

Christa Meister raccroche. Eva est allée se promener avec Rodolphe, jusqu'à Tiergarten. Il va encore revenir avec des petits cailloux dans ses poches.

— Pourquoi fais-tu cela ? lui a-t-elle demandé un jour.

— Pour ne pas perdre mon chemin. On ne sait jamais, si je me retrouve tout seul.

— Mais tu ne seras jamais seul, mon Prince !

— Quand on n'a pas de Papa, on est déjà un peu seul.

Elle n'aime pas voir le visage de Rodolphe qui se cadenasse, son cœur qui se ferme à elle. Elle a pleuré ce jour-là. Elle pleure encore, dans le secret des chambres de palace où elle descend, mois après mois, tournée après tournée. Seule la mère est sûre, lui a dit un jour son homme de loi. Elle l'aurait giflé. Le mois où il a été conçu, elle avait plusieurs amants. Elle est incapable de se souvenir de tous les visages. Elle était dépressive, comme disent les disciples du docteur Freud. Le sexe l'éloignait loin de ses angoisses et de ses démons. Ce n'est pas facile d'affronter le public et la lumière. Cette douleur dans le ventre avant de devenir Isolde ou Desdémone, femmes divines qui savent souffrir dans le sublime de la musique. Ses plus grands rôles. Elle n'a jamais su aimer comme ces héroïnes qu'elle incarne pour un soir de spectacle. La vie, ce n'est pas des mots posés sous les lignes d'une partition. Elle ne chante pas, la vie, elle blesse.

Dans le parc de Tiergarten, Rodolphe observe les cygnes qui mendient sur la berge. D'ordinaire, il emporte toujours un peu de vieux pain pour le leur donner. Il n'en a pas aujourd'hui. Les grands oiseaux s'approchent en l'apercevant, puis se détournent.

— Nous devons rentrer, dit Eva. Il va bientôt être l'heure de dîner.

Exceptionnellement, Rodolphe n'insiste pas pour rester encore une minute ou deux. Sur le chemin du retour, ils passent devant le Reichstag en ruine. Des ouvriers sortent d'une blessure dans le mur de la grande façade. Les poutres de fer du toit se découpent dans le ciel tiède. On dirait les côtes d'une poitrine qui saillent d'un corps en putréfaction.

La fin d'après-midi est lourde et grise. Les orages ne devraient plus tarder. Dans Friedrichstrasse, des étendards rouges frappés de la croix gammée pendent sur la façade du musée de la cire. Sur le tourniquet du kiosque à journaux, il y a des photos de Hitler. Même en le faisant tourner on ne peut pas échapper à son regard noir. Une femme hésite entre celle où il est de trois quarts, sévère et lointain, et l'autre où il pose en uniforme, une expression de colère sur le visage. Un vieil homme en complet veston discute du discours du Führer, une cigarette aux lèvres, en cherchant de la monnaie pour payer son journal.

— Notre bien-aimé Führer a su rétablir l'ordre, dit-il. Röhm et toute sa bande ont fomenté un coup d'État et ils ont payé. C'est aussi simple que ça.

Dans un bar, à côté, des hommes jouent au billard sous les regards rieurs de gros types qui font des ronds de fumée bleue avec leurs longues pipes de faïence, en buvant du thé ou de la bière. Quand ils rient bruyamment, on voit leurs grosses dents jaunes. Ceux-là, se dit Rodolphe, ils ont dû faire la Grande Guerre avec la France ou peut-être la Russie. Ils ont été dans les tranchées, de vrais héros. Ça se voit à leurs regards un peu fous et à leurs balafres. La plupart des hommes ont des histoires de guerre à montrer dans leur chair.

Rodolphe en voit souvent, des gueules cassées, sur Unter den Linden. Le dimanche. Pour les éclopés, le dimanche c'est bon pour la manche, à la sortie des offices. Des visages de monstres, pires qu'à la foire. Un qui donne l'impression de se gondoler éternellement parce qu'un éclat de fer lui a fendu la frimousse de ses vingt ans. Il vient tout le temps avec son copain aveugle qui dodeline du chef sans arrêt. Il doit y en avoir du barouf de bataille dans cette cervelle, quelque folie qui y est entrée et qui ne veut plus ressortir. Un autre pousse sa carriole avec deux fers à repasser, en tintinnabulant sur le pavé. Clic-cloc, clic-cloc, notes bien régulières, c'est le bruit du sans-jambes. On l'entend de loin. Quand il pleut, il se réfugie sous le pont de chemin de fer et perd son reste de vie à tendre son petit chapeau mou, pour quelques pfennigs, le regard suppliant.

10

Le 1er août 1933, Furtwängler écrit aux membres de son orchestre :

Messieurs,

Le Führer et le gouvernement du Reich m'ont donné l'assurance que l'Orchestre philharmonique de Berlin sera à tout prix sauvegardé. M. le Ministre du Reich Gobbels a mis pour condition à cet engagement que la responsabilité totale de l'orchestre me soit confiée dans les domaines musicaux et les questions de personnel. Je compte donc qu'aucun trouble ne se produira plus à l'avenir au sein de l'orchestre. Sans ma présence et mon accord, aucune décision ne peut être prise. Mon lien de douze années avec vous, mes chers messieurs, doit vous assurer que toutes mes démarches n'ont en vue que l'intérêt de l'orchestre.

Szymon Goldberg a lu cette lettre, plusieurs fois. Elle ne lui inspire que de la crainte. Il respecte profondément son chef d'orchestre mais les événements prennent une mauvaise tournure.

Szymon a toujours l'air un peu triste quand il joue du violon. C'est sa nature, on le dirait éternellement mélancolique. Il fixe son archet parfois, en louchant presque, puis son regard s'évapore dans la musique qui vibre sous ses doigts. Furtwängler trouve qu'il est l'un des meilleurs de sa génération. Il l'a rencontré quand il jouait à Dresde.

— Je vous invite à rejoindre le Philharmonique de Berlin, lui a déclaré le chef d'orchestre, avec solennité.

Szymon Goldberg a suivi Furtwängler. C'était en 1929.

— Combien de beaux concerts avons-nous donnés, monsieur Goldberg ?

— Je ne les ai pas comptés. Des centaines.

Le violoniste a les traits tirés. Son visage rond exprime une profonde angoisse. Une sorte de résignation, aussi.

— Il ne m'est plus possible de rester. C'est fini.

— Je ne peux pas le croire, s'énerve Furtwängler. Je vais tout faire pour que vous soyez protégé.

La nouvelle administration a signifié à Furtwängler l'obligation d'arianiser son orchestre. L'ordre vient de Goebbels lui-même, le nouveau ministre de la Culture. Plus aucun Juif ne doit figurer dans aucun orchestre.

— Goebbels dit beaucoup de choses, tout est négociable avec lui.

Furtwängler sait convaincre le nouveau ministre sur beaucoup de sujets. En droit, le docteur Goebbels a la haute main sur l'orchestre, dans les faits, c'est Furtwängler qui gouverne. Le Philharmonique est devenu son objet au fil des années, il décide tout et ne laisse personne lui faire de l'ombre. Goebbels assure une position confortable aux musiciens, une sécurité qu'ils n'avaient plus. Le chef d'orchestre garde tout son pouvoir.

— Vous pouvez rester. Je peux aller voir Goebbels et lui parler, il m'écoutera. J'ai encore de l'influence.

Goldberg dévisage froidement Furtwängler, d'un regard comme un point d'interrogation, où la tristesse se mêle à l'exaspération. Le chef est donc d'une naïveté déconcertante, incapable d'admettre que, au jeu des luttes d'influence, il finira par perdre. L'orgueil l'aveugle.

— Si je reste, ils finiront par me tuer ou me jeter en prison.

Furtwängler se lève. Son bureau lui semble étroit tout à coup. Il y empile des partitions depuis presque vingt ans. Des dossiers traînent un peu partout. Il n'y a guère que Berta Geissmar qui s'y retrouve.

— Qu'allez-vous faire ? Retourner en Pologne ?

Goldberg a un sourire amer.

— Impossible. Les Polonais non plus n'aiment pas les Juifs. Non, ce n'est pas une solution, vous le savez très bien.

Furtwängler secoue la tête comme pour chasser de mauvaises idées.

— Je vous protégerai, insiste-t-il d'une voix sombre. J'ai beaucoup de relations, y compris dans l'armée. Tout n'est pas perdu. Je peux encore m'exprimer. La politique, vous savez, ça va ça vient. Les nazis ne resteront pas toujours au pouvoir.

Goldberg n'ose pas regarder le directeur du Philharmonique de Berlin dans les yeux.

— Vous n'êtes pas juif, monsieur. Vous ne savez rien des persécutions.

Furtwängler se rassoit, pose ses deux coudes sur la table et joint les mains pour y appuyer son menton.

— J'aimerais que vous jouiez le concerto de Mendelssohn, la saison prochaine. Je crois que vous êtes le meilleur pour cette pièce.

Goldberg reste un instant silencieux, ses yeux parcourent les partitions étalées sur le bureau de Furtwängler. Aucune expression ne trahit ses sentiments.

— C'est impossible, dit-il froidement. Je dois résilier mon contrat.

Furtwängler a un geste d'agacement. Ses doigts fébriles trahissent l'agitation de son esprit.

— Vous ferez comme vous voudrez.

— Je ne veux pas que la police vienne m'arrêter au Philharmonique. J'ai déjà reçu des menaces. Dans une semaine, peut-être deux, je serai en France avant de rejoindre l'Angleterre.

— On va vous demander pourquoi vous souhaitez résilier votre contrat. On risque de vous refuser votre visa de départ si jamais vous dites que vous nous quittez par peur des représailles antisémites.

— Je sais. Ce n'est pas facile. On va être licenciés et on risque l'internement, ma femme et moi.

— Comment allez-vous faire ? Vous êtes un personnage très connu !

— Je vais organiser une conférence de presse avec surtout des journalistes américains où je déclarerai que je quitte l'orchestre parce que je ne peux pas concilier ma carrière de soliste et mon travail de premier violon solo de l'orchestre.

— Quand comptez-vous faire cela ?

— La semaine prochaine.

Furtwängler serre les mâchoires. La colère le submerge, il tente de se contenir.

— Qu'est-ce que je peux faire pour vous, monsieur Goldberg ?

— Rien, je vous remercie. Vous avez déjà fait beaucoup.

Furtwängler ne cherche pas à cacher sa déception. Le meilleur élément de son orchestre s'en va. Il faut se rendre à cette évidence. Personne pour le remplacer vraiment. Gilbert Back, premier violon, va partir lui aussi. Nikolaï Graudan, premier violoncelle solo, va le suivre. Ils ne sont pas nombreux, les Juifs du Philharmonique, mais ce sont parmi les meilleurs éléments.

— Cette saison, j'ai programmé le *Mathis der Maler* de Hindemith, dit Furtwängler pour passer à autre chose. Göring m'a fait savoir qu'il avait l'intention de l'interdire. Trop dégénéré pour lui. L'hôpital qui se moque de la charité. Göring, cette espèce de tante déguisée en maréchal. Lui, il ne peut pas me voir.

Le chef d'orchestre tambourine de ses longs doigts sur la table.

— Je ne sais pas combien de temps nous pourrons tenir. Nous vivons tous au présent depuis que ces imbéciles ont pris le pouvoir. Vous n'imaginez pas la pression que fait peser ce régime sur mes épaules. En permanence, j'ai Göring et Goebbels sur le dos. Pas une semaine sans qu'ils me téléphonent. Je suis au centre de leurs querelles, comme un bout de ferraille entre le marteau et l'enclume.

— Je vous comprends. Au revoir, Maître. Je serai aux répétitions, cette semaine.

Le soliste magnifique se lève. Ses yeux sont humides. Il se dirige vers la porte et l'ouvre d'un geste hésitant.

— Vous savez, monsieur Goldberg, je ne suis pas souvent d'accord avec mon ami Hindemith. Parfois, on s'oppose fermement. Il n'a pas la même conception de la musique que moi. Mais peu importe, je vais le défendre jusqu'au bout. Et vous savez pourquoi ?

— Je crois savoir, monsieur.

— Personne n'a le droit de persécuter un artiste. C'est une chose qu'il ne faut jamais laisser faire. Ça ne devrait pas exister.

Furtwängler regarde par la fenêtre. La rue est calme en cette fin d'après-midi. De longs rideaux de pluie font comme des vagues le long des murs couverts d'affiches du parti nazi. Une femme en noir, une veuve de guerre, au chignon gris, se courbe sous son parapluie, un cabas serré contre la poitrine.

Berta Geissmar entre dans le bureau et tend au chef une lettre signée de la main de Göring. Le musicien ne prend même pas la peine de la lire.

— Göring nous interdit de donner le *Mathis der Maler*, annonce Berta.

Furtwängler hausse les épaules et déchire la lettre.

— Je pensais pourtant que l'intérêt de Hindemith pour la musique folklorique aurait pu faire plier cet imbécile de Hermann Göring.

— Hélas, non. De plus en plus, ils vont nous imposer les compositeurs qu'ils désirent.

— Vous savez, Berta, il a fait la guerre, Hindemith, la Grande, en Alsace et en Flandre. Il a vécu les tranchées et l'horreur. Il m'a raconté qu'il a appris la mort de Debussy par la radio, en 1918. Il a organisé un petit concert sur le front, entre deux assauts, pour saluer la mémoire du compositeur français. Il n'y avait plus ce soir-là de tranchées, plus de politique ou de haine entre les nations.

— Ce n'est pas un antinazi, Hindemith, dit Berta. Ni un partisan. Juste un musicien qui s'exprime.

— Vous avez raison. Et il me vient une idée.

Furtwängler se raidit.

— Hindemith a orchestré des passages de son opéra et on va les jouer en concert, comme si c'était une symphonie. On verra bien ce que dira le gros Göring.

Rentré chez lui, il retrouve la solitude. Zitla n'est pas là. Il s'assoit au piano et joue une mélodie qu'il fredonne depuis quelque temps. Il songe à écrire un concerto symphonique pour piano. Sur une feuille à portées, il pose des notes et un accord.

— Ce sera la mélodie du premier mouvement, dit-il à haute voix, comme si quelqu'un, assis dans l'ombre, l'écoutait.

Un foulard de cachemire est jeté sur le dossier d'un fauteuil. Zitla a donc dû passer cet après-midi ou dans la soirée. L'écharpe a retenu son parfum musqué. Le parfum de leur première rencontre.

Un 4 décembre 1922. Il dirige *Fidelio*, à Copenhague. Après le spectacle, le directeur de la musique danoise, un grand type un peu maladroit, l'invite à dîner, flanqué d'autres amis trop heureux de partager une heure ou deux avec le chef d'orchestre. Une jeune femme, Zitla, est emmitouflée dans une épaisse fourrure grise qui ne laisse voir qu'un long collier de perles pendues à son cou fragile. Elle a des manières de grande bourgeoise, blonde, cheveux courts serrés dans un bandeau où flotte une plume noire. Un visage lumineux, d'une insolite lumière froide. Son regard bleu pur décontenance le musicien à la première œillade. Quand elle ôte son grand manteau, elle apparaît dans sa luxueuse beauté, une robe piquée de perle et de strass, légère et courte, fluide sur ses jambes gainées de soie noire.

Zitla a le même âge que Furtwängler. Il parvient à s'asseoir à côté d'elle et à nouer la conversation malgré les innombrables flatteurs qui traînent autour de la table. Il parle de Wagner et de Mozart. Elle écoute, comme détachée.

Ils se revoient le lendemain, lors d'une répétition. Furtwängler joue sur le piano du Théâtre royal de Copenhague quelques mesures du *Te Deum* qu'il a composé à l'âge de dix-neuf ans. Puis une sonate pour violon sur laquelle il travaille depuis des années sans jamais parvenir à la finir.

— Le temps est jaloux, dit-il. Il ne me laisse pas le loisir de m'appesantir sur ma propre musique.

Ils se marient à Saint-Moritz, quelques mois plus tard. Le bonheur est avare, il ne dure qu'une saison de ski, un été tourmenté où la passion s'étiole, et puis vient la chute, lente et certaine. Furtwängler a un quatrième enfant, un « naturel », comme on dit. Il le reconnaît. Zitla est meurtrie, jusqu'au désespoir.

— Je t'ai tout expliqué, dit à voix basse le musicien en reposant le foulard. Je me suis expliqué… Ce n'était pas une tromperie anodine. L'enfant est né trois mois après notre mariage. Il a été conçu avant notre rencontre. Que puis-je faire ?

Sa conscience lui dicte ses excuses, une tricherie comme une autre avec ce qui est écrit dans le grand livre du destin.

Zitla et Wilhelm se sont séparés très vite, en 1931. Une mauvaise année. Le nazisme poussait déjà son mufle dans les rues de Berlin. Par endroits, les arrière-cours empestaient la misère. On vivait dans des tonneaux, on payait le pain avec des brouettes de billets. Dans les rues, rôdaient ces types aux trognes d'hommes de troupe avec leurs brassards à croix gammées. Un air fétide les suivait, rampant dans les rues toutes raides d'hiver.

Furtwängler va jusqu'à la cuisine. Souvent, Zitla laisse un mot sur la table pour donner quelques nouvelles. Il aimerait la voir, ce soir, sentir sa présence électrique, écouter sa voix grave. C'est aussi simple que ça.

Le décor qui l'entoure est comme peuplé de milliers de petits êtres qui lui chuchotent des mélodies, des bribes symphoniques qui se mélangent en une mystérieuse cacophonie. Il en rit presque. On dirait de la musique d'avant-garde, de celle que composent ces jeunes musiciens qui ne respectent plus les règles des anciens. Ceux qui font de la théorie au lieu d'écouter le public, ce puissant souverain. Il a souvent parlé de ça avec Hindemith et ils ne sont pas d'accord. Furtwängler croit dans le public. Il dit qu'il est tout et ne se trompe pas. Ne pas l'écouter, c'est s'égarer.

Il ouvre son carnet de notes, griffonne quelques mots et réfléchit. Les nazis attaquent Hindemith de toutes parts. La moitié de sa production qu'ils qualifient de bolchevisme intellectuel est interdite. Le compositeur occupe pourtant des fonctions officielles, il enseigne la composition à la Haute École de musique. Goebbels, qui n'en est pas à une contradiction près, a dit de lui, il n'y a pas six mois, qu'il était l'un des plus brillants compositeurs allemands du XXe siècle. Prendre sa défense est un acte politique. Furtwängler s'est juré depuis longtemps de ne jamais faire de politique. Hindemith non plus ne fait pas de politique. Il s'en moque. Mais il est marié avec une Juive et il a fréquenté Brecht et Kurt Weill. Furtwängler écrit :

Hindemith ne s'est jamais engagé en politique. Vers quel avenir allons-nous, si les méthodes de dénonciation politique sont appliquées au domaine de la musique? Plus encore, et cela doit être très clair : nous ne pouvons pas nous permettre de renoncer à un talent comme Hindemith.

Le 25 novembre Wilhelm fait paraître « Le cas Hindemith » dans le *Deutsche Allgemeine Zeitung*, l'un des plus importants quotidiens d'Allemagne. Un article en réponse aux attaques nazies contre le compositeur. Le ton est offensif, mais il évite de trop froisser les autorités.

Un vrai scandale.

— Furtwängler défend les musiciens dégénérés et enjuivés, tonne Goebbels. Il déshonore le Reich et notre Führer.

Le public se tait. Il ne peut plus prendre parti, dire le fond de son âme. Trop dangereux. Aucun journaliste n'a l'audace de lever le nez. Mais le public sait dire le fond de son âme. À la représentation de *Tristan*, il applaudit Furtwängler pendant vingt-cinq minutes. Devant Göring et Goebbels et tout l'aréopage en grands uniformes. Une insulte. Göring en parle à Hitler en personne. Dans les jours qui suivent, le chef d'orchestre démissionne de tous ses postes et se retire dans les Alpes bavaroises, dans le calme et la lenteur des journées de neige. Il passe des heures à se promener dans les forêts jusque sur les flancs des montagnes. Il skie et il aime ça. N'être plus celui que tout le monde sollicite pour une faveur ou une autre. Il a commencé à écrire son concerto symphonique pour piano. Dans sa vie, chaque fois que le destin l'entrave, il se tourne vers la composition. La musique lui parle et le console. Avant son départ pour les Alpes, les nazis lui ont retiré son passeport. Il n'y a guère qu'Erich Kleiber qui l'a soutenu en démissionnant de son poste à l'Opéra d'État de Berlin, le Staatsoper Unter den Linden. Kleiber aussi est parti sur les routes de l'exil.

Christa Meister l'a appelé pour le féliciter.

— Ton courage m'a mis du baume au cœur, a-t-elle dit. Je continue de chanter mais je ne sais pas jusqu'à quand.

— J'ai demandé une audience auprès de Goebbels. Je dois tirer tout cela au clair.

— Ils ne peuvent rien contre toi. Mais tu sais pourquoi Göring interdit *Mathis der Maler*…

— Il n'est pas très clair…

— Ne fais pas le naïf. Voyons, Wilhelm, tu connais le livret. C'est l'histoire d'un artiste qui lutte pour pouvoir s'exprimer. Comment veux-tu qu'un nazi tolère ça ! Ce n'est pas d'art dégénéré qu'il s'agit mais de liberté. Ni la musique, ni l'homme ne sont en cause.

— On va jouer la version symphonique.

— Et ils ne trouveront rien à redire. Parce que ce n'est que de la musique et qu'au fond elle n'est pas plus dégénérée qu'autre chose. Une partition exprime des sentiments et des émotions, moins des idées. Un livret, c'est autre chose.

— Oui, bien sûr… Tu as raison.

— J'ai lu ce livret, Wilhelm.

— Moi aussi, forcément.

— Le personnage de Mathis lutte jusqu'au bout. Il défend la cause des opprimés…

— Mais ils finissent par se retourner contre lui !

— Oui ! Mais Mathis comprend que c'est dans son art qu'il peut le mieux servir l'humanité. Et il en meurt, tu comprends. Pas de concessions.

Furtwängler ne sait pas quoi répondre. Le sujet de l'opéra le renvoie à lui-même, les mots de Christa le blessent. Il en a fait, des concessions, à Goebbels, et il en fera encore. Le ministre est redoutablement intelligent, pour garder le chef il peut lâcher un peu de lest. C'est le prix à payer pour rester en Allemagne.

— Hindemith va partir, ajoute Christa. Tu peux en être sûr.

— Je le pense aussi.

— Méfie-toi de Goebbels, Wilhelm. C'est le plus dangereux de tous.

— Je sais.

Goebbels a compris que Furtwängler restera jusqu'à l'extrême limite. Il a senti que les idées du chef, son engagement contre le régime, se confondent avec son orgueil d'artiste qui veut tout diriger et qui n'aime pas être contredit. Les idées dans une main, dans l'autre l'ego. Il sait que Furtwängler ne partira pas d'Allemagne car il craint de perdre son statut de demi-dieu. Les jeunes loups comme Karajan n'attendent que ça.

Depuis 1933, Göring veut s'approprier le chef d'orchestre. Goebbels n'a jamais pu cacher sa rivalité envers le maréchal obèse. Göring a nommé Furtwängler conseiller d'État, titre prestigieux mais vide, irrévocable. Göring est un vrai prédateur, il sait s'y prendre pour piéger les hommes qui aiment les honneurs. Le titre de conseiller d'État ne peut pas être annulé sans une décision spéciale du Führer, et en cas de meurtre ou de trahison. Pour compromettre une personnalité, il n'y a pas mieux. De son côté, Goebbels, dès son arrivée au pouvoir, bombarde le célèbre musicien de titres : Reichskultursenator, vice-président de la Reichsmuzikkammer. Le musicien accepte, parce qu'il a toujours été un homme d'influence.

La rivalité entre Göring et Goebbels prend des tournures perverses. Göring interdit l'opéra de Hindemith parce que le Staatsoper est placé sous sa tutelle. Goebbels va autoriser la version symphonique qui sera jouée par le Philharmonique, parce que l'orchestre est directement sous son autorité. Il marque un point dans sa rivalité avec Göring et laisse croire au chef d'orchestre orgueilleux qu'il demeure un homme libre.

Au-dessus de cette foire d'empoigne, Hitler observe et compte les coups. C'est lui qui sifflera la fin de la partie.

11

28 février 1935. Furtwängler saute dans un taxi. Berlin est figé dans le froid matinal. Sur la Sprée, de lourdes péniches peinent en direction du port, traçant leur route dans la brume comme des vaisseaux fantômes.

— Vous êtes monsieur Furtwängler? demande le chauffeur en jetant un œil dans le rétroviseur.

— Oui, répond le chef d'un ton maussade.

— J'ai lu l'article que vous avez fait paraître dans le journal. Félicitations!

— Merci.

— C'est pour cela que vous vous rendez au ministère?

— Une affaire personnelle.

Le chauffeur s'excuse de sa curiosité. Furtwängler ne relance pas la discussion. Les espions sont partout. Les travaux sur la Wilhelmplatz obligent à faire un détour en passant derrière le palais Radziwill que le régime a décidé de transformer en chancellerie et à quitter la Wilhelmstrasse, l'artère principale. La dernière fois que le chef d'orchestre a mis les pieds dans cet antre du pouvoir, c'était pour rencontrer Hitler lui-même, en 1932, à l'hôtel Kaiserhof. Il s'en souvient comme si c'était hier.

— Nous serons élus, avait prévenu celui qui devait devenir le Führer du peuple allemand.

Furtwängler ne l'avait pas pris au sérieux. Le mépris est toujours mauvais conseiller. L'homme au physique de garçon coiffeur tient à présent le destin de l'Allemagne dans ses mains qui paraissent fragiles. Il l'éventre, son pays, le balafre, en tous sens, fait sortir de terre le monde d'en dessous, celui des mauvais génies. Des grues et des bennes vont et viennent. Berlin est devenu un vaste chantier qui patauge dans la boue froide. L'Allemagne n'est plus à genoux devant l'Europe. Elle accueillera les jeux Olympiques dans un an.

Le taxi s'arrête derrière un camion chargé de gravats. Une barrière interdit d'aller plus loin.

— Vous devez continuer à pied, dit le chauffeur en glissant sa monnaie dans la poche de sa veste.

Les arbres de la place ont disparu. À côté de la station de métro, d'énormes pelles mécaniques creusent ce qui fut le parc. Leurs mandibules de fer lâchent des panaches de fumée noire à chaque prise. À ce qu'il se murmure, le nouveau régime construit des bunkers souterrains. La guerre n'est pas loin.

Furtwängler se présente au ministère de la Culture et de la Propagande, ce n'est pas la première fois qu'il vient jusqu'ici, et certainement pas la dernière. Une secrétaire en tailleur trop étroit pour son corps gras le conduit jusqu'à l'antichambre du ministre.

— Veuillez patienter ici, le docteur Goebbels ne va pas tarder.

Il attend, l'esprit occupé par ce qu'il va déclarer au ministre. Les minutes passent. Les murs résonnent des paroles lointaines des fonctionnaires. Des pas grincent sur les parquets vernis. Le chef d'orchestre déteste les retards. C'est l'un des rares motifs qui peut le mettre hors de lui. La porte s'ouvre dans une sorte de fracas de métal qui le surprend. Un huissier en habit surgit.

— Venez, monsieur Furtwängler.

Goebbels est assis à son bureau et se lève pour saluer le chef, le visage impassible. Il est petit et infirme. Pas du tout le genre arien qu'il défend dans ses discours-fleuves. On dirait plutôt un Italien ou un homme du sud de la France. Son nez aquilin taille son visage maigre où percent ses yeux très noirs, comme ses cheveux. Visiblement, il vient d'avoir une conversation avec son maître car il est agité, coléreux.

— Vous avez demandé à me voir, docteur Furtwängler, dit-il d'une voix sèche. J'imagine que c'est pour me parler de vos récentes déclarations ?

Furtwängler va pour répondre, mais le ministre l'interrompt en levant la main droite.

— Vous souhaitez donc démissionner de votre poste de chef principal de l'Orchestre philharmonique, de directeur du Staatsoper et de vice-président de la Chambre de musique du Reich. Rien que ça ! J'accepte votre démission et je vais charger mes services des questions administratives et financières vous concernant. Vous voudrez bien vous rapprocher de monsieur Göring en ce qui concerne le Staatsoper qui se trouve sous sa responsabilité et non la mienne.

Goebbels pose ses deux mains à plat sur le cuir de son bureau, la mine fermée.

— On connaît votre position sur les Juifs. On sait que vous avez facilité le départ de beaucoup d'entre eux. Je vous demande de cesser d'utiliser votre renommée pour protéger des ennemis du Reich.

Furtwängler ne parvient pas à se contenir.

— Vous avez profité de mon absence, lors d'une série de concerts, pour exclure du Berliner tous ceux que vous avez classés comme des « non-ariens ». Vous avez persécuté Berta Geissmar, ma secrétaire, parce qu'elle est juive. Elle a dû partir, elle aussi. Quand je suis revenu, je me suis retrouvé devant le fait accompli. Sans Berta, je suis totalement incapable de prendre la moindre décision administrative.

Goebbels prend quelques notes.

— La vie est devenue impossible pour les musiciens comme moi. Beaucoup de nos meilleurs musiciens sont juifs. Vous confondez les critères de race et de qualité. C'est inadmissible.

Goebbels repousse son gros stylo-plume d'un geste de colère.

— Ce n'est pas à vous, docteur Furtwängler, de nous dicter notre conduite. Notre bien-aimé Führer a décidé de nettoyer le Reich des bandits juifs qui ont trop longtemps agi. Ni vous ni vos amis ne parviendront à nous écarter de cette mission historique que le peuple allemand nous a confiée.

— Il ne me reste plus qu'à quitter ce pays. Ma patrie. La terre de mes ancêtres.

Goebbels a un sourire carnassier qui se veut sympathique.

— Personne ne vous y oblige.

— Si, répond Furtwängler, en haussant le ton. Vous, vous et toute votre clique m'y obligez.

Il a dit ces derniers mots en pointant son index vers le ministre.

Goebbels le fixe dans les yeux, laissant s'exprimer silencieusement sa colère froide.

— J'ai l'intention de vous demander de prêter allégeance à notre Führer, comme chaque Allemand doit le faire.

— Tout le monde ne prête pas allégeance, et certainement pas moi.

— Nous pouvons vous y contraindre, docteur Furtwängler.

— Je quitterai le pays.

— C'est une possibilité que vous êtes libre d'envisager. Mais songez à celles et ceux que vous laisseriez derrière vous.

— C'est une menace ?

Goebbels lève les bras comme si le chef d'orchestre venait de sortir une énormité.

— Ce n'est pas une menace, docteur Furtwängler. Juste une préoccupation, une inquiétude, pour vos enfants, vos femmes et votre maman. Car, n'oubliez pas l'essentiel…

— L'essentiel ?

— Ce serait un voyage sans retour. Vous quitteriez le Reich sans aucune possibilité de revenir.

Furtwängler encaisse, blême. Ses lèvres tremblent de rage. Goebbels retrouve ce sourire enjôleur qu'il a souvent sur les bandes d'actualité et qui n'est que l'expression de sa victoire.

— Combien avez-vous de maîtresses, docteur Furtwängler ?

— Cela ne vous regarde pas !

— Et des enfants. Combien en avez-vous abandonnés ou laissés dans l'inconnu ?

— Aucun, je les ai tous reconnus.

— C'est une bonne chose. D'ailleurs, ces ragots ne m'intéressent pas. Notre Führer, par contre, déteste les vies dissolues.

Furtwängler se sent pris d'une sorte de bourdonnement interne. Il n'a plus de mots, ne sachant plus quelle carte abattre.

— Comme je vous l'ai écrit, je ne souhaite plus avoir aucune fonction au sein du Reich. Je veux redevenir un chef libre de diriger comme bon lui semble.

Goebbels s'appuie sur le dossier de sa chaise et croise les mains devant lui.

— Vous avez de la chance, docteur Furtwängler.

— J'ai connu mieux, en matière de chance !

— Ne plaisantez pas. Votre chance, c'est d'être une sorte de trésor national. Notre bien-aimé Führer est très attentif à chacun de vos faits, à chacun de vos gestes. Il ne lui a pas échappé que vous ne faites jamais le salut nazi, par exemple. Je lui ai fait lire l'article que vous avez commis contre nous et donc contre sa personne même. Il ne s'est pas mis en colère comme je pouvais le redouter. Il a pour vous une bien étrange patience.

Goebbels se redresse et plaque sa main sur un maroquin de cuir rouge.

— Cela pourrait ne pas durer. Déjà, vous vous êtes mis à dos le maréchal Göring. Le Reichsführer SS

Himmler vous déteste. Dans quel monde vivez-vous, docteur Furtwängler ?

— Le même que vous, monsieur le ministre.

— Je ne pense pas. Il faut être assez peu conscient des réalités de la vie pour venir marchander dans mon bureau votre future carrière.

L'expression qui se fige sur le visage de Goebbels laisse deviner qu'il est prêt à céder quelque chose. De plus en plus, il fait de la musique l'un des piliers de sa propagande, surtout le répertoire des génies du passé : Bach, Mozart, Beethoven ou Brahms, que Furtwängler vénère et qui met de côté la modernité. Il n'ignore pas que le chef n'aime pas les jeunes compositeurs qui veulent déconstruire le romantisme. C'est sans doute le seul point qui les réunit.

— Vous avez voulu abandonner le Berliner, mais vos musiciens vous ont supplié de rester. Votre public aussi. Cet immense public.

Goebbels fixe la fenêtre de son bureau. Il s'est mis à neiger. On entend, au loin, le grondement des moteurs des mécaniques qui percent la ville.

— Pourquoi ne voulez-vous pas reconnaître qu'Adolf Hitler est le seul maître de la politique en Allemagne ?

La question agace Furtwängler.

— Ce serait bien difficile de penser le contraire. Votre Führer est partout et s'occupe de tout.

Une évidence, mais aussi un piège. Le regard de Goebbels s'enflamme.

— Si vous le reconnaissez, j'accède à ce que vous me demandez. Je dois rédiger un communiqué de presse pour clore cette triste affaire. Que décidez-vous ?

— Je reste dans mon pays, mais en échange vous voudrez bien préciser, dans votre communiqué, que je me démets de toutes mes fonctions officielles et que je ne participerai plus à votre politique culturelle.

12

Le 3 mai 1935, à Berlin, Furtwängler dirige un programme consacré à Beethoven dans la salle de la Philharmonie. Le public s'est massé dans la rue. Le printemps est encore frais. Quelques voitures des officiels du régime sont garées en face de l'entrée. Des drapeaux à croix gammées sont fichés au bout de leurs longs capots noirs.

— Mauvais présage, dit Franz Justau, le régisseur du *Berliner*, en mettant le nez à la fenêtre.

— Pourquoi dites-vous cela ? demande Furtwängler qui doit signer des papiers administratifs frappés de l'aigle hitlérienne.

— Si les seconds couteaux du régime sont en avance, cela signifie que les gros poissons ne vont pas tarder.

— Vous croyez ?

— Aucun doute là-dessus. On aura au moins Göring et Goebbels.

— Je n'ose pas croire que leur patron pointera le bout de sa moustache…

— Qui sait !

Franz Justau n'en dit pas plus mais la chancellerie du Reich l'a prévenu qu'il y a de fortes chances pour que le Führer « honore de sa présence » le concert de ce soir. Il pénétrera dans la salle à la dernière minute, comme toujours, pour soulever un tonnerre d'applaudissements. Mais peut-être changera-t-il ses plans, comme il le fait une fois sur deux.

Furtwängler épingle son stylo dans une poche intérieure de son veston.

— Je vais me préparer.

En descendant jusque dans les coulisses, le chef croise le percussionniste, un jeune musicien à la moustache noire et au regard naïf.

— Comment allez-vous ?

— Bien, Maître. Ma femme vient d'accoucher de notre premier enfant. Une fille.

— Toutes mes félicitations ! Quel prénom lui donnerez-vous ?

— Isolde.

— Ce sera une grande et belle dame alors !

— Merci, Maître. Nous allons donner une belle *Neuvième* ce soir.

— Oui. Je compte sur vous, ne me quittez pas des yeux. Faites trembler les murs de cette vieille maison !

Le percussionniste sourit. Furtwängler lui demande souvent de porter les *crescendos* des roulements de timbales jusqu'au paroxysme, parfois jusqu'à couvrir tout l'ensemble. C'est selon son humeur. Dans ces moments, il a l'impression d'être seul avec son chef, de communier avec lui, par le seul lien des regards tendus l'un vers l'autre.

Deux musiciens l'attendent devant la porte de la loge.

— Bonjour, messieurs.

— Bonjour, Maître. On aurait aimé vous parler.

Au regard qu'un des deux musiciens jette autour de lui, le chef d'orchestre comprend.

— De qui s'agit-il ?

— De Kurt Wiesenthal, le bassoniste qui a dû partir, il y a deux mois.

— Que lui arrive-t-il ?

— Il a été emprisonné.

— Vous savez pourquoi ?

Furtwängler aperçoit l'altiste qui a été nommé en remplacement du vieux Wiesel, un virtuose, écarté parce que juif.

— Nous parlerons de tout cela plus tard. Passez à mon bureau. Disons demain, dans l'après-midi. Mais je n'ai plus guère de pouvoir. Si ce n'est celui de la musique.

Furtwängler se retire dans sa loge, ouvre l'armoire et décroche son costume. Il a dirigé des centaines de fois la *Neuvième Symphonie* de Beethoven. La première fois, il n'avait pas trente ans. Un critique l'avait cinglé en se moquant de sa gestique désordonnée. Il s'en souvient encore, c'est pourtant cette étrange façon de vivre la musique qui l'a porté au sommet.

Sa baguette est posée devant le miroir. Il s'observe un moment en ajustant son nœud papillon. De gros cernes charbonneux creusent ses yeux. De nouvelles rides sont apparues sur son front. Il ne les avait pas encore remarquées.

On frappe à la porte. Trois coups nerveux. Le chef n'aime pas qu'on le dérange juste avant un concert. Il a un besoin vital de cet instant pour faire le vide en lui.

— Entrez !

Un grand type d'une cinquantaine d'années se présente, en costume de gala, les cheveux gominés. Un officiel du régime.

— *Heil Hitler*, Maître.

— Qu'est-ce que vous me voulez ?

— Je viens vous prévenir que notre bien-aimé Führer sera dans la salle ce soir. Le docteur Goebbels exige que vous fassiez notre salut.

— Sortez d'ici.

L'officiel tend le bras.

— *Heil Hitler.*

Furtwängler est hors de lui. Il attrape le radiateur qui chauffe la loge et le balance contre le mur.

— Saloperie de Goebbels, tu dois bien te moquer de moi, à présent.

Franz Justau accourt.

— Que se passe-t-il ? J'ai entendu un bruit énorme, comme un cataclysme.

Il lorgne le radiateur au sol, déglingué.

— On me demande de faire le salut nazi. Savez-vous ce que cela représente ?

— Oui. Je viens d'apprendre que Hitler va arriver d'un instant à l'autre. L'orchestre est en place.

Justau a l'air désemparé. C'est un fidèle de Furtwängler.

— Tenez votre baguette dans votre main droite quand vous saluerez. De cette façon, vous n'aurez pas à faire le salut nazi.

— Merci ! C'est une très bonne idée.

— Ils vont certainement chanter le *Horst-Vesse-Lied*. Vous entrerez après.

— Jusqu'où va continuer cette mascarade?

Le public de la Philharmonie se met à vibrer tout à coup, comme pris d'une fièvre subite. Hitler vient d'arriver. La salle entière l'accueille d'un *Heil Hitler* tonitruant. Furtwängler ferme les yeux.

— Nous sommes les meilleurs, monsieur Justau, et nous allons porter la musique jusqu'à son point incandescent. La plupart de ces idiots ne comprennent même pas le poème de Schiller que notre maître Beethoven a mis en musique.

Il se met à chanter :

Tous les hommes deviennent frères
Où ton aile nous conduit.
Si le sort comblant ton âme,
D'un ami t'a fait l'ami,
Si tu as conquis l'amour d'une noble femme,
Mêle ton exultation à la nôtre!

— On va chanter la fraternité devant ceux qui la piétinent. C'est notre mission de ce soir.

— Oui, Maître. C'est à vous.

Le *Horst-Vessel-Lied* vient de se terminer. Une salve de trois *Sig Heil* suit. Puis le silence. Furtwängler entre dans la lumière. Blême. Le visage fermé, comme hébété, une boule dans la gorge. Le regard porté au loin, il feint d'ignorer Hitler, Goebbels et Göring qui clapent. Il n'a sans doute jamais eu autant d'applaudissements.

Il se tourne soudain. Regarde ses «Berliner» pendant un long moment. La salle est suspendue à ce silence lourd. Tout doucement, il abaisse la baguette, les violons frémissent, allant *crescendo* jusqu'au premier accord que le Berliner n'avait jamais donné avec autant d'énergie.

Les dernières mesures de la *Neuvième* montent vers les nuées. On y croise Dieu et les anges, et tout le divin et tout le peuple du ciel. D'un geste ample et beau, Furtwängler ralentit le tempo.

Pressens-tu le Créateur, Monde?
Cherche-le par-delà le firmament.
C'est sur les étoiles qu'il doit habiter.

Incandescente, la voix de l'humanité se retire. Furtwängler fixe le percussionniste et donne une dernière impulsion, comme pris de rage. Le roulement des timbales bondit, la cymbale jette des éclats d'airain. Les violons manquent déraper, le chef les regarde pour les tirer à lui. Le dernier accord emplit la salle et s'enfuit tout là-haut. Le public se lève. Le chef ferme les yeux. Retient quelques secondes encore cette onde qui le soulève. Plus rien n'existe.

Furtwängler se tourne vers le public. Une profonde tristesse transparaît dans son regard. Les applaudissements redoublent. Il invite le Philharmonique à se lever pour saluer avec lui. Il est comme perdu, pauvre musicien dans un monde irréel. Avec sa baguette dans la main droite, il s'incline pour remercier. Une fois, deux fois… Il est au supplice. Goebbels lui jette des regards noirs, furieux. Il voudrait quitter la salle, disparaître. Mais Hitler est plus malin qu'il ne le croit.

Le dictateur se lève, comme s'il était ému, presque gêné, s'avance jusque devant le chef et fait un salut nazi discret, puis tend la main, un grand sourire de reconnaissance illumine son visage. La baguette de Furtwängler change de côté. Il prend la main de Hitler et la serre sèchement. Un photographe se tient juste à côté de lui. Les gros flashes au tungstène jettent deux éclairs blancs en sifflant.

13

Berlin. 9 novembre 1938

— Nous ne pouvons pas rester un jour de plus dans ce pays. C'en est fini.

Christa Meister est très nerveuse. Un rien l'irrite. Elle passe d'une pièce à l'autre à grands pas comme si elle arpentait une scène de théâtre. Les portes des armoires claquent.

— Pour l'amour du ciel, Rodolphe, prépare ta valise.

Rodolphe va avoir treize ans. L'agitation de sa mère l'indiffère. Il chantonne une mélodie populaire que lui a enseignée Eva.

— Rodolphe, tu dois faire ta valise ! Et arrête de chanter cette mélodie stupide.

Où se trouve Eva, à présent ? Christa a déclaré qu'elle n'a plus l'argent nécessaire pour entretenir une gouvernante et l'a congédiée. Et puis la guerre arrive, on en est sûr. Dans les journaux, on ne parle que des conquêtes et des succès du Reich. Ça ne durera pas.

— Au revoir, Petit Homme, a dit Eva en embrassant Rodolphe. N'oublie pas que tu as juré de m'épouser quand tu seras un grand chef d'orchestre. Je t'attendrai.

Il a senti sa joue mouillée se presser contre la sienne. Une immense tristesse l'a envahi. Il s'est réfugié dans sa chambre et n'en est pas ressorti avant le lendemain. Il n'a jamais connu son père, et, maintenant, celle qui l'avait accompagné pendant ses longues heures de solitude s'en est allée. Celle qu'il aime dans le secret. Le secret qui rend l'amour sublime.

Il a parlé à sa petite statuette.

— *Tu retrouveras Eva*, a-t-elle dit.

— Tu es sûr ?

La figurine a cligné des yeux avec bienveillance.

— Nous partons au plus vite, lance Christa en farfouillant dans un tiroir rempli de papier. J'ai des appuis en Allemagne et en France, nous pourrons passer la frontière.

Rodolphe ne comprend pas très bien ce qu'on lui tait. Quitter l'Allemagne lui paraît irréel. Il n'y a souvent rien de rationnel dans les décisions de sa mère.

Jusqu'à présent, « ailleurs » représentait le vaste monde, une direction vague et imaginaire où Christa s'en allait et dont elle revenait avec des cadeaux et des souvenirs glorieux. Ailleurs figurait l'absence de son sein, de son parfum d'amande et de ses frous-frous.

Il a treize ans. Ailleurs, ça veut dire quitter l'Allemagne et ne plus pouvoir chercher son père. Quelque chose va se briser, une barrière s'abat lourdement dans son dos, entre le chemin du futur et le passé.

Le soir de cette annonce brutale, la nuit est agitée. Des cris montent partout dans Berlin, une rumeur qui enfle comme une grande tempête. Rodolphe se penche à la fenêtre. Des ombres gigantesques se meuvent le long des murs de Friedrichstrasse, sortes de pétroglyphes à forme humaine comme il y en a dans les récits à faire peur aux enfants. Un feu rougeoie plus haut dans la rue. Des jeunes en uniforme y jettent des meubles et toutes sortes d'objets qu'ils tirent d'un magasin, en hurlant des insanités. Ils viennent de casser la vitrine de Simon Mendelssohn, le marchand de fourrure qui porte le même nom que le compositeur. La veille encore, une grande étoile blanche était peinte à la chaux sur cette devanture. À présent, des éclats de verre brillent par centaines sur le sol. Un gamin saute à pieds joints sur le plus grand pour le briser en mille morceaux. On dirait des bouts de cristal qui scintillent à la lumière du feu. Du cristal, comme celui des baccarats du lustre du salon qui ont la forme de grosses larmes.

Rodolphe comprend les déclarations de sa mère. Il referme la fenêtre et se met au piano. Il joue les *adagios* des sonates de Beethoven. Tous. Les trente-deux. Pour Eva. Pour qu'elle ne parte pas dans les flammes, elle aussi. Il les connaît par cœur, ces sonates. Il termine par la « Pathétique ». Parce que le premier *rondo* est comme une petite voix qui rassure, qui revient et qui berce. Et qui s'enfle, déterminée, saccadée. La berceuse devient tourment avant de s'apaiser d'une coquetterie légère. Quand il finit, le pogrom enfle. On arrête des gens. Un grand incendie s'élève dans le ciel.

Christa Meister a eu des positions très dures vis-à-vis du régime, cette « sordide opérette », comme elle l'a déclaré à un grand journal étranger. Elle a refusé de chanter pour l'anniversaire de celui que tous les enfants du Reich, et son fils comme eux, appellent « notre bien-aimé Führer ». Étrange père, au-dessus de tous les autres, dont le visage dur se trouve partout étalé et qui sue en éructant depuis les tribunes.

Hitler avait adoré la voix de Christa. Avant de prendre le pouvoir, il lui avait adressé quelques dithyrambes signés de sa main. Histoire de dire à la cantatrice combien sa voix savait le transporter. Elle avait montré à son fils un de ces mots sucrés, après la prise de pouvoir du NSDAP, le parti du Führer, avec un sourire amer et l'air désemparé d'une femme libre qui doit dire son camp, dans l'immense solitude de la gloire.

Elle a choisi la rébellion, le parti lui a trouvé un grand-père juif, Edgar Rosenberg. Parfait pour la persécution. Christa n'a même pas connu son aïeul. Elle a protesté. Edgar Rosenberg avait été enregistré dans une paroisse catholique de Bavière, mais ce n'était qu'un converti. Elle a écrit à Goebbels qui n'a pas répondu. Des amis bien introduits lui ont dit que son dossier a été transmis à la SS de Himmler. Il faut quitter l'Allemagne au plus vite et tout abandonner.

Rodolphe s'est toujours cru catholique, comme sa mère. Il a fait sa première communion quelques mois avant cette nuit de Cristal. Depuis sa plus tendre enfance, on lui a appris à détester les Juifs. Ses instituteurs parlent d'eux comme des rats, de la vermine ou des poux, c'est selon l'humeur.

Un jour de l'hiver 1933, une pancarte est apparue devant la boutique de Mendelssohn.

Allemand, défends-toi !
N'achète rien chez ce Juif.

Rodolphe était entré dans la boutique du fourreur, la première fois qu'il se retrouvait chez un Juif. Il en avait ressenti une certaine crainte où s'était mêlée de la curiosité. Sa mère venait essayer un beau manteau d'astrakan gris au col en renard argenté. Mendelssohn s'était dit flatté de voir dans son échoppe une artiste aussi célèbre. Il avait des gestes très précis et le regard sévère en piquant des épingles.

— Regardez comme il vous va bien. Avec l'hiver qui approche, il va vous tenir bien chaud.

Christa avait pivoté sur elle-même devant la grande psyché de l'atelier, s'observant de haut en bas.

— Qu'en penses-tu, mon fils ?

— C'est très beau, avait acquiescé Rodolphe, assis sur une chaise paillée et qui ne cessait de scruter le décor qui l'entourait comme pour comprendre un monde secret.

Un mannequin était vêtu d'un paletot en renard roux. Sur des cintres étaient alignés des visons de toutes les tailles.

— Quel est cet animal ? avait interrogé Rodolphe en désignant une écharpe de fourrure délicatement tachetée.

— C'est le plus beau de tous, avait répondu Mendelssohn avec un air mystérieux. Le plus rare. Un lynx de Sibérie. On n'en trouve plus aujourd'hui, hélas. Touchez comme il est doux.

Rodolphe avait frémi en caressant le pelage soyeux et profond que lui présentait le fourreur. Il avait vu des lynx dans les livres d'images que lui faisait lire Eva.

— C'est cruel de sacrifier un si bel animal pour confectionner un vêtement de grand luxe.

Mendelssohn n'avait rien dit, il avait eu une moue un peu chagrine.

— Quand cela sera-t-il prêt? avait demandé Christa.

— La semaine prochaine. Mardi au plus tard.

Rodolphe remplit une grande valise de cuir. Il laisse des jouets et des livres, abandonne beaucoup d'amour, des lots de secrets et des rêves d'enfant. Il a enveloppé la petite tête dans un grand mouchoir et l'a placée au cœur du bagage, dans une chaussure pour que personne ne la trouve.

— Demain, nous serons à Paris ! s'écrie sa mère. Si tout se passe bien.

Christa prépare ses bagages avec les mêmes gestes nerveux qu'avant un départ en tournée. Un rituel presque banal, mais la tragédie s'en est emparée. Le visage blême, elle ne pleure pas.

— Nous reviendrons, dès que cette engeance sera jetée hors de ce pays.

Rodolphe joue une dernière fois au piano, le *Prélude n°1 en do majeur* de Bach, le seul morceau qui lui vienne à l'esprit. Sa mère s'arrête soudain et l'écoute, avec ce regard incandescent et fier qui dit qu'un jour il sera sa revanche.

— Joue tant que tu veux, mon Prince. Je vais m'occuper de tout.

Ils quittent Berlin au petit matin. Christa conduit le cabriolet Mercedes 540 K bleu ciel, au long capot et aux roues cerclées de blanc. Un froid humide fige les rues désertes, une fine brume couvre les trottoirs. Avant qu'Unter der Linden ne disparaisse de sa vue, Rodolphe se retourne une dernière fois, avec l'intuition amère de ne plus jamais revoir ce décor immobile et gris. Pourquoi ressent-il cela ? Il ne sait pas le dire avec des mots. Une mélodie lente et ténébreuse le pénètre doucement, il n'en connaît ni les notes, ni les accords qui sonnent comme un glas. Il jure de s'en souvenir et de la poser sur les lignes d'une partition.

Il ouvre la fenêtre pour sentir une dernière fois l'odeur de bois mouillé et de feuilles mortes des trottoirs, les haleines charbonneuses des grosses péniches et le métal des usines. Ses yeux s'emplissent du décor qui flotte dans la froidure, comme pour le fixer en un chromo éternel.

Les branches givrées des arbres de Tiergarten laissent pendre leurs doigts de glace. Les roues de la voiture tracent de grandes lignes noires sur le verglas. Le fantôme de son père disparaît, l'Allemagne aussi, lentement, kilomètre après kilomètre. Contrôle après contrôle. De grandes plaines blanches s'ouvrent devant le capot interminable de la Mercedes.

Rodolphe fixe la route toute droite. Christa ne parle pas, les yeux rivés sur le lointain. De temps à autre, ses doigts se crispent sur le joli bois du volant, des doigts de tragédienne trahissant ses colères devenues des haines féroces.

Christa roule jusque tard dans la nuit. Elle s'arrête au milieu de nulle part, une glèbe vague et gelée. Une forêt s'étend jusqu'à la nuit. Les vieux chênes et les grands frênes aux longues griffes noires veulent retenir les rêves des fugitifs.

— Essaie de dormir, dit-elle avec un brin de tendresse dans la voix.

Elle ajoute, en jetant sur son corps maigre un plaid à gros carreaux.

— Mon tout-petit.

Cette seule attention interdit le sommeil. Pas possible. Il n'est ni tout, ni petit, Rodolphe. Il ferme les yeux pour ne pas contrarier sa mère. C'est à Eva qu'il pense. Son visage, tout en fraîcheur, ses seins durs sous sa chemise lorsqu'elle le pressait contre sa poitrine. Eva est comme le rêve que l'on cajole en espérant qu'il revienne chaque nuit, à la place des démons. Mais les démons ont la peau dure. Cette nuit, dans ce cabriolet d'un luxe qui lui donne l'envie de vomir parce qu'il pue le cuir et la patine, Rodolphe voit le visage d'Eva se dessiner sur les chromes des compteurs ronds enchâssés dans la nacre du tableau de bord. Il voit le concert au Staatsoper. Furtwängler qui agitait sa baguette aussi vite que les croches de Brahms, comme si le sol vibrait sous lui, prêt à l'engloutir. Il entend les roulements de timbales, les *fortissimo* des cuivres, les longs *legatos* des cordes, sombres et intenses. Eva s'était levée pour applaudir, ses mains claquant de plus en plus vite. Il s'imagine devant la salle, l'orchestre dans son dos, debout, et elle l'applaudissant.

Sa mère peut conduire pendant des heures sans s'arrêter. L'Allemagne paraît un immense chantier. Partout, des engins entament le paysage, des cohortes de bennes sillonnent la campagne brumeuse. À travers les chantiers, des visages terreux se tournent pour voir passer la belle Mercedes conduite par une femme. Ils n'en voient pas tous les jours, des cabriolets comme celui-là. Puis revient la monotonie des autoroutes qui taillent droit dans les futaies et les glèbes immobiles, l'interminable *staccato* des plaques de béton sous les roues de la voiture.

Quand elle s'arrête un moment pour se détendre, Christa retrouve des attentions de mère. Elle joue aux cartes, parfois aux dés et aux dominos. Rodolphe triche, elle ferme les yeux.

Il faut passer par le poste de Baden-Baden. Un admirateur, un haut fonctionnaire, lui a promis qu'elle franchirait la frontière sans trop de problèmes.

Rodolphe regarde la barrière du Reich se lever puis se refermer, comme une lame de guillotine s'abattant sur le cou de son monde. Son passé, celui que l'on palpe et qui tient debout une existence, disparaît. Il a l'impression d'abandonner son père définitivement. Il doit bien se trouver quelque part derrière cette frontière, dans le dos de ces types lourdement casqués. Rodolphe aimerait retenir la voiture, ne pas traverser le Rhin. Le fleuve est immobile, noir, immense, se perd au loin entre des collines blanchies de froid.

— Passeport, s'il vous plaît ?

— Voici.

C'est la première fois que Rodolphe entend sa mère parler français. Elle semble ne pas avoir d'accent, en tout cas pas trop prononcé. Ça lui donne du charme. Elle sourit aux policiers français.

— C'est bon, vous pouvez y aller.

Christa démarre comme si de rien n'était. Elle vient pourtant de tirer un trait sur toute une vie, sans laisser transparaître ses émotions. Elle a toujours eu un sang-froid hors du commun. Un jour, elle a dit à son fils :

— Je suis dans la vie comme sur scène. Sur scène, tu dois maîtriser tes sentiments et tes émotions. Les artistes sont les êtres les plus forts que je connaisse. Par exemple, si tu pleures en chantant le *Liebestod*, la mort d'Isolde, ta voix s'étrangle et tu fous par terre tout un opéra.

Quand il était petit enfant, Christa fredonnait cet air d'amour et de mort à son oreille. Le sommeil le gagnait presque toujours sur la dernière note, délicate et douce.

Est-ce que ce sont des ondes de brise légère ?
Est-ce que ce sont des vagues de précieux parfums qui m'environnent ?
Elles bruissent d'un son plus clair.
Comme elles enflent !
Leur bruit m'inonde.
Dois-je les respirer ? Dois-je les écouter ?
Dois-je les boire avidement, dois-je m'engloutir en elles ?
Me dissoudre dans les douces vagues parfumées ?
Me noyer, disparaître, inconsciente,
Dans les flots bondissants, dans les sons mélodieux,
Dans l'âme du monde, la respiration universelle,
Félicité suprême.

14

Au ministère de la Propagande :

La direction des affaires veillera avec une sévérité extrême à ce que toute influence juive continue à être éliminée.

Les Juifs ne sont plus admis dans l'orchestre et à l'avenir on ne recrutera pas de Juifs non plus.

Heil Hitler.

Au congrès commun de la chambre culturelle du Reich et de l'organisation nazie « La force par la joie », Goebbels déclare :

— L'objection qui a souvent été formulée contre nous, à savoir qu'il est impossible d'évincer les Juifs de la vie culturelle, parce qu'ils sont trop nombreux et que nous ne pourrons les remplacer, a été brillamment réfutée. Ce changement du peuple, du système et de l'orientation a été réalisé sans la moindre fiction.

Dans l'après-midi, Furtwängler prépare un concert. Face à lui, un immense portrait de Hitler. Plus de deux mètres de haut, de profil, encadré par des guirlandes ridicules, semblables à celles qu'on voit dans les fêtes de la bière. Insupportable. Furtwängler referme la partition de la *Symphonie n° 8* de Schubert. Le gros livre claque en faisant trembler le pupitre.

— Je ne peux pas diriger dans ces conditions. Nous ne sommes pas dans une réunion politique.

Les membres du parti nazi disséminés dans l'orchestre n'osent pas dire un mot. Bastiaan, un premier violon, baisse les yeux, impossible de croiser le regard de ses collègues. Furtwängler quitte l'estrade en saluant d'un signe de son chapeau. Puis il s'immobilise et se retourne vers son orchestre.

— Tant qu'il y aura ce portrait, je ne ferai pas de répétitions.

Le chef disparaît, traînant sa colère derrière lui, comme une ombre qui semble ne plus le quitter. Les musiciens se dispersent, sans dire un mot. Le quatuor des cordes qui s'est formé autour de Bastiaan se retrouve dans une brasserie, à deux pas de la Philharmonie. Il y a Hans, le violoncelliste, Rudolf, l'altiste, et Erich, un autre violon. Quatre bocks de pilsener arrivent sur la table.

— Furtwängler n'a plus d'obligation à nous diriger, dit Bastiaan. Il n'est plus le chef officiel.

— Depuis son départ, les abonnements sont en chute libre. L'orchestre perd beaucoup d'argent.

— Je crois que désormais ce n'est plus très grave, l'État nous finance à une hauteur très importante. Il est devenu notre principal actionnaire et nous a sauvés de la crise. Au fond, on est devenu des fonctionnaires.

— Tu connais la contrepartie…

— Je sais. On a dû tous prouver qui on était.

Bastiaan se tient un peu à l'écart, son verre à la main, un œil sur la salle, par méfiance. Deux musiciens de l'orchestre sont d'ascendance juive. Bruno Stenzel est même juif par sa mère. Il a eu la chance d'être converti au catholicisme et a pu fournir un certificat de baptême et de confirmation. Furtwängler a fait taire les rumeurs et a même cherché des soutiens à un très haut niveau. Lesquels, personne ne le sait. Encore une de ces négociations avec Goebbels ou l'un de ses sbires.

— On dit que Back et Wiesel se trouvent au camp des musiciens.

— Le camp des musiciens ? s'étonne Bastiaan.

Rudolf se penche et parle à voix basse.

— Ce doit une sorte de camp de concentration pour les musiciens juifs. Je n'en sais pas plus.

— Stern a disparu. Je ne sais pas s'il est dans ce camp mais j'ai appris qu'il a essayé de vivre grâce aux cours de musique qu'il donnait à ses élèves puis que ça lui a été interdit. Pas de cours à des Allemands si on est juif. Peut-être a-t-il pu s'enfuir.

Bastiaan revoit son collègue disparu. Il aimait bien plaisanter avec lui. Quand il partait en tournée, ils se mettaient souvent ensemble dans le train et discutaient des choses simples de la vie. Beaucoup de musique, parfois des femmes. Bastiaan est encore trop jeune pour penser au mariage. Il a du succès avec son beau visage passionné, ses longs cheveux noirs et ses yeux très bleus. Les musiciens du Philharmonique plaisent. Hans Rammelt rafle les suffrages, un grand blond très fin, sourire enjôleur.

— J'ai commencé à ressentir un drôle de malaise, dit Rudolf, quand ils ont voulu enlever le bas-relief de Mendelssohn, à la Philharmonie. Pourquoi ont-ils fait ça ?

— Parce qu'il était juif, dit Erich qui, d'ordinaire, parle peu.

— Oui, mais il est mort depuis très longtemps. Et puis, il faisait partie de notre répertoire.

— Je m'en souviens, dit Bastiaan en allumant une cigarette. Juste après le départ de Goldberg, ça devait être en 1935.

Rudolf hoche la tête.

— Je crois qu'on est un peu comme des enfants face à tout ça, ajoute Bastiaan. On n'y comprend pas grand-chose.

Bastiaan fait figure de sage résigné. Derrière sa naïveté, transparaît ce que chaque membre de l'orchestre place au-dessus de tout, l'immense fierté d'appartenir au Berliner. Depuis que Furtwängler a démissionné pour devenir un chef invité, d'autres maestros ont défilé. Très peu sont bons, quelques-uns sont excellents, un seul les bouleverse vraiment.

Erich Hartmann va pour parler. Bastiaan lui fait signe de se taire. Werner Buchholz, un grand ténébreux, très bon violoncelliste, vient d'entrer dans la brasserie, flanqué de Wolfram Kleber, le trompettiste aux lèvres qui pendouillent. Les deux « super nazis » de l'orchestre, certainement des mouchards. Buchholz est de Vienne, il a été enregistré au parti le 1er mai 1933 sous le numéro 2641027. Depuis quelques mois, son pays natal est rattaché au Reich allemand. Parfois, il lui arrive de venir jouer avec son uniforme de nazi.

— J'ai peur que Furtwängler s'en aille définitivement, dit Bastiaan.

Erich secoue la tête de dépit.

— Tu veux dire qu'il quitte l'Allemagne ?

— Si ça continue comme cela, il va partir pour l'Europe ou l'Amérique. Il n'aura aucun problème pour vivre là-bas.

Bastiaan se dit que les temps changent vite, trop vite, une accélération vertigineuse, partout entre les hommes, au fond des cœurs et dans les regards qui surveillent tout. Berlin lui donne l'impression d'un chantier qui s'enfonce dans la grisaille. Même les foires aux odeurs de sucre et de graisse rance ne parviennent pas à mettre des couleurs sur le ciel. Pourtant, on rit et on crie bêtement autour des manèges qui soulèvent les fêtards vers le ciel en tournoyant.

L'époque est loin où Furtwängler pouvait dire que le Führer était un ennemi du genre humain. Ça mettait du baume au cœur de pas mal des musiciens.

Le chef a revu Hitler. Les deux hommes se sont copieusement engueulés. Plus de deux heures d'un dialogue de sourds au sujet des musiciens qu'il faudrait garder en Allemagne.

— Sans eux, je ne peux pas maintenir un niveau de qualité suffisant.

— Ce sont tous des Juifs ou des dégénérés ! a dit le Führer d'une voix glaciale.

— L'art se moque de ces histoires de race !

Hitler a gueulé, une petite voix aiguë qui est redescendue dans les graves, avec des voyelles hideuses. Furtwängler a été surpris un instant, de crainte tout d'abord. L'homme qu'il méprise peut se montrer redoutable, quasi habité par la force d'un mauvais génie. Un instant, le chef d'orchestre a eu l'impression que le dictateur lisait en lui comme dans un grand livre, qu'il pouvait tourner à son gré les pages de son destin.

Et puis, l'image du petit caporal a ressurgi. Furtwängler s'est retenu de pouffer pendant le long monologue du dictateur sur la culture. Mais il a compris que le train de l'antisémitisme fonce droit, à présent, et que rien ne peut l'arrêter.

Furieux, Furtwängler l'est au-delà de ce qu'il aurait pu imaginer. Le nazi veut tuer toute forme de vie culturelle.

La dernière conversation que le maestro a eue avec Christa Meister date d'il y a quelques jours, dans un couloir qui mène aux loges du Staatsoper.

— C'est mon dernier concert, Wilhelm. Je pars.

Il n'a pas su trouver les mots. Il n'aime pas bredouiller.

— Ne reste pas ici trop longtemps, toi non plus. Ils vont te digérer complètement.

La cantatrice a filé vers la scène, avec un sourire comme elle sait en distribuer des centaines. Elle a chanté, et on ne l'a plus revue.

— Christa Meister a quitté l'Allemagne, dit Erich Hartmann.

— Comment l'as-tu appris ?

— Elle a annulé des concerts à Dresde et à Mannheim. Rien n'est sûr, mais je ne crois pas qu'on la reverra.

— Elle ne faisait jamais le salut nazi, dit Rudolf.

Rammelt hausse les épaules, ces manières de chichis politiques l'ennuient.

— On ne risque rien, nous autres, marmonne Bastiaan. Hitler a dit que l'art est le seul placement vraiment impérissable du travail et de l'effort de l'homme. On est ses chouchous.

— Alors, si les nazis restent au pouvoir, on va jouer du Beethoven, du Mozart et du Bruckner jusqu'à la fin de notre vie. C'est tout ce qu'ils connaissent de l'art.

— On a aussi joué l'hymne olympique… Même que c'était Richard Strauss, notre gloire nationale qui dirigeait.

Bastiaan ne peut se retenir de rire.

— Alors, à la santé de nos gloires nationales.

Chaque membre de l'orchestre a reçu une décoration pour avoir participé à l'ouverture des Jeux. La sienne, Bastiaan l'a foutue au fond d'un tiroir. Il est écrit, dans un beau bronze aux reflets bruns :

Pour un travail méritoire aux jeux Olympiques

Lors du congrès de Nuremberg, Hans Rammelt a été impressionné par la foule venue acclamer l'orchestre et les dignitaires nazis. Les femmes jetaient des fleurs en l'air dans les rues de Nuremberg. Il n'aime pas trop la foule parce que ça met dans les tripes de drôles de sensations, parce que ça vibre trop, et mal. Rammelt est un type rangé, sans histoires. Ses journées commencent à 7 heures, quand ses premiers élèves arrivent chez lui. Invariablement, à 9 heures, il enfourche son vélo, violon en bandoulière et fonce à la Philharmonie. La répétition dure jusqu'à midi. Pendant l'heure de pause, il revient à la maison, sa femme, Olga, lui a préparé un en-cas. D'autres élèves arrivent. Puis retour à la Philharmonie. Pas question d'être en retard. Surtout si c'est Furtwängler qui dirige. Il peut se mettre dans des colères atroces pour quelques minutes d'absence. Bastiaan en a fait les frais.

— Je n'ai plus aucun élève juif, dit Hans Rammelt. C'est fini. Je ne sais même pas ce qu'ils sont devenus.

Dans l'après-midi, Furtwängler est revenu. Des machinistes ont décroché le portrait de Hitler pour le transporter dans une autre salle. Il a bien dû encore négocier quelque chose en échange. Avec les nazis, c'est le marchandage perpétuel.

— Messieurs, dit Furtwängler en tapotant de sa baguette la partition, reprenons à la mesure où l'on s'est arrêté ce matin.

Les violons montent dans un mouvement ample qui semble venir du lointain. Le chef arrête immédiatement en secouant la tête. Il tourne une page de la partition et semble y chercher quelque chose, le visage fermé.

— Le *crescendo* vient au milieu de la mesure et non pas au début. Vous l'avez tous fait au début. Il ne faut pas trop exagérer. Plus de mélancolie.

Furtwängler hésite, sa voix est éraillée. La colère est encore en lui. Il se passe la main sur le menton, son regard hésite puis il ferme les yeux.

— Reprenons.

En 1936, à l'occasion du congrès du parti NSDAP, Buchholz note dans son journal :

Nous sommes arrivés à Nuremberg à 15 h 30. Toute la ville est décorée pour une grande fête. Des foules de gens sont massées dans les rues, dans une attente fébrile. Il y a des milliers de personnes.

Nous sommes émus de voir que, malgré le mauvais temps, tous ces hommes, ces femmes et ces enfants participaient à cette grande fête pour voir le Führer, ne serait-ce qu'un seul instant.

Le Führer arrive au milieu de la liesse. Il monte sur l'estrade avec solennité. Avec la cordialité captivante propre à sa personnalité. Il nous salue, nous qui nous sommes levés. Nous sentons la grandeur de cet instant.

Voilà que le Führer parle, il se tient parmi nous. À quelques mètres de moi. Il dit :

« L'art est le seul placement vraiment impérissable du travail et de l'effort de l'homme. »

Le 16 septembre, le professeur de la classe de Rodolphe faisait un cours sur le congrès de 1936.

— Savez-vous pourquoi ce huitième congrès a été baptisé « Congrès pour l'honneur » ?

Rodolphe avait levé le doigt, l'instituteur lui avait donné la parole :

— Parce que notre bien-aimé Führer a voulu que notre pays occupe à nouveau la Rhénanie. Il a lavé l'affront de la défaite de 1918. De tout temps, ces terres ont toujours été allemandes et doivent le rester.

— C'est très bien Rodolphe. Tu peux te rasseoir.

Deuxième partie

La maison des morts

« Vous êtes le plus grand chef du
siècle et c'est pour cela que je ne peux
pas vous pardonner. Vous ne deviez pas,
par votre présence en Allemagne,
apporter quelque caution que ce fût,
même passive, à la barbarie. »

Thomas Mann,
Lettre à Wilhelm Furtwängler

15

Christa vend le cabriolet Mercedes dès son arrivée en France. Une fortune, à ce qu'elle affirme. Un riche amateur d'opéra a payé, il n'a pas discuté le prix. Rodolphe comprend qu'il n'est sans doute pas qu'un simple admirateur. Christa chante et retrouve ses manières berlinoises. Parfois, elle rentre tard, sentant l'alcool et le tabac.

Ils sont installés rue de Vaugirard, non loin de Montparnasse et du jardin du Luxembourg. Christa a troqué un collier de perles somptueux contre un Pleyel, un quart-de-queue.

— Vaut mieux de la musique que des cailloux, a-t-elle déclaré.

De temps à autre, elle plonge dans une nostalgie qui déroute son fils. Elle parle de plus en plus souvent de la ville de son enfance. Le Berlin d'avant la Grande Guerre, d'avant les famines et les humiliations, revient comme un leitmotiv. Elle n'aime pas Paris. Trop tapageur. Une cité de relégation. Pas moyen de s'y faire vraiment.

Elle chante, beaucoup. S'épuise comme pour se vider de toute la tristesse et de la rancœur de l'exil, de tout ce qui pèse sur sa conscience. Sans y parvenir.

La voix tient, ne perd rien de son timbre, ni de sa tessiture. Elle vocalise tous les jours, longuement, parfois avec son fils. Christa maintient son rang, un caractère de fer. Son fils s'en éloigne peu à peu, sans qu'elle puisse le retenir.

Peu de temps après leur installation, il a déclaré, avec un aplomb que rien n'a effacé, pas même l'exil :

— Je veux devenir chef d'orchestre.

— Quelle drôle d'idée, par les temps qui courent !

Christa a réfléchi et a déclaré :

— Tu vas aller voir Hans Mayer. C'est un réfugié, comme nous. Un Juif. Il a quitté notre pays en 1931, avec toute sa fortune car il a senti le vent mauvais. J'aurais dû en faire autant. Les sentiments, voilà où cela mène. Mayer s'est installé en France et n'habite pas loin. Il a été violoniste puis il a dirigé en Pologne, avant de devenir le chef en titre du Philharmonique de Dresde. Tu ne peux pas trouver de meilleur maître.

Quand il sonne au 38, rue des Cordeliers, Rodolphe est pris d'une sorte de panique. L'envie de tourner les talons et de s'enfuir. Depuis qu'il vit en France, son univers d'enfant s'effondre, pan après pan. Ce n'est pas seulement l'enfance qui se détourne de lui, à la manière d'un chapitre qu'il faut bien refermer un jour. Il voit s'engloutir des espérances, disparaître des images. Le futur n'est plus le même. Il redoute de sortir, de croiser ces Français qu'ils trouvent exubérants et vulgaires. Certains le dévisagent parfois comme si le mot réfugié était écrit sur son front. D'autres l'insultent parce qu'il est allemand. Dans ses nuits, il cherche Eva, comme un secours dans un théâtre d'ombres. Il la devine parfois, voulant lui tendre les bras et l'embrasser. Mais, au réveil, personne ne vient. Sa mère, trop occupée, ne le console pas. Elle s'absente de plus en plus, le laisse seul, livré à la mélancolie. Il joue du piano de longues heures et fond en larmes quand une mélodie le perce. Il a presque quinze ans, un fin duvet couvre ses joues.

— C'est inimaginable comme tu as grandi, s'est étonnée Christa, après un repas du dimanche. Tu es plus grand que moi.

Puis elle l'a regardé drôlement, a froncé les sourcils. Ses yeux se sont voilés.

— Je ne te ressemble pas, Maman…

— Si, tu as les mêmes yeux que moi.

Rodolphe se renfrogne.

— À qui je ressemble, Maman ?

Elle a détourné le regard et a siffloté une mélodie connue. Le silence est revenu.

La porte du 38, rue des Cordeliers s'ouvre, Rodolphe s'arrête devant la guérite de la concierge en train de trier du courrier et qui lève le nez. Elle a un gros visage aux joues roses. Une de ces Françaises qui lui font peur.

— Je peux savoir où vous allez, mon petit monsieur ?

Rodolphe articule dans un mauvais français.

— Bonjour, madame. Je vais chez monsieur Mayer.

La concierge le regarde de bas en haut, l'œil mauvais.

— Encore un Allemand ! Un Juif, je suppose. Vous traversez la cour, c'est au deuxième.

Quand il toque à la porte, une voix forte, autoritaire, lui répond.

— Qui est-ce ?

— Rodolphe Meister, le fils de Christa Meister.

La porte s'ouvre brutalement. Un homme d'une cinquantaine d'années apparaît, élégant malgré la chevelure en désordre, droit comme un sergent-major, veston gris, pantalon noir, gilet et cravate. Il est à peine plus grand que Rodolphe. Son visage carré dégage une impression de volonté sans partage.

— Vous voilà donc, cher Rodolphe. Votre mère m'a beaucoup parlé de vous. Donnez-vous la peine d'entrer.

L'appartement de Mayer paraît immense. Une forte odeur de cigare, de poussière et de vieux papier imprègne un clair-obscur peuplé de bustes de compositeurs, en bourgeois solitaire, collectionneur et sans doute nostalgique.

— J'ai quitté Dresde bien avant l'arrivée de Hitler, dit-il en entraînant Rodolphe au bout d'un long couloir. J'avais un mauvais pressentiment. L'histoire me donne raison.

Il enseigne Mahler, Bruckner et surtout Wagner, ce « cochon de génie », comme il le surnomme. Parce que Wagner était un antisémite.

Dans une grande chambre, un beau secrétaire Renaissance est tourné vers la grande fenêtre, il y traîne quelques partitions. Un Pleyel, un quart-de-queue occupe tout le centre de la pièce.

— Installez-vous, dit Mayer. Mettez-vous à l'aise.

Le chef d'orchestre s'assoit devant le piano. Rodolphe trouve une chaise, se place face à lui.

— Qu'est-ce que diriger un orchestre signifie pour vous ?

Rodolphe ne s'attendait pas à cette question. Il est décontenancé.

Mayer se saisit d'une baguette qui traîne sur le piano.

— Faut-il battre la mesure ?

— Un chef n'a pas d'autre choix, répond Rodolphe. Sans cela, l'orchestre dérape. C'est la catastrophe, la débandade.

Rodolphe fait un geste grotesque de la main, du haut en bas, pour imiter la chute. Mayer rit de bon cœur. L'image lui plaît.

— La battue détruit le sentiment du flux mélodique, dit-il, plus sérieux. Qu'en pensez-vous ?

Le chef d'orchestre s'anime d'une sorte de fièvre qui brûle son regard.

— Diriger, dit Rodolphe, c'est d'abord transmettre un rythme. Un tempo. Pour moi, c'est le rôle premier du chef. De là, s'ensuit tout le reste. Sans tempo, pas de précision dans l'exécution d'une œuvre. Le tempo, c'est tout d'abord abstrait… Juste une indication. Mais dans la musique, ce ne peut pas être un tempo abstrait.

— Vous avez raison. C'est une réalité vivante et toujours changeante. Là est la vérité de notre art.

Mayer se masse le menton en cherchant ses idées. Ses yeux dansent dans leurs orbites.

— Tout le problème, monsieur Meister, c'est de savoir comment, avec ma simple baguette qui bouge comme ça dans l'air, je vais amener l'orchestre à chanter. Comment, en m'appuyant sur les repères rythmiques, faire que l'orchestre chante? Comment donner de la couleur?

Le chef chante une mélodie de Mozart, les yeux fermés. Ses mains caressent l'air.

— J'ai bien connu Nikisch, dit-il, notre père à tous. Il savait faire chanter un orchestre, chose extrêmement rare. Il ne se préoccupait que de la sonorité, de la création et de l'accomplissement de cette sonorité. Pour moi, diriger un orchestre, c'est comment s'y prendre pour qu'il ne joue pas seulement de façon rythmique précise, mais qu'il chante, et qu'il chante avec toute la liberté indispensable à une réalisation vivante de la phrase mélodique. N'oubliez jamais que diriger signifie pouvoir créer librement.

Faire chanter l'orchestre, se répète Rodolphe, comme pour s'imprégner de cette maxime magique. Dans aucune académie, on n'apprend cela. Il songe aux grands chefs qui entendent servir l'œuvre en la respectant scrupuleusement. Mayer a deviné ses pensées.

— Le problème n'est pas d'être le «serviteur de l'œuvre» mais de la comprendre. Et cela ne se résout pas comme un problème d'arithmétique. Il n'y a pas de mathématique ou de géométrie. La solution est en vous, Rodolphe. Elle dépend de votre force et de votre richesse. Ce que vous n'êtes pas, vous ne pouvez pas le faire.

»Réussir une exécution précise, magistrale, brillante est à la portée de nombreux artistes; mais laisser parler l'âme de Beethoven, de Wagner, voilà qui est autre chose... Qui ne porte pas en soi une parcelle de Beethoven ou de Wagner ou d'autres, qui en quelque sorte n'est pas en affinité avec leur génie ne pourra pas les interpréter réellement. Ni sincérité, fidélité, effort, ni la plus grande virtuosité ne peuvent remplacer cela. Beethoven et Wagner ont été des âmes exceptionnelles. Je sais qu'il y a en vous une parcelle de ces génies.

— Je me sens plus proche de Beethoven que de Wagner. Sans oublier Bach.

La remarque semble agacer Mayer.

— Je ne suis pas wagnérien, dit-il, mais je pense que Wagner est un génie, le créateur de normes et d'orientations nouvelles, parmi les plus féconds. Un cochon aussi, car il a écrit des choses horribles sur nous autres, les Juifs. Le pire antisémite que le monde ait connu ! Que voulez-vous, l'homme n'est parfois pas à la hauteur du génie qu'il incarne.

— Il est très aimé en Allemagne, aujourd'hui.

Mayer balaie la réflexion d'un geste de la main.

— Tout ça, c'est à cause du national-socialisme car, malgré toute son arrogance, ce régime n'a pas confiance en lui. C'est pour cette raison qu'il aime exploiter pour son compte la grandeur et le génie d'autrui ou d'autres temps. Wagner aurait méprisé des Hitler, Göring ou Goebbels…

Il se lève et se dirige vers un gramophone.

— Je vous ai préparé une petite surprise, Rodolphe, pour illustrer ce que je viens de vous dire.

Il place un disque sur le plateau.

— J'ai écouté Toscanini dans quelques passages de *Tristan*. Une chose m'a marqué, dès l'ouverture.

Mayer soulève le bras du tourne-disque et le pose sur la grosse galette noire. Le saphir chuinte quelques secondes puis les violoncelles apparaissent.

— Écoutez. Quand il aborde le thème de *Tristan*, Toscanini accélère. Ça lui arrive très rarement, mais il le fait car il pense qu'en accélérant il intensifie l'émotion qui se dégage de la composition.

— On dit pourtant qu'il est un véritable métronome…

— Voilà, c'est là. Vous entendez? Il passe à la vitesse supérieure, puis il ralentit.

Mayer change de disque.

— Écoutez Furtwängler !

Le maître de Berlin ne ralentit pas, ni n'accélère. Il joue sur l'intensité du son, partie d'orchestre par partie, bien distinctes.

Rodolphe ne connaissait pas ces enregistrements.

— Vous savez, dit Mayer en dessinant une ligne imaginaire devant ses yeux, Toscanini dirige en partant d'un point vers un autre, c'est sa notion du temps musical. Furwängler, c'est l'inverse. Seul le présent compte. L'inspiration, l'immédiat. Le tempo, il s'en fout. En gardant le même rythme, il conserve toute l'intensité dramatique. En accélérant, Toscanini use d'un effet très superficiel. Il croit que l'accélération du rythme donne de l'expressivité. Il se trompe.

Rodolphe est ébranlé. Il n'aime pas évoquer, d'une façon ou d'une autre, son enfance berlinoise. Ce n'est pas encore assez loin.

Mayer range ses disques et allume une cigarette.

— Pardonnez-moi. Je crois que j'ai rappelé certains souvenirs douloureux.

— Ce n'est pas grave, Maître.

— Il va falloir apprendre à vous endurcir. Par les temps qui courent, un musicien doit aussi être un guerrier, en quelque sorte. Nous autres, Juifs, nous savons cela dès la naissance.

Rodolphe ne se sent pas juif. Comment le pourrait-il ? Il l'est devenu par la férocité d'un régime. Mais il comprend aujourd'hui cette douleur ancestrale dont parle Mayer. Il la touche du doigt, dès qu'il met un pied hors de chez lui. L'enfant qu'il était et qui aimait voir défiler les SA dans la nuit de Berlin, flambeaux à bout de bras, fasciné par leur force animale, est mort en lui.

— Je me souviens de Furtwängler, dit-il d'une voix blanche.

— L'avez-vous rencontré ?

— Oui, en 1932, à Bayreuth. J'étais tout petit, à peine sept ans. Maman m'avait emmené au Palais des festivals. Furtwängler était là. Je l'ai revu sur scène par la suite.

— Vous avez dû rencontrer aussi la vieille Winifred Wagner !

— Oui. Je me souviens d'une grande femme qui m'a caressé le menton quand j'ai passé la porte de sa villa. Elle ne semblait pas si vieille que ça.

— Une vraie nazie, celle-là. De Wagner, elle n'a que le nom et les idées de cochon.

Mayer fait un signe pour balayer ses souvenirs.

— L'art est au-dessus de tout ça. Furtwängler n'est pas antisémite, lui. Je le sais. Il a rendu service à beaucoup de musiciens juifs. Je sais qu'il m'aurait défendu.

Mayer cherche une partition et l'installe sur le piano.

— *Cinquième Symphonie* de Beethoven. Prenez ma baguette, fermez les yeux et imaginez le pupitre des premiers violons, là, devant vous, sur votre gauche. Au fond, à droite les contrebasses. Les cuivres se trouvent à côté. Les premières notes, vous les connaissez : trois croches, avec un demi-soupir juste avant, puis une blanche qui prend toute la mesure. Cette note, vous pouvez la faire durer le temps que vous souhaitez. Vous avez le temps, vous en êtes le maître. Elle pose le drame de cette symphonie.

Rodolphe connaît la partition par cœur. Il lève la baguette. Sa main tremble.

— Regardez bien les cordes, dans les yeux. Ils ont besoin de vous, de votre énergie. Tous les regards sont tendus vers vous. C'est à vous !

16

C'est arrivé comme un coup de tonnerre, la guerre. À la fin de l'été. Rodolphe l'a appris en traversant le jardin du Luxembourg. Les moineaux se disputaient dans les buissons, les gosses jouaient aux soldats, justement. Un vieux, assis sur une chaise de fer, tenait un journal avec un gros titre qui annonçait la déclaration de guerre. C'est de cette façon qu'elle est entrée dans la vie de Rodolphe. Il l'a vue s'étaler ensuite, dans les journaux, sur les murs, à la radio. Partout, jusque dans le ciel. Les étoiles ne brillaient plus du même éclat dans l'été.

Tout a commencé par un pacte entre Hitler et Staline. Tout le monde en a parlé. Rodolphe ne connaît rien à la politique mais il s'est souvenu qu'en Allemagne les nazis détestaient les communistes. Comment pouvaient-ils tomber d'accord pour s'acoquiner et ensuite se jeter sur la Pologne ?

À ce sujet, Mayer s'est emporté en pleine leçon sur la *Passion selon saint Matthieu*, de Bach. La guerre a débarqué, comme ça, dans la conversation. Parce que sa mère était polonaise, de Varsovie.

— Hitler est un porc. Il va mettre l'Allemagne dans le même état qu'en 1918. Peut-être même pire.

Heureusement que nous sommes en France, monsieur Meister.

La leçon s'est arrêtée là. Rodolphe est rentré chez lui en marchant le plus vite qu'il pouvait. Il est allemand, il est l'ennemi. La police va venir l'arrêter.

— Mais non, a dit Christa, nous sommes réfugiés. Nous avons un statut particulier. Personne ne viendra nous ennuyer.

— Et Eva, qu'est-ce qu'elle va devenir ?

— Mon Dieu. Tu penses encore à elle ! Mais je m'en fiche d'Eva. C'était une nazie. Elle n'a que ce qu'elle mérite !

Rodolphe a rougi de colère.

— Tu as chanté devant Hitler, toi. Et ton ami Furtwängler aussi. Mayer, lui, il est parti.

Le regard de Christa a brûlé de colère.

— Tais-toi. Tu ne sais pas de quoi tu parles. Ne nous juge jamais.

— Alors, ne juge pas Eva.

Elle a levé la main pour le gifler. Il a planté son regard dans le sien, la haine au cœur. Jusqu'à ce qu'elle éclate en sanglots.

Il n'a pas eu de mots pour la consoler. Il a même éprouvé un certain plaisir à la voir descendre de son piédestal. N'être plus, tout à coup, la grande dame qui s'enveloppe de mystères, mais une femme qui se fissure, qui s'abaisse et qui cherche le pardon. Elle est sortie et n'est revenue qu'au point du jour, le visage moche, le maquillage parti avec la nuit, laissant voir les rides et la fatigue. Elle venait d'être possédée par un homme, Rodolphe le sentait dans son regard fuyant. Il n'a pas eu de mots.

Dans la matinée, les chars allemands ont percé le front. Rodolphe évite de s'attarder dans Paris. Ses rares sorties sont pour le marché noir ou Hans Mayer. Le chef d'orchestre le fascine, même s'il paraît rude et endurci, son âme souffre autant que celle de Rodolphe.

— Je n'ai plus grand-chose à vous apprendre, Rodolphe. Vous connaissez la musique aussi bien que moi.

— Je ne pense pas, Maître.

— Mais si, mais si. Ce qu'il nous faut, à présent, c'est un orchestre pour que vous puissiez faire vos premières armes. Je vais arranger ça avec des amis du conservatoire. Mais avec cette guerre, tout devient compliqué.

Une semaine plus tard, Mayer passe prendre Rodolphe. Il a réuni un orchestre d'une vingtaine d'élèves des classes supérieures du conservatoire.

— Je vous présente Rodolphe Meister. Un jeune Allemand en exil. Il ne parle pas encore très bien le français.

Rodolphe remercie les musiciens. Une jeune fille, parmi les violonistes, ressemble à Eva. Il lui adresse un sourire, mais elle n'y prend pas garde.

— Nous avons choisi comme étude la *Cinquième Symphonie* de Beethoven. C'est la plus facile car tout le monde la connaît. Monsieur Meister, c'est à vous.

Rodolphe monte sur une estrade et se place devant le pupitre. Les musiciens le guettent, disciplinés. Il lève la baguette et l'abaisse. Deux mesures passent. Le petit ensemble dérape. Mayer le coupe.

— Monsieur Meister, dit-il d'un ton sévère, c'est une idiotie, ce que vous faites. Ce n'est pas la première fois que je vous fais cette remarque. Considérez les musiciens avant de vous jeter dans une partition. Votre regard doit leur dire vos sentiments, vos souhaits. Ensuite, il faut leur indiquer le tempo. C'est la première fois que vous répétez ! Comment voulez-vous qu'ils sachent à quel rythme vous allez les conduire ? Recommencez.

— Une mesure pour rien, dit Rodolphe. Un, deux !

Mayer laisse jouer une dizaine de mesures.

— C'est mieux. Mais pourquoi vous accélérez comme ça, sans prévenir ? Pour quelle raison ?

— Je ne sais pas, bredouille Rodolphe. J'ai éprouvé le besoin d'accélérer.

— Non ! s'emporte Mayer. Il faut une bonne raison. Et vous n'en avez pas. Reprenez à la mesure numéro trente.

Mayer laisse jouer jusqu'à la fin du mouvement. Rodolphe n'imaginait pas qu'il puisse être à nouveau aussi sévère et dur envers lui.

— Vous avez été un bon métronome, monsieur Meister. Maintenant, il va falloir songer à faire chanter l'orchestre. Qu'en pensez-vous ?

Rodolphe est au bord des larmes. Il a toujours été protégé, câliné, gardé dans la naphtaline d'un milieu très étroit. Le voilà mis en danger, moqué devant des jeunes du même âge que lui et dont il ne sait rien. Celle qui ressemble à Eva n'a pas pu retenir un rictus désobligeant.

— Nous sommes *andante con moto*, dit-il en mettant de côté son amertume. Nous allons prendre ce mouvement plus lentement que d'ordinaire.

Il chante les premières notes en se souvenant d'un concert de Hans Knappertsbusch. Le chef avait souligné l'ampleur de la mélodie par des gestes plus larges. C'était magnifique.

Mayer ne dit rien.

— Trois quatre, dit Rodolphe.

Mayer laisse jouer, les yeux fermés. Rodolphe s'arrête de lui-même. Il a pris de l'assurance.

— J'aimerais essayer un léger *crescendo* sur la dernière phrase.

— Chantez-le, intervient Mayer. La musique, ce n'est pas des mots mais des sons. Avec des mots, votre degré d'explication est faible. Chantez ce que vous demandez.

Rodolphe essaye. Les musiciens l'écoutent, poliment.

— Il faut que ça sorte mieux que cela, reprend Mayer. Vous avez raison de vouloir ce petit *crescendo*. Moi aussi, je le demande. Parce qu'il donne du relief. Chantez-le mieux que cela.

Quand ils se séparent, entre chien et loup, Rodolphe est épuisé, comme vidé d'une part de lui-même.

— Soyez fort, dit Mayer en lui serrant la main. Dans ce titre de chef d'orchestre, n'oubliez pas qu'il y a le mot chef. Ce que vous voulez obtenir d'un orchestre, il faut le vouloir vraiment, intensément, absolument. Et ne pas reculer. C'était la leçon d'aujourd'hui.

— Merci, Maître. Mais vous savez que je n'ai que quinze ans.

Mayer tourne les talons et s'en va dans la nuit qui descend, tiède et incertaine. Sa silhouette étrange se confond avec la multitude des Parisiens qui vont et qui viennent. Rodolphe éprouve une certaine amitié, et de la colère aussi, pour cet homme dont l'autorité masculine est nouvelle pour lui. Il pense à son père invisible. Aurait-il aimé qu'il soit pareil à Mayer ?

— Les chars allemands avancent sur Reims ! lance un crieur de journaux. Les Allemands à une cinquantaine de kilomètres de Paris ! Demandez *Paris-Soir* ! L'armée française recule. On s'attend à un désastre. Demandez *Paris-Soir* !

Christa a laissé un mot, d'une écriture nerveuse, à peine lisible. Ce soir, elle chante, pour la dernière fois, à l'Opéra-Comique.

Rodolphe sera seul, une nuit encore. Il a fui les nazis, les nazis le rattrapent. Il songe à s'échapper de nouveau, à décamper en emportant le nécessaire et à laisser le superflu, ce qui fait le parfum de la vie.

Quand Christa rentre à la maison, au milieu de la nuit, elle bute sur un angle de son lit et s'affale de tout son long. Elle a bu plus que de raison.

— Couche-toi, Maman, ordonne Rodolphe sans ménagement.

— Tu as honte de moi, c'est ça ?

Il reste muet. Ce n'est pas de la honte qu'il éprouve mais une immense peine. La guerre est entrée dans les cœurs et jusqu'au plus profond de leurs âmes en exil.

— Les Allemands seront bientôt à Paris, Maman. C'est une question d'un jour ou deux. Le gouvernement a quitté la capitale.

— Je sais tout cela, mon Prince. Tout le monde le sait… C'est la fin…

Christa ne porte pas son bracelet de perles auquel elle dit tenir plus que tout et qu'elle ne quitte pratiquement jamais. Elle n'a pas non plus sa bague montée d'un gros solitaire. Ses longs doigts semblent nus et fragiles, plus vieux tout à coup.

— Où as-tu mis tes bijoux, Maman?

— Dans la cheminée… Sous le foyer, il y a un petit trou. Tu les trouveras, au besoin.

— Au besoin?

Elle soupire et ferme les yeux. Il la regarde, vaincue et désordonnée. La robe relevée qui découvre le haut de ses bas et sa chair rose, son entrejambe impudique. Elle ronfle déjà, abandonnée à ses démons. Rodolphe la recouvre d'un édredon et s'efface. Il vient d'entrer dans la vie.

17

Par autorisation spéciale du Führer, je vous déclare indisponibles pour le service militaire, en vue de missions propagandistes et culturelles.

Docteur Goebbels

Trois musiciens se trouvent dans le bureau de Furtwängler. Bastiaan, Erich Hartmann, la nouvelle contrebasse, Alfred Hornoff, un second violon.

— Regardez, Maître.

Hornoff adore la photographie et ne part jamais en tournée sans son Leica. Il tend des clichés à Furtwängler.

— Merci, monsieur Hornoff.

Furtwängler n'a jamais vu de destructions de guerre. Quelques images aux actualités cinématographiques, rien de plus, qui vantent les mérites de la Wehrmacht. Les voix métalliques et théâtrales sur les actualités ne varient pas, l'Allemagne vainc sur tous les fronts. Les clichés de Hornoff terrifient le chef d'orchestre.

— Quelle est cette ville ?

— Rotterdam. Je me demande comment on a pu jouer dans ces conditions ?

Furtwängler se penche sur les clichés. Des immeubles effondrés, certains encore fumants. Des faces de pierre calcinées aux fenêtres vides. Des moignons saillent d'amas de briques. Sur un tas de gravats, des hommes et des femmes se baissent pour récupérer des misères. Des enfants rôdent sur un parterre de ciment hérissé de barres de fer en queues-de-cochon. L'aviation allemande a pilonné Rotterdam, un nid de morts, désormais. La ville est branlante, on voit à travers les immeubles. Derrière chaque façade encore debout, il n'y a que du néant poussiéreux. Une femme coiffée d'un fichu pousse une carriole et passe devant une voiture calcinée. Un enfant la suit, la chevelure mal peignée.

— C'était la tournée pour la Wehrmacht ?

— Oui, monsieur.

Bastiaan se tait. Ses yeux bleus trahissent son tourment. Il est musicien et allemand. Pas vraiment un nationaliste, mais un patriote. Il est aussi d'origine hollandaise, son père est né à Rotterdam.

— J'ai eu honte en sortant du train et en retrouvant Berlin, dit-il. Je suis rentré chez moi, mon violon sous le bras.

— J'ai été soldat, dit Hartmann. Sur le front de France et en Pologne… J'ai vu des atrocités comme celles-là. Des villes brûlées… Ce n'est pas beau, mais que peut-on faire ?

Ses yeux parcourent les photos brièvement. L'émotion est palpable sur ses lèvres. Il a dû laisser devant la porte de sa conscience des souvenirs de boue et de sang.

— J'ai été blessé, poursuit-il. Je suis content de ne plus jamais aller à la guerre.

— À moins que la guerre ne vienne à nous, murmure froidement Furtwängler. Ceux que nous martyrisons se vengeront, tôt ou tard. C'est toujours comme cela que ça se passe dans l'histoire.

Tous les musiciens du Philharmonique savent qu'ils servent une seule idée : en Allemagne, la culture est florissante, leur orchestre donne la meilleure image possible de leur nation. Furtwängler refuse de jouer dans les territoires conquis par le Reich.

Buchholz, le nazi, a noté dans son carnet :

Depuis le début de l'année, l'orchestre part en voyage. Comme pour la dernière tournée, l'orchestre a pour mission de porter l'art allemand auprès des populations qu'il doit conquérir pacifiquement.

Au kiosque de la rue de Vaugirard, Rodolphe aperçoit un titre de *Paris-Soir* : le Philharmonique de Berlin se produira dans une usine près de Paris. Sous la direction de Clemens Krauss. Rodolphe n'a pas le temps d'en lire davantage, il doit se dépêcher pour ne pas rater le début du cours de Mayer.

Quand il pousse la porte de la rue des Cordeliers, il entend des instruments en train de s'accorder. Mayer a réuni un petit orchestre, huit élèves, quatre violons, trois violoncelles et une contrebasse.

— Vous n'êtes pas en avance, monsieur Meister !

— Je vous demande pardon, je me suis arrêté pour lire la une d'un journal.

— Eh bien, qu'est-ce qu'il disait, ce canard ? Que la guerre est finie ?

— Le Philharmonique de Berlin jouera demain, pendant la pause des ouvriers, dans une usine à côté de Paris.

— Qui dirige ? demande le maître de musique.

— Clemens Krauss, répond Rodolphe en ajoutant qu'il l'avait déjà rencontré.

— Salaud, grince Mayer en retenant sa colère. Cochons de musiciens.

— Que peut-on reprocher à des musiciens ?

Mayer foudroie du regard son élève.

— Krauss est un nazi de la plus belle espèce. Tout cela, monsieur Meister, ne doit plus vous regarder. Oubliez le Philharmonique que vous avez connu, ce n'est plus que l'instrument de ces cochons.

Mayer le dévisage durement.

— Sortez votre baguette et commençons. Je vous ai préparé une partition facile, que vous connaissez sans doute par cœur. Nous n'avons qu'un orchestre très restreint mais c'est nettement suffisant.

Rodolphe se concentre. Mayer laisse jouer jusqu'à la cinquième mesure.

— C'est gris ! s'écrie-t-il en levant le bras avec colère. Tout est gris, monsieur Meister. Reprenez à cette cinquième mesure.

Rodolphe reprend, plus lentement. De sa main gauche, il demande aux violons plus d'intensité. Mayer s'écrit :

— Qu'est-ce que vous faites, avec votre main ?

— Je veux qu'ils me suivent... Je...

— Comme c'est gentil. Et vous croyez qu'ils vont vous écouter ?

— Je leur indique que…

— C'est une bêtise. Vous croyez qu'ils sont perdus, sans vous ? Mais c'est dans votre geste que je veux voir votre détermination, votre volonté.

Mayer imite le geste timide de Rodolphe.

— Qu'est-ce que c'est ça ? Une bêtise ! Où avez-vous vu ça ? Reprenez.

Rodolphe rougit, contient le bouillonnement en lui. Il lève la baguette. Rien ne se passe. Rien de magique.

— C'est toujours gris.

Mayer se lève, le regard perçant. Il marmonne quelques mots en allemand.

— Il faut comprendre qu'on doit entendre les notes. Ils ne font rien qui va. Le tempo, vous devez le suivre mais aussi mettre en relief les instruments. Si tout le monde joue comme vous leur demandez, ça fait de la bouillie. Faites des grimaces ! Il faut être expressif. Pour leur dire s'il faut être sombre, d'un seul regard ou un sourire pour leur demander un peu de légèreté. Laissez-vous aller à la musique. Ne soyez pas raide. Sinon, vous abandonnez vos musiciens à leur propre physique.

Mayer imite les gestes qu'il a dû faire des centaines de fois devant les plus grandes formations d'Allemagne et d'Europe. Il fronce les sourcils, serre les poings, lève les yeux au ciel, sourit comme s'il était enchanté par des notes imaginaires.

— L'erreur, monsieur Meister, c'est de vouloir faire de la musique un objet de la pensée. Il y a de la musique en chacun de nous.

En quittant Mayer, Rodolphe marche un long moment, les yeux sur chacun de ses pas. Il essaie de reconnaître ses sentiments, de peser le fond de son cœur qui bout encore. Le trottoir luit faiblement de pluie et de froid. Dans la nuit, les phares masqués des voitures jettent des reflets fugitifs qui courent sur les flaques.

Rodolphe s'interroge. Existe-t-il toujours de la même façon? Il n'a que quinze ans. Un maître renverse ses certitudes, bouscule la table, fait tomber les pions. Il a perdu son pays, une part de son jeu et son passé sont déjà en lambeaux. Mayer, il le déteste à présent, parce qu'il n'est pas le «bon père». Mais il est celui qui amène le monde et le découvre.

À l'angle de la rue de Vaugirard, une affiche rouge bordée de noir est collée sur un mur de pierres de taille. Il s'approche. Le texte est en français et en allemand.

Arrêt de la cour martiale
Yves Mercier
A été condamné à mort pour actes de violence
contre l'armée allemande.
Il a été passé par les armes le 2 mars 1941.
Le tribunal de guerre.

Rodolphe lit une nouvelle fois, en allemand, puis en français. Sa langue maternelle l'effraie. Le mot *Tod*, «mort» en français, est tracé en de grosses lettres grasses et toutes droites, au milieu de l'affiche. Il passe la main dessus et sent sous ses doigts les boursouflures du papier mouillé.

Des silhouettes se pressent dans la rue, sous la pluie qui tombe en biais. Des visages se tournent vers Rodolphe, des questions, comme des pointes, le temps d'un regard qui luit dans le noir. Une femme arrive en courant, le col de son manteau remonté. Ses talons clapotent sur les flaques. Elle passe en le bousculant.

Le vertige, soudain. Le sol se dérobe, mou et noir.

— Jeune homme, ça ne va pas ?

Une main ferme le gifle. Son visage est trempé.

— Jeune homme !

Rodolphe se relève en s'appuyant sur une épaule inconnue.

— Ça va ?

Rodolphe hoche la tête sans prononcer un mot. Il a l'accent de cette affiche, l'empreinte de cette langue ennemie et cruelle.

— Vous avez fait un malaise. Rentrez chez vous.

Il chancelle en franchissant la porte de l'appartement de la rue de Vaugirard. Un frisson le parcourt. Il veut appeler sa mère. Les mots ne parviennent pas à sortir. Tout est bloqué au fond de lui. Christa n'est pas là. Il n'y a que la petite tête de pâte à modeler qui le fixe depuis le couvercle du piano. Mutique.

18

Berlin. Avril 1942

Le printemps hésite. À Tiergarten, les arbres retiennent leurs branches dans le ciel incertain, entre pluie et giboulées. Même la nature n'en veut plus de cette poussée de vie. Berlin est comme une fleur qui n'en finit pas de faner.

Devant la Philharmonie, un ancien combattant de la Grande Guerre, un gars du front de France, tient un stand de drapeaux nazis, d'insignes et d'objets aux couleurs du NSDAP. Il a aligné des photos du Führer sur le devant et, derrière, des pots de verre remplis de bonbons multicolores. Furtwängler le croise chaque fois qu'il sort d'une répétition, et le salue. En signe de respect, l'ancien qui a pataugé dans la boue sanglante de Verdun soulève son chapeau noir et gauchi. Un homme achète pour son gamin en culotte courte deux sucres d'orge et une petite girouette de croix gammées qui tourne avec le vent tiède, cela fait un cercle rouge rayé d'un filet noir. L'homme reconnaît Furtwängler et le salue d'un large sourire. Puis il se penche vers son enfant et lui murmure quelques mots à l'oreille. Le garçonnet lève les yeux vers le grand monsieur un peu raide dans son manteau et sourit à son tour en agitant son jouet. Le musicien répond d'un petit signe de la main.

Plus loin, une femme en noir vient vers le maestro, une expression amère sur le visage, un brassard noir au bras droit. Une veuve, une endeuillée. Elle tend une tirelire de fer-blanc.

— Pour les blessés...

Furtwängler donne sans oser la fixer. Depuis que les nazis ont pris le pouvoir, il faut être charitable, spontanément. C'est la règle, la spontanéité. Même les applaudissements obligatoires doivent être spontanés.

Le tramway vert claque sur les rails et jette deux sons de cloche en passant près du passage piéton. Furtwängler arrête un taxi. Il dormira chez lui, ce soir. Dans une semaine, l'orchestre part en Autriche pour une tournée d'un mois. Il n'assistera pas à l'anniversaire de Hitler, l'événement national du mois d'avril. Le chauffeur a fixé un petit drapeau à croix gammée sur le tableau de bord. Il ne parle pas, ses yeux ronds s'agitent en permanence en surveillant la route.

— Des nouvelles du front de Russie ? demande-t-il à brûle-pourpoint, comme il s'engage sur Wilhelmstrasse.

— Pas vraiment, mais je pense que nous avons gagné, ironise le chef d'orchestre. Comme toujours !

— Pour sûr, notre bien-aimé Führer sait comment mener la guerre.

Le taxi freine subitement, trois jeunes gens en uniformes des jeunesses hitlériennes traversent la rue en courant pour attraper le tramway. Ils portent des sacs à dos comme ceux des soldats. Le plus petit trimballe un clairon, ses deux copains des drapeaux enroulés sur leurs hampes.

Malgré la censure, la vérité finit par s'échapper des consciences muselées. On papote à voix basse, on dit des choses, même si on dit peu, au fond. On ne déballe ni son âme ni son cœur, surtout pas. Une main puissante étouffe la rumeur du monde. « La bataille de Moscou serait perdue », a déclaré Hans Dietel, le premier alto, un sanglot dans la voix. Son fils et son frère se trouvent sur le front, dans les troupes d'assaut. Lui n'est pas trop vieux pour le tranchoir des batailles mais il est le meilleur alto d'Allemagne. On le garde.

Les télégrammes de mort arrivent discrètement dans les maisons. Personne n'entend les pleurs, la douleur qui s'étouffe, les voix qui chutent dans le silence. Le Reich est vainqueur sur tous les fronts, baratinent les films d'actualités. Combien de centaines de milliers de jeunes Allemands sont-ils tombés pour Moscou ?

Vers minuit, la sirène d'alerte retentit. Une sale clameur dans la ville plongée dans la nuit, sans lumière, sans souffle. Furtwängler se bouche les oreilles pour ne plus entendre sa ville meugler. Judith, la femme allongée près de lui, n'a pas l'air terrorisée. Elle pose avec dédain son magazine de mode et se lève, nue et dorée, fait quelques pas gracieux jusqu'à la salle de bains et s'enferme quelques instants. Judith travaille au Staatsoper comme secrétaire. Une grande blonde aux jambes sans fin. De temps à autre, elle chante avec un air polisson des couplets populaires que

Furtwängler ne connaît pas. Elle couche pour coucher, pas pour un avancement ou de l'argent. Juste pour jouir. Et pas avec n'importe qui. Elle a des arguments, autant en profiter. Du sexe, encore et encore, avant le chaos.

Elle revient, s'allonge lentement, son corps exhale un parfum d'ambre qu'elle a dû trouver au marché noir. Elle retire des mains de Furtwängler la partition d'une sonate qu'il tente de terminer malgré le travail qui l'absorbe. Elle pose un baiser sur ses lèvres boudeuses et passe sa main sur sa poitrine, jouant à peigner les poils qui frisottent, puis descend lentement jusqu'à son sexe déjà dur.

Le lendemain, le musicien se lève plus tard que d'ordinaire. Judith est partie, laissant traîner derrière elle son parfum vulgaire et le silence des amours qui trébuchent. Il ne la reverra sans doute pas ou la croisera dans les couloirs du Staatsoper. Rien ne dure, et ce n'est pas plus mal. Une amie lui a présenté une jeune femme, Elisabeth. Vingt-cinq ans de moins que lui, un sourire et une vitalité qui l'ont bouleversé. Une veuve, comme des milliers d'Allemandes. Son mari a été tué sur le front de France et lui a laissé deux enfants. Wilhelm la retrouvera, sûrement, cette blonde qui rit aux éclats malgré les coups de salaud de cette guerre. Le téléphone sonne.

— *Herr* Furtwängler ?

Le chef reconnaît la voix de nez et le ton douceâtre. Goebbels. Il ne dit pas *Heil Hitler* mais « Bonjour », avant les quelques mots de convenance. Goebbels adoucit le ton quand il demande, avec le faux respect qui le caractérise :

— Je voudrais que vous dirigiez la *Neuvième* de Beethoven pour l'anniversaire de notre bien-aimé Führer. Ce sera un immense cadeau !

— Je ne peux pas, ce n'est pas possible.

— Et pourquoi donc ?

— Je n'ai pas le temps de répéter. L'orchestre n'est pas du tout prêt.

Goebbels laisse passer un silence. Un téléphone grelotte derrière lui. Il doit se trouver au ministère, dans son grand bureau.

— Le Berliner connaît la *Neuvième* les yeux fermés, vous le savez très bien. Vous-même la dirigez par cœur depuis des années. Et puis, vous avez quelques jours pour vous préparer.

Furtwängler cherche son agenda. Il tourne nerveusement les pages.

— Nous sommes le 10, dit-il, fébrile. L'orchestre doit partir pour Vienne dans deux jours. Nous avons une répétition aujourd'hui, la *Première Symphonie* de Brahms. La tournée durera un mois. On ne peut pas être à Berlin pour le 19. Cherchez un autre orchestre.

— Non, rétorque Goebbels après un claquement de langue. C'est vous qui devez diriger cette *Neuvième*. Il s'agit de l'anniversaire de notre Führer. Vous me comprenez, je suppose ?

Le ton change, glacial et tendu.

— Je ne suis pas le seul chef à pouvoir diriger la *Neuvième*. Vous n'avez qu'à demander à Karajan. Il doit être libre.

Goebbels tape de la pointe de son stylo sur le rebord de son bureau. Il n'a pas la réputation d'être patient.

— Vous avez de la chance, docteur Furtwängler. Beaucoup de chance. C'est Hitler lui-même, notre bien-aimé Führer en personne, qui exige votre présence à la tête du meilleur orchestre du monde. Il ne veut pas de ce Karajan. Et vous savez pourquoi ?

— Non.

— Allons, ne faites pas l'innocent. Vous savez très bien que le petit génie s'est fourvoyé dans le deuxième acte de *Lohengrin*, en présence du Führer. Ce qui a provoqué sa colère. Une véritable tempête. Il ne veut plus le voir et encore moins l'entendre. Ça devrait vous faire plaisir, non ? Pour ma part, j'aime beaucoup le style de Karajan.

Furtwängler ne répond pas, la jalousie l'étouffe tout à coup. Gorge serrée. La rage. Il déteste Karajan autant qu'il méprise Goebbels.

— Cher maestro ? Vous m'entendez ?

— Bien entendu.

Il y a dans ce « Cher maestro » toute la terreur qui couvre le monde. Combien de temps cela va-t-il durer ?

— Ne vous inquiétez pas pour la tournée en Autriche. Concentrez-vous sur la *Neuvième*. Notre Führer vous en sera reconnaissant.

Goebbels annulera les concerts en Autriche, sur-le-champ. Furtwängler a méthodiquement raté chaque anniversaire de Hitler, depuis 1933. Il n'échappera pas à celui-là. Il se murmure que le ministre de la Propagande prépare une immense fête nationale, avec spectacles de majorettes, défilés au pas de l'oie. Des bottes et encore des bottes, des coups ronds et sourds de tubas comme des flatulences et des trompettes qui pétaradent. Berlin vibrera comme une caisse claire.

La ville est déjà pavoisée de rouge et de noir. On va y ajouter des fleurs et des portraits géants du petit caporal, comme l'appelait Hindenburg. Le minus a grandi comme poussent les ogres.

Le soir du 19. Hitler n'est pas là. Une chaise vide. Comme à chacun de ses anniversaires. Deux immenses croix gammées décorent les scènes de part et d'autre. Goebbels prononce un discours d'une heure, devant une salle comble. Furtwängler bout, en coulisse. Il entend :

« Il doit savoir qu'à chaque heure du jour, il peut compter sur son peuple. Même dans cette bataille entre la vie et la mort, il est et restera ce qu'il a toujours été : notre Hitler. »

Sous les applaudissements, Goebbels regagne sa place au premier rang, à côté d'une chaise vide qui marque symboliquement la présence du Führer. Les mains clapent encore de longues minutes puis s'épuisent peu à peu en attendant le chef d'orchestre.

Furtwängler entre dans la lumière. Les applaudissements redoublent. L'orchestre se lève. Göring le fixe intensément, Goebbels glisse un mot à son voisin avec un sourire du coin des lèvres. Le chef salue sèchement et se retourne vers son Philharmonique.

Ce soir-là, Goebbels, le front suant, se lève pour tendre la main au chef d'orchestre. Furtwängler la serre du bout des doigts. Elle est ferme, moite et osseuse. Le regard du ministre est vitreux, comme celui des drogués. Il dit quelques mots enthousiastes que le musicien ne comprend pas. Un opérateur des actualités filme la scène. Elle sera montrée au Führer. Il verra sans doute que Furtwängler s'essuie discrètement la main droite avec son mouchoir tout blanc.

Deux mois plus tard, les musiciens reçoivent chacun une lettre :

Suite à une autorisation officielle du Führer, je vous ai exonéré de vos obligations militaires afin d'accomplir les missions importantes de culture et de propagande. On attend de vous que vous vous montriez conscients dans vos prestations professionnelles, dans votre vie privée et dans votre attitude en général du devoir à la fois personnel et objectif qui en résulte pour vous. Vous devez toujours garder présent à l'esprit que le soldat combattant sur le champ de bataille affronte des épreuves et des dangers auxquels même le labeur le plus dur et le plus consciencieux dans la patrie ne saurait se comparer.

Docteur Goebbels

Cette lettre a un sens précis pour la centaine de musiciens du Berliner. Aucun n'ira finir dans les plaines immenses de Russie. Aucun ne verra les massacres perpétrés par ses semblables. Aucun ne croisera les trains qui filent jusqu'en Pologne, chargés de la douleur du monde.

Pour les musiciens, par décret du Führer, la guerre devient lointaine. Ils n'en voient que les gueules démolies et les silhouettes amochées qui passent comme des ombres aux abords des théâtres. Leur Allemagne, ça devient des compartiments de train, des chambres d'hôtel au confort incertain, des salles de concert plus ou moins chauffées en hiver. Du peuple allemand, ils ne perçoivent guère que des visages par milliers dans la pénombre, alignés sur des travées de fauteuils. Parfois, ils vont se démener dans une usine devant des ouvriers qui nourrissent le ventre jamais rassasié de la guerre. Il n'y a pas de jeunes visages dans ces moments de musique, entre des machines électriques et des marteaux-pilons. Quand il monte au pupitre, Furtwängler n'ose pas regarder en face ces centaines de regards un peu vides, ces faces usées par des années de machines. Les jeunes, ils sont sur les champs de bataille. Ils se battent, rue après rue, maison après maison, dans les ruines de Stalingrad.

19

Paris n'est plus la ville élégante et orgueilleuse que Rodolphe a vue en posant ses valises rue de Vaugirard. Les rues noircissent au fur et à mesure qu'on avance dans l'Occupation. Les statues de bronze ont été fondues. Des tas de sable caparaçonnent les coins d'avenue. Des pancartes en allemand, par centaines, balisent les grands carrefours.

Paris, ville moche. Un nouveau décret impose l'étoile jaune aux Juifs. On commence à en voir dans la rue, cousues sur les revers des vestons, sur les manteaux usés. Les gens se retournent, parfois. Christa doit la porter. Elle ne sort pratiquement plus.

Les soldats en vert-de-gris sont affalés aux terrasses des bistrots, goguenards, sifflant les filles qui passent. Rodolphe, qui parle le français presque sans accent, va faire la queue chez l'épicier du coin, des heures durant. Il en revient avec une misère dans son cabas.

Un soir d'été, des bus stationnent un peu partout. Des centaines de policiers quadrillent les rues. Ça papote, devant l'épicier de la rue de Vaugirard.

— Qu'est-ce que c'est ?

— Une rafle ?

— Les Juifs ?

— Oui. Ils prennent même les enfants.

— Bon débarras.

À partir de 1942, Christa a cessé de faire ses vocalises. À Berlin, quand le répétiteur venait à la maison, Rodolphe aimait l'entendre monter dans les aigus. Ça faisait une belle vague qui enflait, s'ourlait arpège après arpège, jusqu'au contre-*ut* qu'elle pouvait garder avec une puissance inouïe. Elle redescendait ensuite jusqu'aux notes les plus graves, sans perdre son timbre métallique et profond. Parfois, son fils avait le privilège de l'accompagner. Il apprenait les transcriptions pour piano des opéras afin de pouvoir les jouer. Dans les passages difficiles, elle posait sa main sur son épaule. Ses doigts tremblaient et le jeune homme se sentait transpercé par l'intensité du chant.

Le 13 septembre 1942, Rodolphe sonne plusieurs fois à la porte de Hans Mayer. La concierge dit :

— Allez-vous-en ! Vous voyez bien qu'il n'est plus là ! Il a été arrêté.

Rodolphe s'en revient chez lui avec l'envie de pleurer mais les larmes ne viennent pas. Tôt ou tard, il sera confronté à la police française ou à la Gestapo. Il faut être courageux et plus fort que jamais.

Après 1942, les contrôles deviennent de plus en plus fréquents. Avec ses képis et ses commissaires vicelards aux complets croisés, la police française ne vaut guère mieux que celle des Allemands.

— Nous n'étions pas juifs mais nous le sommes devenus ! s'écrie parfois Christa en tournant en rond dans la petite cuisine de leur appartement.

Les autorités françaises ont tamponné à l'encre rouge la mention *Juive* sur ses papiers. Elle a échappé à la rafle. Rodolphe n'a pas de papiers où apparaît la mention juif. Sa seule carte d'identité masque ce qui subsiste de son accent qu'il tente d'effacer, pendant des heures, en lisant à voix haute tout ce qui lui passe sous la main. À la maison, Christa ne s'exprime qu'en allemand. À voix basse. Lugubre.

La nourriture se fait rare. L'argent file dans les caisses du marché noir, plus vite que prévu. Rodolphe maigrit. Son visage s'est davantage creusé, son regard est tourmenté. Impossible de jouer du piano, même avec la sourdine. Il glisse entre les cordes des bandes de feutre qu'un couturier de la rue de Vaugirard lui a données. Il a l'impression de jouer dans le vide. Comme une mécanique à laquelle on a coupé le son.

Au début de mars, Christa a failli être arrêtée. Depuis, elle ne met plus du tout le nez dehors. Monsieur Gilbert, l'Auvergnat qui vit au troisième, a construit une petite cache dans la penderie. Une double cloison qui pivote. Juste de quoi y dissimuler quelqu'un de mince.

Monsieur Gilbert est dans la Résistance, d'après ce que comprend Rodolphe. Il sort parfois, la nuit, malgré le couvre-feu, un paquet sous le bras, et se glisse de porche en porche avant de disparaître. Rodolphe voudrait l'aider mais il ne sait pas comment le lui demander. Il a de la chance, les autorités n'ont pas tamponné *Juif* sur sa carte d'identité.

— Le commissaire du quartier est un chic type, a déclaré monsieur Gilbert. Ils ne sont pas tous comme lui.

Le 2 juin, on frappe à la porte. Trois coups rapides et secs.

— Police ! Ouvrez !

Christa murmure, sans trembler :

— Va te cacher !

Rodolphe hésite.

— Ça va aller.

Il file dans le placard, passe à travers les vêtements, se glisse derrière la double cloison et referme.

Trois coups, plus fort. Avec le poing.

— Ouvrez ! Police !

La serrure cliquette. Des bruits de pas, des voix étouffées. Une main invisible écarte les vêtements de la penderie. Les cintres glissent sur la tringle en sifflant. Une fois, deux fois. Les pas s'éloignent, hésitent, reviennent, vont jusqu'au bout de la chambre. Repartent. La porte d'entrée claque.

Ils sont partis. Rodolphe attend. Minutes interminables. Il sort de sa cache. La maison est vide, de ce vide silencieux et vertigineux qui flotte dans l'air, sur chaque objet de leur vie, et qui s'immisce en lui et l'étouffe.

Christa n'est plus là.

Rodolphe marche de long en large. Il touche chaque objet qu'il rencontre. Sa mère ne devrait pas tarder. Les flics vont la relâcher. Il veut sortir, marcher jusqu'au commissariat. Gilbert l'intercepte.

— Malheureux, où vas-tu ?

Rodolphe veut articuler quelques paroles mais ce sont des mots allemands qui naissent en lui. Ses lèvres hésitent.

— Retourne chez toi et ne bouge plus. Je vais me renseigner.

Monsieur Gilbert revient le lendemain, la mine désolée. Il ne sait rien. Le commissaire qu'il connaissait vient d'être muté. Ce n'est pas bon, tout ça. Le nouveau est connu pour être un collabo de première, un zélé.

— On est en train d'interroger ta mère. Ne t'inquiète pas.

En cinq ans d'exil, Rodolphe a appris à se fier à son instinct. Christa ne reviendra pas de sitôt.

— Surtout, ne sors pas.

Monsieur Gilbert referme la porte. Il n'a pas dit qu'il a vu Christa sortir du commissariat, sa petite valise à la main, les cheveux défaits. Il y avait cinq femmes et deux hommes, en file indienne. On les a fait grimper dans des paniers à salade de la préfecture de police de Paris. Direction Drancy. Gilbert n'en sait pas plus. Les cheminots disent qu'il y a des départs pour l'Est, la Pologne, à partir de la gare de Bobigny. Des camps de travail. Les pires rumeurs circulent. Les types de la Résistance que connaît Gilbert disent que les wagons sont fermés de l'extérieur et qu'on y entasse les gens comme on le fait avec le bétail. Des gars de la voie, des sangliers, comme on les surnomme à la SNCF, ont été réquisitionnés pour tendre des fils de fer barbelés devant les trappes d'aération des wagons. L'un d'eux a dit à Gilbert :

— On dirait qu'on les envoie à la mort, tu vois. J'en suis sûr, même.

20

Drancy, ce sont cinq bâtiments, hauts, tout de béton, à l'équerre et au cordeau. Autour des barbelés, des grillages et des patrouilles françaises qui font des rondes interminables. C'est une sorte de cité, celle de la Muette. HBM, « habitation à bon marché », pour les banlieusards du nord de Paris. Au début de la guerre, on y a flanqué des communistes puis des prisonniers de guerre français gardés par les Allemands. Ce genre de lieu, ça se recycle facilement, il suffit de changer les gardiens ou les occupants. Les quatre blocs du centre sont réservés à celles et ceux que la Gestapo, les gendarmes ou les policiers français raflent au quotidien. Une population de femmes, d'enfants, de vieux, d'hommes jeunes, qui grimpent dans les étages, s'installent au gré des numéros. Ils ont déjà des matricules.

Christa a été interrogée, longuement, jusqu'à donner le vertige. Le Français qui l'a cuisinée a bien noté qu'elle est chanteuse et qu'elle était très connue. Ça n'a pas eu l'air de l'émouvoir plus que ça. Un fonctionnaire est fait pour noter, rien de plus.

Dans un coin de Drancy, elle est allongée, abattue par la fatigue. À côté d'une famille dont les gosses pleurent. La mère ne sait pas où donner de la tête.

Le père fume cigarette sur cigarette. Tout un paquet, ce qui lui reste.

La nourriture est rare. Il est interdit de déambuler dans le camp, de jouer aux cartes et même de fumer. On se parle, de fenêtre à fenêtre. On interroge. On veut savoir ce que deviennent ceux qu'on a perdus de vue depuis les rafles.

Christa reste dans son coin.

— Vous êtes seule ? demande l'homme qui fume.

— Oui.

Il n'a plus de cigarettes. Roule en boule son paquet et le balance par la fenêtre.

— Tu vas nous faire attraper, chuchote sa femme en lui donnant une tape sur l'épaule.

Attrapés, ils le sont déjà. Au début de l'été 1943, il y a plus de trois mille internés à Drancy.

Le soir tombe. Le camp n'est plus qu'une rumeur. Des ordres fusent, en français, parfois en allemand. Christa n'écoute pas, plongée dans une sorte d'hébétude. Son cerveau ne parvient plus à renouer les mailles du temps, à dire quel fil la relie à son passé. Comment est-elle arrivée jusque-là ? Elle ne sait plus. L'image de Rodolphe se superpose au décor qui l'entoure et l'opprime.

Elle appuie sa tête sur sa petite valise. Un bagage de trois fois rien. Les deux policiers français n'ont pas été curieux. Ils n'ont pas fouillé, même pas demandé après son fils. Peut-être sont-ils revenus pour l'arrêter ? Sans savoir pourquoi, elle a la certitude que Rodolphe est encore libre et qu'il le sera toujours.

Pour un jour encore, le destin de Christa se trouve entre les mains du SS Standartenführer Helmut

Knochen qui a ses bureaux avenue Foch. La déportation remplit son quotidien mais Berlin estime qu'il ne va pas assez vite. La faute aux Français sans doute, trop mous. Il faut les virer.

Le 18 juin 1943, Christa entend des bruits de bottes qui résonnent entre les faces de béton du camp. Elle se penche à la fenêtre. Des ordres secs, tous en allemand, fusent. Une troupe de quelques soldats se range. Une grosse voiture vert-de-gris s'arrête au milieu de la cour. Un petit homme en sort. Il semble chétif et mal foutu, marche à petits pas avant de se figer devant les militaires qui présentent les armes. Christa entend le grade et le nom : SS Hauptsturmführer Alois Brunner. Elle ne connaît rien à la hiérarchie militaire, mais ce doit être un type important. Une voix l'aborde :

— Vous voulez manger un peu?

D'un geste vague, Christa refuse. Un goût amer dans la bouche, tenace, la révulse depuis qu'elle a quitté le commissariat. L'homme, devant elle, lui jette des regards coquins. Discrètement, il caresse des yeux ses jambes, remonte plus haut, tout en berçant son mioche.

Christa se retourne, face au mur. Le matelas sur lequel elle est allongée sent la sueur acide des corps qui s'y sont succédé. Elle serre contre elle son portefeuille et ferme les yeux. Ne penser qu'à Rodolphe, contempler son image comme un secours qui ne peut pas finir. Le sommeil l'enveloppe doucement, la prend et l'arrache au camp.

Ça a commencé un matin de printemps. Elle se sent travaillée, les seins durs et tiraillés. Ensuite, elle a l'impression que tout son corps se remplit, qu'il n'y a pas de place pour le moindre vide. La nausée la soulève parfois, une mauvaise vague, dans l'intérieur. Les mois passent, elle se sent débordée de joie. Elle chante encore, il faut retailler les toilettes. Un jour, dans l'atelier des costumes du Staatsoper, elle lance :

— Je grossis, que voulez-vous.

La costumière ne répond pas, juste le petit rire de celle qui a deviné, en partage, entre femmes.

Et maintenant, vient la délivrance. Une joie presque sauvage. Elle est allongée dans son lit, rue Friedrichstrasse, au milieu d'un frou-frou de soie, avec des coussins brodés et un édredon à capiton. Toute la chambre a été refaite à neuf. On dirait un décor d'opérette viennoise, comme une chambre d'impératrice. Parce qu'elle préfère Vienne à Berlin, les Alpes, avec ses sommets qui ressemblent à de grosses pâtisseries, à la grande plaine de Prusse.

Les douleurs ont commencé la veille, alors qu'elle dînait avec son agent, un type amoureux d'elle depuis des années. Depuis trois mois, elle ne chante plus. Dans la presse, les mauvaises langues vont bon train. Elle s'en moque.

Le bébé qu'elle porte bouge sans cesse. Il la fatigue de l'intérieur, donne des coups de pied, se retourne, déforme son ventre tout lisse a force d'être tendu. Étrange sensation de bonheur, d'ivresse, qui gonfle davantage la poitrine, enflamme les joues. Une souffrance infinie parfois. Une douleur qui raidit toute l'échine.

— Poussez, madame.

La sage-femme donne des ordres avec un accent de Prusse orientale, une grosse voix, aussi épaisse que ses bras. Elle a tordu ses cheveux blonds en un gros chignon.

— Poussez !

Christa n'en peut plus, les doigts crispés sur les draps. Son front ruisselle. Elle est seule. On peut être célèbre et dans une solitude absolue. Des amies viendront mais personne d'autres. Sa mère est partie, il y a bien longtemps. De père, elle n'en a plus. La guerre le lui a pris. C'est aussi bête que ça. Un obus français, en Champagne. Le village s'appelait Tahure. Un mois de septembre 1915, sous un déluge d'acier. Sa mère a porté le noir, et puis elle s'est usée, de chagrin et de travail.

— On y est presque... Poussez !

Une énorme boule déchire son ventre. Un cri discret. Tout fin et menu.

— C'est un garçon, madame.

Elle veut le voir mais on le rince d'un peu d'eau. Il crie encore et encore. La sage-femme le dépose sur la poitrine gorgée de vie de Christa. Il hésite pour trouver le sein, tâtonne du bout de ses lèvres encore bleues puis tète le mamelon humide.

— Comment l'appelez-vous ? demande la sage-femme.

— Rodolphe. Comme mon père.

Le 20 juin, à 6 heures du matin, Christa descend jusque dans la cour. Il fait frais dans la lueur pâle de l'aube. Partout, des voix murmurent des paroles rassurantes. Des enfants pleurent, d'autres se sont rendormis au bras de leurs mères qui les bercent en jetant des regards inquiets vers les soldats allemands : ils donnent des ordres à des Français, des prisonniers qui leur obéissent. Depuis l'arrivée de Brunner, il n'y a plus de policiers français pour faire tourner le camp, mais des petits chefs choisis parmi les internés. Ils ont des yeux et des manières de salauds. Christa n'ose pas les regarder en face.

— En rang !

On les regroupe par cinquante, chaque paquet sous les ordres d'un chef prisonnier. Des autocars parisiens viennent se ranger devant l'entrée du camp. Tout cela prend du temps, les chauffeurs fument en discutant entre eux. Christa a l'impression que l'espace se rétrécit tout à coup. On la bouscule, on la pousse, elle monte dans le deuxième bus.

— On part vers la gare de Bobigny, assure un chef prisonnier.

— Et ensuite ?

— Vous verrez bien.

Le « Bureau des effectifs » de Drancy a parlé d'une usine en Pologne. Quelque chose comme une conserverie. On va travailler.

Il est un peu plus de 10 heures à la grosse pendule du quai de la gare de Bobigny, quand la locomotive lance un coup de sifflet strident. Le convoi 61 s'ébranle et prend la direction de l'Est.

21

C'est un long chemin cahotant à travers les plaines bouillantes. Un train qui va lentement. S'arrête. Grince, couine, souffle. Repart et se lamente. Interminable. Une faible lumière entre par les bouches d'aération. Christa a compté et recompté celles et ceux qui l'entourent, visage après visage. Cinquante-huit. La moitié d'hommes, le reste des femmes et des enfants, moins nombreux, semble-t-il, que dans l'autre wagon. Pourquoi Christa compte-t-elle ? Elle ne le sait pas. C'est une obsession, incontrôlable. Une manière de fixer dans sa mémoire les visages qu'elle devine dans l'obscurité.

Au fur et à mesure que les heures s'écoulent, des conversations se nouent. Des voix de l'ombre se demandent ce que vont devenir ceux qui ne pourront pas travailler.

— Et les enfants ? s'inquiète un homme.

— On sera regroupé par famille, affirme une grosse femme qui s'est allongée entre son mari et son jeune fils.

— Moi, je peux travailler pour deux, dit le mari. En plus, je ne suis pas juif et je connais un peu l'allemand.

— Il faudra le signaler en arrivant.

Au fond de la voiture à droite, on a tendu une couverture pour masquer un seau. Christa hésite à se soulager. Elle peut tenir encore toute une journée. Elle a trouvé une place relativement confortable, presque une niche, entre deux jeunes filles, se lever c'est peut-être perdre ce petit luxe. Elle préfère chercher le sommeil. Un homme ronfle dans un recoin de ténèbres. Un rectangle de nuit claire se découpe par la bouche d'aération. À travers les griffes des barbelés, on aperçoit des étoiles qui brillent timidement dans le ciel encore chaud.

Le balancement du train, lancinant, rappelle à Christa les longs trajets, lors des tournées. Son préféré était le Berlin-Vienne. En 1934, elle avait emmené Rodolphe avec elle jusqu'à Munich. Un long périple pour un enfant, wagon-couchettes, pullman, grand luxe. Ils avaient été heureux, tous les deux, serrés l'un contre l'autre dans les draps soyeux de la compagnie ferroviaire. Elle avait raconté le combat de Siegfried contre le dragon, son bras vaillant armé de l'épée Notung, l'invincible. De temps à autre, elle avait chanté un passage, et il s'était endormi en se détendant.

— Dors bien, mon Prince…

Le train s'arrête en grinçant de toute sa longue échine de fer. Christa s'est assoupie. Elle ne saurait dire combien de temps. Une lumière faible et laiteuse découpe les silhouettes pêle-mêle, dans le wagon. La porte s'ouvre brusquement. D'étranges personnages apparaissent. Dans des uniformes rayés dans la longueur. Plus loin, des SS et des chiens aux regards sournois, prêts à mordre.

— *Los, raus !*

Un peu dans toutes les langues, ordre est donné d'abandonner ses affaires dans le train. Christa saute sur le quai.

— Descendre ! *Raus !*

Une rampe. Les wagons se vident. On saute, on s'appelle. Certains restent sur la paille infecte des wagons, à demi morts.

— *Zu fünf*. Par cinq ! *Los*. Vite.

Le tri. Christa ne comprend pas. Elle débarque dans un monde parallèle. Quelque chose qu'elle ne pouvait pas envisager. Jamais.

— *Par cinq !*

— Où sommes-nous ?

— À Birkenau, imbécile !

Christa se met en rang, cherche des visages amis. Ses vêtements puent. Ses bas sont déchirés. On la dépouille. On la déshabille, on la tond, crâne et pubis. On la rhabille. Un uniforme rayé dont la toile usée pique la peau.

Quelque part, dans l'air bouillant qui sent la suie, montent des notes, une mélodie de *La Veuve joyeuse*. Ça sonne un peu faux mais c'est dans le rythme.

— Il y a des orchestres à Birkenau, lance un détenu. Un dans le camp des femmes et un autre dans le camp des hommes.

— Viens ici. Assieds-toi.

Une femme, sans doute une Polonaise, tient un stylo où la plume a été remplacée par une aiguille.

— Retrousse ta manche.

La Polonaise trempe la plume dans l'encre et enfonce l'aiguille rapidement, tout en lisant un numéro qui est inscrit sur une liste d'arrivée. Christa grimace à chaque piqûre. La douleur est intense.

Numéro 74767. Une plaie qui saigne et se gonfle à vue d'œil.

La tatoueuse a une écriture fine et nette. Ce doit être une sorte de professionnelle. Les chiffres ne sont ni démesurés, ni tracés n'importe comment, pas comme ceux de la voisine qui rabaisse sa manche en rejoignant les rangs à petits pas.

Christa regarde une dernière fois ses longs cheveux blonds que le balai pousse vers un coin de la salle. Elle ne s'est jamais sentie aussi nue et vulnérable. Sa première pensée est pour Rodolphe. Elle se retient de pleurer. Pas le temps. Ta maman est comme les autres, mon Prince, mais elle garde sa dignité au fond d'elle.

Christa a de la chance. Une femme qui fourre les vêtements des nouvelles venues dans de grandes caisses la remarque. Elle fronce les yeux et se dirige vers elle.

— Tu es Christa Meister ?

— Oui, c'est bien moi.

La « lingère » jette un coup d'œil autour d'elle.

— C'est ce qui va sans doute te sauver. Attends ici.

Christa se met à l'écart, sans oser lever la tête vers les femmes qui passent à sa hauteur, crâne rasé et tatouage au bras.

Au bout de cinq minutes, une femme arrive. Malgré la chaleur, elle porte un invraisemblable manteau en poil de chameau et un foulard sur la tête.

— Bonjour, je suis Alma Rosé, la nièce de Gustav Mahler.

Le ton n'est ni gentil, ni accueillant, mais il y a des mots et un regard, et c'est déjà beaucoup. Alma se détend, une fois à l'extérieur.

— Tu dois aller d'abord au bloc de la quarantaine. Ne t'inquiète pas. Quelqu'un viendra te chercher.

La quarantaine est l'un des endroits les plus terribles du camp de Birkenau. La partie dortoir comprend un long châlit sur lequel les arrivants dorment les uns serrés contre les autres. Une bonne partie du quotidien de la quarantaine, c'est l'appel. Une manie allemande, sans doute. Il faut compter les déportés, rangés par groupe de cinq. Interdiction absolue de bouger. Et ça dure. Dans une odeur de merde qui coule entre les jambes de celles qui ont déjà contracté la dysenterie.

Trois jours plus tard, Alma Rosé envoie chercher Christa par la *Blockowa* Tchaïkowska, une Polonaise gigantesque avec des bras comme des jambons. Une brute qui mange à sa faim.

Tchaïkowska se moque de la cantatrice et la menace d'une gifle si elle ne baisse pas les yeux quand elle lui répond. Elle la conduit jusqu'au bloc de l'orchestre.

Alma Rosé l'observe un instant, un éclair de cruauté dans le regard, jaloux. Elle dit :

— Je me souviens des affiches de toi, dans Berlin, et de ta photo dans les revues. Je ne savais pas que tu étais juive.

— Je ne le suis pas. Juste un grand-père.

— Pour eux, tu es une youpine. Dans cet orchestre, nous le sommes toutes, mis à part quelques ariennes.

Elle continue à parler de la carrière de Christa. Des concerts de charité qu'elle a donnés quand l'Allemagne est descendue dans les culs de basse-fosse de l'Europe. Étrangement, elle connaît beaucoup de choses.

— Tu as chanté devant Hitler. Regarde où il t'a envoyée.

— J'ai refusé de chanter pour son anniversaire. Il ne me l'a pas pardonné.

Alma ricane en haussant les épaules.

— À part faire le rossignol, tu sais jouer d'un instrument ?

— Du piano.

— C'est tout ?

— Je connais un peu l'accordéon.

— Parfait. Celle qui en jouait est morte la semaine dernière. La dysenterie. Elle se vidait. J'ai dû l'envoyer à l'infirmerie. Elle a fini là-bas, tu vois.

Elle désigne du regard, deux immenses cheminées.

— Qu'est-ce que c'est ?

— Le crématorium ! Nigaude. Tu ne sens pas l'odeur ?

Elle fait entrer Christa dans le bloc de l'orchestre. Une grande table est réservée aux copistes, des femmes qui ne sont pas vraiment des musiciennes. Alma les emploie à copier des partitions pour chaque membre de l'orchestre.

— Je vous présente l'immense Christa Meister, lance Alma sur un ton faussement admiratif.

Les filles se lèvent et entourent la nouvelle arrivée, toutes la connaissent. Christa n'a rien mangé depuis trois jours. Sa tête tourne, elle manque s'évanouir.

Une fille qui s'appelle Clara lui donne un bon morceau de pain et quelque chose qui ressemble à du jambon.

— Tu mangeras un peu mieux ici, dit Clara. C'est notre seul salaire Nous sommes mieux traitées que les autres détenues.

La *Blockowa* n'a que de la morgue dans le regard. De cette haine sournoise de celles qui ont tout raté dans leur existence. Elle tient son petit pouvoir comme une revanche sur la fatalité. Christa a été, elle n'est plus rien.

— Si tu marches droit. Je t'éviterai la chambre.

— La chambre ?

Tchaïkowska la gifle. Clara pousse un petit cri en entendant le bruit sec des doigts qui se plaque sur la joue de la cantatrice. Christa tremble de tout son être et ne peut retenir une giclée de pisse qui tache son pantalon.

— La chambre. Le gaz. Si tu déconnes, on te gaze. Compris ?

Le soir, Christa revient dans le bloc de la quarantaine et s'allonge sur sa portion de châlit. Dans la soirée, on lui fait passer un papier. Ordre de se présenter le lendemain, de bonne heure, au bloc de l'orchestre.

22

L'appel dure plus d'une heure, dans l'air humide et chaud qui empeste la chair grillée et la boue. Il a plu dans la nuit. Au loin, les cheminées des crématoires s'élèvent dans la lumière de craie.

Christa se sent comme un automate qui obéit à une gigantesque mécanique. Il n'y a que le silence et les hurlements des SS et des kapos. Sa voisine vacille sur ses jambes, son corps maigre et douloureux tangue. Une odeur d'excréments se répand dans l'air. D'un geste discret, comme elle le faisait quand elle était en scène, Christa la maintient droite. La kapo, qui ne cesse de faire les cent pas devant le block au garde-à-vous, n'a rien vu. Elle a un drôle de visage, celle-là, massif et vulgaire, sale, avec deux gros yeux bleus. Quand on prononce son matricule, Christa se raidit et fait un pas en avant.

Un vent léger accompagne le lever du soleil. Une mélodie flotte dans le camp, impossible de savoir d'où elle provient, peut-être du camp des hommes. Une musique de fanfare, un peu grotesque, que Christa ne parvient pas à identifier, sans doute une de ces marches gorgées de flonflons d'accordéon dont les

Allemands se régalent lors des fêtes populaires ou dans les brasseries.

Christa s'éloigne du bloc de la quarantaine. Une kapo l'intercepte. Elle a un visage triste, une expression de bonté, inattendue.

— Tu es nouvelle ?

— Oui.

— Où vas-tu ?

Christa se découvre et sort la feuille de papier de sa poche.

— Au bloc des musiciennes.

— Tu as de la chance, toi.

La kapo la dévisage puis lève le bras et désigne une allée plus large que les autres.

— C'est là-bas, le troisième bloc à droite, lui dit-elle plus sèchement.

Christa marche rapidement, évitant les brouets d'eau pourrie aux abords des baraques, les yeux rivés sur chacun de ses pas. La maison de l'orchestre est un long bâtiment en bois, semblable aux autres si ce n'est qu'il dispose de grandes fenêtres. Des rats couinent sous l'escalier en bois. Christa n'a jamais vu autant de rats. La porte s'ouvre, Alma paraît, l'air contrarié.

— On t'attendait, dépêche-toi.

Une chef SS est là, une très belle femme, grande, blonde, fine, l'uniforme gris impeccable. Une parfaite représentante de la race arienne. Elle est la vraie responsable de l'orchestre, et a le pouvoir de décider qui peut jouer ou pas. Alma se trouve à sa gauche.

— Salue l'Oberaufseherin Mandl qui te fait l'immense l'honneur de t'accueillir en personne.

La SS a su que Christa Meister se trouvait dans le camp.

— Mon père adorait vos enregistrements, dit-elle. Surtout ceux avec Furtwängler. J'en ai quelques-uns chez moi.

Le compliment ne fait aucun effet à la cantatrice qui essaie pourtant de répondre avec un sourire reconnaissant. Depuis son arrivée à Birkenau, elle est anesthésiée. Elle n'a jamais été artiste pour les flagorneries. On ne peut pas chanter avec des compliments.

— Installe-toi au piano, ordonne Alma. L'Oberaufseherin Mandl aimerait t'entendre.

La SS scrute chacun de ses gestes. Elle ne doit pas avoir souvent une diva sous la main. Sans doute jamais. Elle s'est assise, a croisé ses longues jambes gainées de soie noire.

— Chante ce que tu veux. Tu es libre de choisir.

Christa s'assied. Les premières notes de musique la transportent. Un lied de Schumann que Rodolphe aime tant. Alma et la SS sont émues. Même la kapo écoute. Quand Christa s'arrête, la SS applaudit, sa cravache sous le bras.

— Mon Dieu, je n'ai jamais rien entendu d'aussi beau. Malheureusement, je dois vous laisser. Il faut venir chanter ce soir, pour celui qui a la dure charge de commander ce camp.

Mandl se lève et toutes les musiciennes avec elle. Avant de sortir, elle se retourne un instant et toise Christa.

— Il faut lui trouver un costume décent pour ce soir, dit-elle.

À la nuit tombée, des gardiens emmènent Christa et Alma jusqu'à la maison du commandant, à l'extérieur du camp. Dans l'après-midi, on lui a donné un chemisier et un pantalon civil qui ne lui vont pas trop mal. Seuls les mocassins qu'a dégotés Tchaïkowska sont trop grands.

— Je t'en trouverai à ta taille. Demain.

Il fait nuit, une chaleur, lourde et tenace, recouvre le camp. Toutes les lumières sont éteintes, même les plus minuscules. Depuis les premiers bombardements, le commandant du camp impose un couvre-feu intégral. Le trajet paraît interminable. Les femmes longent la voie ferrée jusqu'au camp d'Auschwitz I, à trois kilomètres de là. C'est une nuit de pleine lune. Les rails luisent d'un éclat livide. Un train est à l'arrêt sur une voie annexe, sans locomotive. Les portes des wagons grandes ouvertes. L'odeur de paille et d'excréments est insupportable.

Le petit convoi marche jusqu'à une grande maison, toute noire, les volets fermés, au fond d'une impasse. Un majordome ouvre. Le commandant du camp est en civil, assis sur un grand sofa capitonné. Sa femme et ses deux enfants se tiennent derrière lui. Il reçoit Christa et Alma avec ces façons de militaires que les Allemands conservent en toutes situations.

— Je suis très heureux d'accueillir Christa Meister. Dommage que ce soit dans des circonstances aussi difficiles.

Alma intime à Christa de faire une sorte de révérence. La femme du commandant est une belle blonde, affable. Ses enfants observent Christa comme une curiosité, une de plus, venue d'une planète lointaine.

Et, en quelque sorte, c'est vrai. La cantatrice n'était pas de leur monde avant la disgrâce, elle demeure aussi lointaine dans la déportation.

Alma se met au piano. Elle reprend des lieder de Schubert, des mélodies populaires que Christa connaît par cœur. Et puis le commandant demande Wagner. Il veut l'air d'Elsa de *Lohengrin*. Curieusement, il possède la partition pour piano.

D'où la tient-il? Impossible à dire. L'enfer a sa logique que rien ne peut expliquer. Christa chante l'air d'Elsa. Son timbre se charge d'une tristesse qu'elle ne commande pas. D'abord *pianissimo*, elle déroule la mélodie. Alma a dû mal à la suivre et bute sur certains accords. Christa est d'un autre niveau. Elle ferme les yeux, ignore le piano un peu rauque. Le Staatsoper, en 1930, Otto Klemperer lève les yeux vers elle. Sa baguette est un véritable métronome.

Seule dans ma misère,
J'ai supplié le ciel,
Cherchant dans la prière
L'oublie d'un sort cruel.
L'écho plaintif et tendre
De mes souvenirs amers
Au loin semblaient s'étendre
Et remplissait l'air.

Christa chante sans se laisser submerger par l'émotion. Elle a toujours su la contenir sur scène. Quelque chose vient de se briser en elle. Elle ne pense qu'à une chose, depuis son départ : retrouver son Prince. Sa voix la sortira de cet enfer. Elle en réchappera.

La femme du commandant est émue, en l'entendant. Alma non plus ne peut pas retenir ses larmes.

Dans leur azur limpide
Les bruits se sont calmés,
Et d'un sommeil rapide
Mes yeux se sont fermés.

23

Rodolphe cherche sa mère partout. Après le long délitement de leur exil, il ne la retrouve plus, ses souvenirs se brouillent. Il se sentait presque français, parce qu'il fallait bien se faire une raison et que la France avait été le havre de paix et de sécurité. L'arrestation a été une sorte de coup de grâce. Une deuxième mort. Qui est-il aujourd'hui ?

Le silence a été terrible, et cette odeur encore chaude de la présence de sa mère ne s'est pas évaporée tout de suite. Et puis, la terreur est venue. Ils n'ont pas frappé à la porte par hasard. Dans l'immeuble, vit le délateur, le corbeau, l'oiseau du malheur. Celui qui fait que la vie n'est plus la vie, que l'honneur n'est plus l'honneur. Depuis, Rodolphe se dit que rien n'existe plus si l'on ne peut pas avoir confiance dans le plus minuscule des humains, aussi minuscule que soi.

Après l'arrestation, il a joué du piano, longuement. Jusqu'à ce que ses doigts se paralysent. Il a mis une grosse couverture de laine sur les cordes. Aucun son ne sort mais il entend les notes, celles de leur Bösendorfer, dans leur salon berlinois. Et puis, il a tourné dans la maison. Sans manger ni même dormir.

Pendant deux ou trois jours. Il imaginait sa mère, tout ce qui pouvait lui arriver. Il a revu chaque instant, chaque bonheur de leur vie ensemble.

Il imagine que Christa se trouve au même endroit que Hans Mayer.

— Elle est passée par Drancy, affirme monsieur Gilbert. Après, un convoi est parti pour l'Est. Certainement dans un camp de travail. On ne sait rien de plus.

Rodolphe se met à espérer. C'est bête, on ne croit jamais vraiment au pire. L'homme est ainsi fait, il n'envisage jamais vraiment le mot fin. À moins d'en avoir la certitude absolue.

Trois ou quatre jours après l'arrestation, Gilbert vient toquer à la porte. Il parle d'une petite voix, toute minuscule.

— Rodolphe, ouvre, c'est Gilbert. Tu ne risques rien.

Il apporte un peu de pain, un petit morceau de saucisson.

— Les Allemands reculent de plus en plus sur le front de l'Est. Ils sont battus en Afrique. La fin est pour bientôt.

Le lendemain, Gilbert revient, avec un paquet, un truc assez lourd enveloppé dans des vieux chiffons. Les deux hommes ont un regard complice, comme deux voyous qui vont faire un coup.

— Ce sont des armes, dit Gilbert. On les met dans la double cloison. Tôt ou tard, il va falloir se battre, mon ami.

— Je vous suivrai, dit Rodolphe.

Gilbert plante son regard dans celui du jeune homme.

— Il faut me tutoyer à partir de maintenant. Compris, Rodolphe ?

Et puis vient le grand froid, le premier hiver. Il souffle tout doucement, sans violence, on dirait un être qui respire sans bruit, dans les rues de Paris. Il sèche la sève des hommes, fend les cœurs, comme il éclate lentement l'écorce des arbres. Les vieux disent que ce froid-là rappelle les hivers de la Grande Guerre.

Au printemps, Gilbert demande à Rodolphe de porter des paquets. Il lui a procuré des papiers, des faux parfaitement imités.

— Tu ne risques rien, c'est un policier qui les fait avec les appareils du commissariat.

Sur le vélo de Lucien, Rodolphe sillonne Paris. Les missions lui procurent une drôle de sensation. Chaque fois qu'il croise un policier, il sent le tambour du sang, le grondement, parfois. Ça tape dans sa poitrine et dans tout son cœur, la peur entre à flots et s'installe. Avant de refluer. Le sang tape moins fort, et c'est comme s'il était gorgé de désir. Et quand il s'en revient, il s'allonge sur son lit et imagine sa mère. Il sait qu'elle se trouve quelque part en Pologne, dans une province que le Reich a annexée. Gilbert n'en sait pas plus.

Rodolphe a perdu son accent, sauf pour quelques mots qu'il évite de prononcer. En dehors de Gilbert et d'un ou deux membres de son réseau, il ne rencontre quasiment personne.

Un deuxième hiver arrive, plus froid que le précédent. Dans le parc du Luxembourg, il a neigé au début janvier, et le gel est venu par-dessus. On dirait que la neige est vernie. Les enfants jouent avec. À la bataille, à coups de boules grosses comme leurs petites mains, peut-être une sorte d'exorcisme sans le vouloir. La guerre les cerne de partout, on dit que la grande Wehrmacht recule en Russie. Il se murmure que les Alliés ne vont plus tarder.

Berlin est bombardé. Rodolphe le sait par les journaux et ça lui fait mal. Il pense à sa chambre d'enfant, à Eva qui doit entendre hurler les bombes comme lui les a entendues quand les Alliés ont bombardé Boulogne, au printemps dernier. Un vrai massacre. Une blessure profonde le déchire, elle s'ouvre en se craquelant, un peu plus chaque fois que Radio Londres annonce que des raids aériens pilonnent son pays. Il imagine sa mère loin de tout ça, dans un camp de travail. Mais peut-être qu'Eva est restée à Berlin et qu'elle court se réfugier dans des abris quand les sirènes vrillent le ciel.

Le printemps surprend presque Rodolphe. Il manque se faire arrêter en sortant du bois de Vincennes. Un coup de sifflet. Une traction qui accélère. Il fonce entre les voitures, file jusqu'à la gare de Lyon, où il abandonne son vélo. On va le lui voler très vite. Tant pis, c'est trop risqué.

Gilbert dit :

— Il ne faut plus que tu sortes. Attends les instructions.

Il a l'air triste en disant cela. La mort rôde, mais Rodolphe s'en moque. La vie n'a plus vraiment le même goût depuis que Christa est partie.

Le 19 août, encore reclus, il ouvre sa fenêtre pour écouter les oiseaux. Il se dit que la Terre serait belle, que ce serait le paradis, même, sans cette maudite Allemagne. Les pelouses des jardins du Luxembourg sont couvertes d'hortensias blancs et violets et de fleurs à papillons jaunes. Un étrange silence enveloppe la ville. Le jeune homme se penche. Un premier coup de feu, au loin. Puis des rafales de mitraillettes. Rodolphe ne comprend pas grand-chose. Des pétarades dans des coins de Paris, rien de plus. La guerre est toute proche mais il n'a même pas peur, parce qu'il est dans son lopin de vie et qu'il pense s'en tirer.

Gilbert frappe. Il porte un brassard FFI au bras droit.

— Ça y est. Tiens.

— Il tend un brassard et un sac. Dedans, il y a deux vieux revolvers et une mitraillette.

— Apporte ça jusqu'à la rue de Rivoli.

Rodolphe obéit sans poser de questions. Du côté de l'Hôtel de Ville et vers le palais de justice, ça claque davantage, il l'entend bien, au fur et à mesure qu'il descend le boulevard Saint-Michel. On distingue clairement les panaches de poudre aux angles des immeubles et les éclats de poussière le long des façades.

Rodolphe traverse la Seine et se dirige vers la rue de Rivoli. Non loin de l'Hôtel de Ville, un groupe lui fait signe. Un homme avec des galons s'avance vers lui, méfiant.

— Qui t'envoie ?

— C'est Gilbert. Je suis Rodolphe.

— Je suis le capitaine Lambert.

Lambert vient de tirer sur un blindé allemand qui a été stoppé par un platane en travers de la rue de Rivoli. Les Allemands tentent de faire demi-tour. Lambert plaque fermement contre sa hanche la mitraillette que vient de lui remettre Rodolphe, vise et tire. Les balles font des trous dans les pierres des murs tout autour. La mitraillette manque lui échapper mais il finit par atteindre sa cible. Rodolphe est tétanisé, le claquement des culasses et les détonations ébranlent ses émotions. Lentement, une sorte de folie prend le dessus sur sa peur, l'envie de tirer à son tour, de faire mal, de tuer. De sortir de lui toute la merde que la guerre y a foutue.

Le camion à carapace zigzague entre les barricades, s'arrête, tente une marche en arrière et cale. Nouvelle rafale. Ça fait comme des étoiles dans le pare-brise. Un type avec un brassard FFI, un gars que Rodolphe a déjà vu avec Gilbert, court en faisant des écarts brusques pour éviter les balles et balance une grenade dans le blindé. À peine fait-il un pas en arrière qu'il tombe, tué, en s'écroulant mollement. Le sang sur les pavés se répand, noir et huileux. Rodolphe n'imaginait pas que ça coule aussi vite. En un rien de temps, toute une flaque de vie.

Les combats cessent à la tombée de la nuit. Rodolphe rampe jusqu'au camion allemand. Que des jeunes. La grenade les a tous tués. Celui qui est du côté passager a pris une balle en plein front. Il semble rire, les yeux grands ouverts. Rodolphe trouve son portefeuille. Manfred Bartmann, 19 ans. Il venait de Berlin, du quartier de Mitte, après le pont qui enjambe la Sprée.

— On a le même âge. Et moi j'ai apporté l'arme qui t'a tué. J'aurais pu être à l'école avec toi.

Le chauffeur est plus vieux et pue déjà, la bouche s'est tordue en une grimace d'étonnement.

Rodolphe essaie de comprendre ce qui bascule en lui. La bataille le rend autre, tout à coup, sans prévenir. Tu es venu jusqu'ici comme un petit homme, te voilà un autre et déjà tout fissuré. Et cet autre te poursuivra jusqu'à ta mort.

Une rafale déchire la nuit. Les balles tracent des traits furieux, rouges et blancs. Les Allemands, les collabos, les anges noirs de la nuit n'en ont pas fini. Rodolphe est pris entre deux tirs, s'accroupit et s'abrite sous le camion.

— Ne reste pas là ! hurle un sergent FFI.

À grands gestes, il lui fait signe de le rejoindre. Rodolphe rampe. Les balles crépitent et rebondissent sur la pierre froide de la rue en laissant des étincelles de briquet.

— Halte au feu, crie le sergent. Halte au feu, bordel !

Personne n'obéit. On est toujours un peu sourd et aveugle à la guerre. Impossible de savoir qui tire sur qui. Une rafale passe puis une autre. Et plus rien. Un silence de bataille et de cordite Le temps suspendu. Rodolphe sort de sa cache et court en direction d'un groupe de résistants qui se tient à l'abri derrière un platane. Une balle le frappe. Il roule à terre. La dernière image qu'il voit est celle de Christa, sa maman sur scène, splendide, dans une robe de soie, irréelle dans la lumière dorée.

24

Alma entre dans le bloc de l'orchestre avec un visage plus sévère que jamais. Elle examine la table des copistes.

— Trouve-moi *La Veuve joyeuse*, l'ouverture.

Christa se lève, exténuée. Les musiciennes n'ont pas mangé grand-chose depuis quelques jours. Les paquets qui les récompensent d'ordinaire se font rares. Les chefs quittent le camp pour la guerre en Russie, des plus vieux les remplacent.

— Peux-tu chanter *Madame Butterfly* ?

— Je peux essayer…

— Je ne te demande pas d'essayer mais de le chanter si tu en es capable.

Christa sent dans l'expression du visage d'Alma qu'elle va exiger qu'elle s'exécute sur-le-champ. Elle est nerveuse et serre ses poings menus chaque fois qu'elle parle. Son attitude est dure. Elle n'a plus de retenue. Jamais, avant-guerre, une musicienne, fût-elle la nièce de Mahler, ne se serait adressée à Christa Meister de cette façon.

— En allemand ou en italien ? questionne froidement la cantatrice, en regardant sa chef droit dans les yeux. (Elle met dans son regard tout le mépris dont elle est capable.) Et pour qui dois-je chanter ?

Alma tourne les talons et monte sur l'estrade d'où elle peut dominer son orchestre.

— Demain, le Reichsführer SS, Henrich Himmler, va visiter le camp. Nous devons être impeccables, comme jamais. Nous devons nous surpasser. J'espère que vous vous rendez compte, Himmler en personne. Celui qui peut tout ! Ce camp, c'est lui ! Notre survie, c'est lui.

Pour Christa, Himmler est un souvenir. Un de plus, ou de trop. C'était en 1934 ou 1935, à Dresde. Il avait tenu à la féliciter après un récital. Le directeur du théâtre était dans ses petits souliers en présentant la chanteuse à cet homme si puissant. Il avait fait le signe nazi, elle s'était fendue d'un sourire. Himmler était un petit homme, brun, avec un visage sans relief qu'une paire de lunettes rondes en acier rendait un peu sérieux. Il n'avait rien d'un arien, comme Goebbels. Il avait souri et avait tenu à gratifier Christa de quelques mots de félicitation, très convenus, comme elle en recevait des centaines. Et puis, il avait ajouté une phrase qui avait failli la faire éclater de rire :

— Demain, quand je jouerai au piano, je penserai à vous.

Puis il s'était légèrement incliné et s'était retourné brusquement, sa suite avait claqué des talons.

C'est cela, le souvenir de Himmler, l'un des hommes les plus redoutés du régime nazi.

Alma se met à donner des consignes. Sa voix agace Christa. Elle ferme les yeux et entre en elle. Le visage de Rodolphe apparaît. Quand il était enfant. Si petit et si fragile. Alors, elle se met à chanter le grand air de *Madame Butterfly*.

Un bel di, vedremo
Levarsi un fil di fumo sull'estremo
Confin del mare.

Elle a envie de serrer son petit Prince dans ses bras mais son corps est introuvable, comme détaché d'elle à jamais. Elle a l'impression de le chercher, le chant sort de sa poitrine sans qu'elle puisse le contrôler.

Alma la fait taire. Elle écarquille les yeux comme après un songe merveilleux.

— Il faut travailler, ordonne Alma. Himmler peut toutes nous faire gazer si jamais nous le décevons.

Christa lit dans le regard d'Alma et d'autres filles de l'orchestre cette jalousie sauvage que la déportation leur a donnée. Elle a été une grande cantatrice, Alma n'est que la nièce de quelqu'un, une bonne violoniste, rien de plus, les autres, des petites musiciennes. Elle ne dira rien sur sa rencontre avec Himmler. Elle redoute seulement qu'il ne la reconnaisse.

Le lendemain, il fait une chaleur à suffoquer. Le camp vibre d'une étrange fièvre. Le crématoire a cessé de cracher de la fumée. Les SS, femmes ou hommes, ont astiqué leurs bottes et leurs chaussures. Le matin, Alma fait répéter les filles une dernière fois. L'ouverture de *La Veuve joyeu*se, quelques passages transcris pour leur misérable symphonique. Vers midi, elle leur demande de se mettre sur leur trente et un. Elle les passe en revue, pour voir si elles sont enfin prêtes à recevoir le Reichsführer SS Henrich Himmler.

Olga n'a pas assez coiffé ses cheveux qui poussent par plaques à cause de la gale. Elle est placée au troisième rang. Christa demande à se trouver à côté d'elle. Alma accepte, elle sent que Himmler risque de la reconnaître. Et si c'est le cas, tout peut arriver, le pire comme le meilleur.

Vers 14 heures, le camp est agité d'une sorte de rumeur sourde. Des officiers supérieurs de la SS apparaissent sur la rampe. Un groupe compact est formé autour de ce qui doit être le petit Himmler. Tous sont vêtus d'uniformes noirs à galons d'argent, avec des têtes de mort sur leurs casquettes. La seule pensée qui vient à l'esprit de Christa est qu'ils doivent avoir sacrément chaud dans leurs costumes. Les pensées sont grotesques, parfois. Ils viennent du camp des hommes. Sans doute ont-ils déjà eu droit à une aubade cynique.

Alma est tendue. Himmler s'approche. Christa l'aperçoit entre deux officiers plus grands que lui. Il a changé. Ses joues retombent. Il a gardé cet air de petit prolétaire de Berlin. Ses yeux fuient derrière les cercles de ses lunettes.

Le chef du camp fait un signe de la tête à Alma. Elle lève sa baguette d'un air de matrone et lance l'ouverture de *La Veuve joyeuse*. Les filles s'en tirent sans fausses notes. Himmler les a vaguement écoutées avant de tourner les talons et de se diriger vers les crématoires. Les musiciennes rentrent au block. Alma est furieuse.

— Vous avez été en dessous de tout.

Elle s'en prend à Olga puis à Christa. Les insultes pleuvent. Son visage se tord de colère.

— Maintenant, priez pour qu'il ne nous arrive rien.

Elle sort telle une furie. Les filles rangent leurs instruments, l'âme au bord du précipice. Elles attendent le retour d'Alma, en silence, n'osant pas, ni l'une ni l'autre, livrer leurs impressions. Elles ont toutes joué devant leur bourreau en chef et elles ont toutes fait de leur mieux.

Alma revient au bout d'une dizaine de minutes, se dirige vers l'étui de son violon, l'ouvre et se met à jouer des mélodies tsiganes. C'est inimaginable pour les musiciennes, mais Christa comprend immédiatement. Elle joue pour les récompenser. Quand elle s'arrête, elle les regarde, chacune à son tour, l'œil fier et reconnaissant. Puis elle lance :

— C'est un succès. Himmler a souri.

Alma Rosé est morte en 1944, à l'âge de trente-sept ans. Un matin, la fièvre est montée. Elle a voulu se lever, être toujours là, pour ses musiciennes, pour la vie. Pour les femmes qu'elle a sauvées avec son caractère dur et tranchant. Elle a fait quelques pas et s'est recouchée, tremblante, vaincue. De sa fenêtre, on aperçoit l'une des cheminées du crématorium de Birkenau, tour de briques livides dans le ciel nuageux.

25

Berlin, 22 janvier 1945

Pour Furtwängler, ce concert est le dernier. *Septième Symphonie*, Bruckner, *mi* mineur, une tonalité de crépuscule. Au milieu du deuxième mouvement, lent et solennel, une lumière bleue surgit par les grandes fenêtres de la Beethoven Saal, un rai violent, puis un autre. Bastiaan lève les yeux sans arrêter son archet, Rammelt lui jette un regard terrorisé. Buchholz arrête de jouer. Il tremble. Tous ses collègues regardent leur chef.

Les faisceaux de la défense antiaérienne balaient le ciel en bataille. Les tirs de la *Flak* se perdent dans le ciel en de petits nuages noirs et des claquements d'altitude. Les murs de la salle de concert vibrent. L'orchestre se débande en plein *adagio* pathétique. Adieu, Bruckner. Le public détale, les femmes à voilette aux bras des gradés en uniforme, les vieux nantis des premiers rangs et les autres, comme des rats, chacun dans son trou.

Le chef d'orchestre se réfugie dans sa loge, l'esprit meurtri. Pour la première fois, il n'a pas fini un concert. La guerre se moque des mélodies. Sa baguette s'est mise à battre dans le vide. Il s'est retrouvé seul, pauvre pantin. Une dernière salve a tapé la salle Beethoven et la Köthener Strasse. Une gerbe de gravats a brisé quelques vitres. L'immeuble du 38 est parti en torche, ses fenêtres découpent des yeux de diable dans les nuées de poussière épaisses.

Quelqu'un frappe à la porte. Furtwängler reconnaît Albert Speer, l'architecte du Troisième Reich, avec sa mine d'étudiant bien mis. Speer a toujours été plutôt sympathique avec le musicien. Il dit :

— Ne restez pas à Berlin, docteur Furtwängler. La SS est chargée de vous surveiller. La Gestapo va vous arrêter et vous emprisonner. Vous n'êtes plus intouchable.

Speer sait de quoi il parle, Hitler lui-même l'a mis dans la confidence. Il a l'oreille du Führer. Et ce Führer ne veut plus d'un musicien qu'il a érigé naguère en patrimoine national. Speer dit que c'est fini la gloire, fini les excuses pour cause de génie. Il lance :

— Vous devriez prendre des vacances, docteur Furtwängler, vous reposer. Vous êtes fatigué.

— Que vont devenir mes *Philharmoniker*? Je dois les protéger !

— Je vais m'en occuper personnellement.

Furtwängler garde un instant la bouche entrouverte. La lumière qui entre par la fenêtre projette des ombres et dessine des corps inquiétants sur le plancher.

Speer lui tend la main. Le chef l'accepte. Il y a du définitif dans cette poigne ferme et longue. Speer a beaucoup de respect pour Furtwängler. Il sait qu'il ne le reverra pas. Il dit :

— Ne soyez pas inquiet. Vous comprenez... Partez ! Une voiture vous attend.

Déjà, en 1944, Speer a prévenu le musicien. Là-haut, tout là-haut dans la hiérarchie des cinglés, on le soupçonnait d'avoir participé à l'attentat contre Hitler. Ça vaut la peine de mort. La guillotine. Furtwängler connaît tellement de monde que figurent des noms douteux dans son carnet d'adresses. Il y a surtout celui de von Stauffenberg. Il ne peut pas dire pour se défendre qu'il ne l'a jamais rencontré. Ce dernier est un proche.

Et Stauffenberg a monté une opération pour tuer Hitler. Comme nom de code à cette opération, il a choisi *Walkyrie*. Drôle d'idée pour désigner l'assassinat du pire tyran de l'histoire. *Walkyrie*, l'opéra que Furtwängler a dirigé des dizaines et des dizaines de fois.

— Merci, monsieur Speer.

Le chef décampe, au milieu de la fournaise, courant de tas de ruines en tas de ruines, ombre parmi les ombres dans les angles morts de Berlin. La bagnole qui doit le ramener se trouve un peu plus loin, le chauffeur fait de grands signes au milieu des fuyards qui zigzaguent, comme des bêtes folles, entre les blocs de briques tombés des murs. Furtwängler s'enfourne dans la Mercedes. Le chauffeur démarre en trombe, klaxon en tête. Un tramway gît sur le côté, étendu de toute sa carcasse, sa cargaison humaine encore prisonnière. Des vieux sont penchés sur un cadavre, à farfouiller dans les poches. Le peuple ne sait plus se tenir, il a faim.

Pour rejoindre la maison, à Potsdam, il faut une heure, à tordre la route, entre les empilages de pierres et de tuiles, les escouades de femmes qui arpentent les ruines et les gamins qui chapardent. Les hommes jeunes sont ailleurs, songe le chef. Loin, dans l'immense champ de guerre qui les taille par milliers.

La maison apparaît, sinistre, hostile, extérieure à tout ce qui a été une existence d'artiste. Le musicien s'affale dans un fauteuil, au milieu des souvenirs assoupis, dans la pénombre. La solitude n'a jamais été aussi froide. Il revoit les visages des *Philharmonikers* qu'il vient de quitter, la peur au fond de leurs yeux, le désarroi sur leurs traits luisant d'angoisse. Ils n'ont pas eu le temps d'un au revoir, d'une dernière chaleur. On ne se dit pas grand-chose quand le diable frappe à la porte. Où seront-ils, après l'apocalypse ?

— Je les ai protégés jusqu'au bout, murmure le chef d'orchestre en se versant un verre de mauvais blanc. Le Philharmonique de Berlin, le meilleur orchestre du monde, c'est fini tout ça !

Cette dernière nuit, le musicien cherche longtemps le sommeil, sentant monter le grand péril. Il n'est plus le demi-dieu du Reich, le chef d'orchestre adulé. Un décret l'a fait simple conscrit, attaché à la réserve militaire de Berlin. Descente abyssale, de quoi donner le vertige, l'envie de vomir de toutes ses tripes. La gloire nationale en simple troupier, au fusil et au pas. Faudrait en rire mais la gifle a brisé son âme. Il en a pleuré, tout seul, dans le silence de sa gloire qui ne le protège plus de rien. De rage, il a balancé la partition de la *Neuvième Symphonie* de Beethoven en travers du salon. Dans son vol, la *Neuvième* a renversé le buste de Wagner qui trônait sur un guéridon, avant d'atterrir sur le piano et faire un gros accord dissonant. Cette *Neuvième* qu'il a dirigée pour l'anniversaire du Führer, en 1942.

— Cochon, a-t-il hurlé. Salaud, ignare !

Les mots de la colère sont bien faibles, parfois.

26

— Les Juives à gauche, les ariennes à droite.

Ils crient tout le temps ce genre de choses. Ils ne savent qu'aboyer.

Il pleut, c'est la nuit. Les SS font passer une à une les ariennes de l'orchestre. Il y a Bronia, Alla, Olga, Eva et Halina. Direction Auschwitz I, à trois kilomètres de là. Olga sourit en plongeant son regard dans celui de Christa, longuement. Pourquoi ? Peut-être, pense-t-elle, qu'elles ne vont jamais plus se revoir.

— Cinq par cinq ! En rang !

Les SS encadrent les musiciennes juives. En avant, marche ! Le convoi prend la direction opposée aux crématoires. L'orchestre, c'est fini. Christa pressent que jamais elle ne remontera sur scène. Les filles ne vont pas aux chambres à gaz. Elles sortent du camp B. L'air sent la boue, le bois de pin des blocks et cette odeur de chien mouillé, pourrie, qui soulève le cœur.

Un train est stationné, non loin de la rampe où sont triés les arrivants. Les wagons ruissellent d'eau et luisent à peine à la lumière minuscule des miradors. Depuis un mois, le couvre-feu est strict. Toutes les lumières du camp sont masquées à cause des bombardements.

Les musiciennes montent dans un wagon à ciel ouvert, une sorte de plate-forme, sans bâche, rien, séparées des autres détenues. Deux soldats, des hommes de la Wehrmacht sont assis au milieu du wagon, ils se chauffent à un poêle dont le tuyau monte au-dessus d'eux et dégage une épaisse fumée de charbon. Peut-on imaginer un poêle sur une sorte de tombereau qui sert d'ordinaire à transporter des matériaux ! Sous la pluie fine de la grande plaine de Pologne ! La vision est surréaliste. Entre leur capote remontée jusque sur le nez et le casque, posé comme une cloche d'acier bronzé sur leurs têtes lourdes, on devine à peine les visages des gardiens, des gars qui ont certainement échappé au front russe ou qui en reviennent. Qui sait ? Ils ne se parlent pas et fixent le feu qui crépite dans leurs prunelles.

Au bout d'une heure, le train se met en branle, lentement. Des vies humaines qui toussent, qui crachent et qui gémissent. Pas un éclat de voix, pas un cri, pas une protestation. La locomotive souffle telle une bête. Le responsable du quai agite son fanal avant de disparaître dans les ténèbres. Chaque wagon, chaque roue se met à grincer, comme si la mécanique refusait de partir. Les musiciennes essaient de se protéger de la pluie qui pénètre leurs vêtements. Alma demande à l'un des deux soldats s'il sait où ils vont. L'homme répond d'un grognement sans même lever les yeux.

Le camp disparaît lentement au bout de la voie. Quelques lumières percent les ténèbres. Christa éprouve un curieux sentiment de tristesse, un peu comme quand on abandonne un lieu où l'on a des souvenirs. Elle va vers l'inconnu, peut-être la mort, elle laisse derrière elle son petit confort d'orchestre. Il faut oublier les visages familiers qui se noient dans la noirceur et qu'elle ne reverra plus jamais.

La voie fait un virage. Le train accélère et se retrouve en rase campagne. Des avions passent au-dessus de l'immense plaine. Le grondement aérien de leurs moteurs n'est pas celui des appareils allemands. L'oreille musicale, ça sert aussi à ça : les filles de l'orchestre ont appris depuis quelques jours à faire la différence.

La nuit est chaotique. De temps à autre, le train s'arrête sur une voie de garage, et il faut attendre le passage d'un convoi militaire qui rejoint le front, chargé d'armes et d'hommes aux visages de grisaille. Pendant ce temps, la locomotive souffle et siffle, impatiente de reprendre sa route. Au petit jour, Christa aperçoit un long train qui revient de l'Est et qui roule au pas. Les wagons à bestiaux sont remplis de blessés aux regards éteints. Ils ont ouvert les portes pour respirer un peu mieux. Christa éprouve de la peine pour eux. Elle pense à Rodolphe. Beaucoup de ces soldats ont son âge. Certains lui ressemblent.

Le convoi roule deux jours, sans boire et sans manger. C'est très long, deux jours, mais les filles de l'orchestre ont pris le pli. Elles se disent qu'elles ont échappé au pire et que le pire ne peut plus leur arriver. Tout le jour, elles voient défiler la Pologne, plate et démembrée, fumante et désespérée. Curieux pays. Leurs deux gardiens se lèvent de temps à autre, vont d'un bout à l'autre de la plate-forme, enjambant les corps endoloris. Alma essaie de leur plaire, en vain. Ses sourires faussement timides viennent s'écraser sur leurs trognes de traîneurs de sabre. Christa se trouve entre Bronia et Olga. Elles se tiennent chaud, ont des gestes tendres. Olga a peur, son corps est à bout, sa patience, sa foi et son humanité. Tout est rongé en elle, jusqu'au cœur. Christa la prend dans ses bras quand elle sanglote.

Le soir du premier jour, le train est resté à l'arrêt dans un tunnel, une heure, peut-être deux. Olga s'est mise à trembler de tout son corps, persuadée qu'on allait les électrocuter dans ce tunnel. Quand le train a redémarré, elle a fixé Christa de ses prunelles souffrantes et a caressé son visage, pour se rassurer, se dire qu'elles étaient encore en vie.

Le deuxième jour, toujours pas de nourriture, juste de l'eau de pluie. La nuit vient très vite. Christa se rend compte qu'elle a somnolé pendant des heures, et les ténèbres l'ont surprise. Le train roule plus vite, elle fredonne un air de valse, une chanson populaire, sur le rythme de ferraille des wagons sur les rails. Elle se trouve au théâtre, soudain, en longue robe de soie blanche, et sourit à des visages connus. Et puis, elle s'assoupit à nouveau, épuisée. Au matin, elle demande au soldat quel jour on est.

— Le 3 novembre.

Le 3 novembre 1945, se dit-elle. Le train s'arrête. Les musiciennes descendent, comme un immense troupeau. Il y a une pancarte de travers avec *Champ de tir* écrit dessus. Olga se met à crier qu'elles vont toutes être fusillées. Les gardiens ne sont plus des SS mais des types de la Wehrmacht. Ils pointaient leurs fusils vers elles. Deux officiers arrivent, sortis d'on ne sait où. On se met en rang, comme des animaux bien dressés, ce que les filles sont devenues.

— Bienvenues dans votre nouveau camp.

Elles se regardent les unes les autres. Il n'y a rien autour d'elles. Juste une sorte de grand fossé dans laquelle les soldats viennent s'entraîner au tir.

— Ce nouveau camp, c'est vous qui allez le construire.

On leur sert une misérable soupe dans laquelle surnagent quelques navets. C'est là qu'elles apprennent qu'elles se trouvent à Bergen-Belsen.

Les Alliés ne sont plus très loin.

— *Reich kaput !* crie Olga.

27

Berlin, 23 janvier 1945

C'est une nuit de cendres, froide et humide. Un hall de gare où s'engouffrent des bourrasques épaisses de grésil. La neige n'est plus très loin. Elle viendra par l'est, des grandes plaines ravagées.

Furtwängler s'arrête sous un immense portrait de Hitler et lève les yeux vers l'énorme pendule de la gare. 22 heures. Le train part dans dix minutes.

Les rails s'entrelacent aux aiguillages et se reprennent en de longues lignes droites avant de disparaître dans un trou de nuit. De temps à autre, le vent balaie le panache de fumée grasse d'une locomotive. Dans la lumière discrète de la lune, Berlin empeste le phosphore et le charbon, l'égout et le caveau.

Furtwängler a rendez-vous avec son ingénieur du son, Franz Knapp, devant le kiosque à journaux. Il a dû être retenu par la police de plus en plus tatillonne qui contrôle chaque voyageur. Peut-être qu'il ne viendra pas. Tout est incertain.

Le dernier bombardement est passé. Les grands immeubles de Friedrichstrasse tremblent encore, beaucoup ne sont plus que des façades calcinées, sans plus rien derrière, des décors de théâtre, du vide et de la mort.

Rien ne bouge. Rien ne respire, rien ne dort. Il n'y a plus de tonnerre dans le ciel, plus de lumières obliques qui tapent les nuages, plus de bombes qui miaulent dans le ravissement glauque de la guerre. Les bombardiers sont repartis, le ventre vide. Ne restent que le grincement des trains, les conversations à voix basse, les annonces laconiques et les claquements des boggies sur les échangeurs. Des convois entrent en gare, en provenance de l'Est, du front, chargés de soldats en lambeaux, hagards, hâves et plombés.

Le train pour Vienne va partir, d'un instant à l'autre. Il foncera dans la nuit, tous feux éteints. Knapp arrive en courant.

— Il n'y avait plus de places en premières, lance le chef d'orchestre.

— À la guerre, comme à la guerre ! répond l'ingénieur du son.

Furtwängler fourre sur le filet, au-dessus de son siège, la petite valise de cuir usée par sa vie vagabonde. Il emporte l'essentiel et laisse toute une existence derrière lui. Les plaisirs et la célébrité sont brefs, il n'en reste que des ruines et l'impression de n'exister plus que par la tragédie. Le destin est en train de crouler, il sombre dans les caves et sous les chaussées soulevées par les coups de la guerre. Le maestro enfonce son chapeau mou, remonte le col de son manteau de ses doigts gourds et cherche un peu de confort sur le velours de la banquette.

Dans l'après-midi, avant de plier bagage, il a fait un crochet par la Philharmonie, pour voir une dernière fois ce qui fut son royaume, son omphalos. Hartmann, le contrebassiste, était là. Il pleurait.

— On a sauvé ce qu'on a pu… C'est-à-dire rien, mis à part les instruments.

Hartmann avait été désigné avec six autres musiciens pour surveiller leur temple, comme des servants fidèles. Ils ont quitté les lieux après avoir reçu des morceaux du plafond sur la tête. Hartmann a été blessé.

Les images forcent la raison. Elles aident à tourner les pages de son histoire. Le chef d'orchestre sait, à présent. La Philharmonie est éventrée, morte. Elle ne souffre plus, écroulée sur elle-même. Quelques murs saillent des décombres, des briques en tas, du plâtre moulu en poussière, des poutres en désordre au milieu des frises bousillées. Une rangée de fauteuils a été mise de côté, des enfants y jouent, quelques vieux fatigués viennent s'y asseoir. Le buste de Beethoven dans sa niche de pierre est borgne, la gueule cassée, comme les anciens de Verdun. Bach a perdu son nez, ça lui fait une trogne de boxeur de foire. Les autres génies ont été moulinés dans les gravats.

— Si tout va bien, nous arrivons demain vers 8 heures, dit Knapp, en soufflant son haleine fumante sur ses doigts.

— J'espère qu'on pourra dormir un peu, marmonne Furtwängler en croisant son manteau.

Un grondement sourd se répand sur la ville, pardessus les écailles des toits. Un immeuble vient de s'écrouler. Un feu crépite parmi les clameurs et les sirènes. Le chef d'orchestre s'affaisse sur la banquette.

Deux hommes montent dans le wagon. Knapp les désigne d'un signe de tête discret.

— Ça fait deux fois que je les vois aujourd'hui, grogne le chef d'orchestre. Ils étaient devant chez moi tout à l'heure. Ce sont certainement des SS, des types de la Gestapo. J'ai été prévenu.

— On dirait qu'ils sortent d'un film de Fritz Lang. La surveillance n'est pas discrète.

— Elle n'a pas à se cacher, la surveillance, puisqu'elle est partout.

— Ils vont nous arrêter ?

— Non, nous ne sommes pas en fuite. C'est moi qu'ils veulent. Ils vont laisser passer les concerts de Vienne. Ensuite, on verra.

La grosse motrice lance un cri strident qui bondit sous l'immense voûte de verre et de métal de la gare. Le chef siffle en abaissant son bras. Le train s'ébranle. Des escarbilles s'échappent de la cheminée et dansent dans la fumée grise. Personne ne fait des adieux pathétiques, aucune femme, aucun enfant ne pleure le départ d'un cher. Pas de galurins qui s'agitent, ni de mouchoirs fleuris qu'on brandit d'ordinaire, à bout de bras, comme avant-guerre. Le peuple des voyageurs a disparu, ne reste que ses ombres aux visages sans yeux et sans sourires.

Furtwängler observe le quai qui s'étire lentement, comme on regarde une dernière fois, un goût amer à l'esprit. Chaque souffle de la machine l'emporte loin de ce qu'a été sa vie. Les silhouettes baissent la tête avant de disparaître sous le voile de la nuit. Le train longe la rivière Sprée, énorme veine noire et calme. Le cœur de Berlin s'éloigne peu à peu. Le musicien distingue à peine le dôme de la cathédrale, la pointe du toit du Staatsoper, sur Unter den Linden. Le chef s'en va. Il reviendra après le chaos et il marchera sur les cendres.

Le train trace une courbe douce sur la croûte gelée du monde. L'étendue des champs durcis de froid se mêle au brouillard. Furtwängler dort sans rêves, bercé par le rythme des roues sur les rails, dans l'urgence et l'oubli du danger. À l'autre bout de la voiture, les deux nervis de la Gestapo sont assis face à face et parlent en hochant la tête de temps à autre. Le plus petit est bedonnant, il doit avoir la cinquantaine, figure ronde, presque bonhomme. L'autre est chauve, plus sec, sans doute le même âge. Il a fait la guerre au front, sa figure marquée inspire la crainte. De temps à autre, le rondouillard écarquille les yeux pour mieux scruter les ténèbres. Le musicien et son compagnon n'ont pas bougé.

Au petit matin, le train ralentit en lançant des coups de sifflet enroués. Vienne approche au bout de la grande plaine, sous un ciel de craie. Il a neigé, de cette neige lourde qui fait ployer les branches nues des arbres sans feuilles et qui donnent aux vergers une tristesse sans fin. Les faubourgs étincellent comme dans une féerie de Noël. La guerre paraît moins présente ici, elle ne tardera plus.

La gare centrale de Vienne est pavoisée de croix gammées. Un crieur de journaux annonce une énième victoire des armées du Führer alors que tout le Reich est ouvert aux quatre vents. Les armées marchent sur Berlin en lambeaux. Les rouges arrivent au galop, c'est une question de mois, peut-être de semaines.

Furtwängler et Knapp descendent à l'Impérial, à deux pas de l'opéra. Une deuxième maison pour le maestro. On l'accueille avec la chaleur des habitudes, un sourire, quelques croissants et un café long.

— Comment ça va, à Berlin ? demande le maître d'hôtel.

— Comme dans l'antichambre de l'enfer.

Les deux flics ont dû filer vers un poste d'observation, quelque part, derrière l'une des fenêtres d'en face. À l'affût, patients et tendus, invisibles. Ils reviendront après la série de concert. On n'emballe pas un symbole comme un vulgaire opposant.

Le 5 février 1945, à 6 heures, deux officiers de la Gestapo pénètrent dans l'Imperial. Ils demandent à voir Wilhelm Furtwängler.

— Le chef d'orchestre ? s'étonne le réceptionniste.

— Oui…

— Il est parti très tôt ce matin.

28

— Hommes de la milice de Berlin, vous venez de prêter serment au Führer ainsi qu'à l'avenir social de notre peuple, pour prouver que l'Allemagne dispose de millions d'hommes destinés à se battre !

Goebbels parle à la Volkssturm. Il a revêtu son uniforme noir et la casquette brodée d'argent qui sera toujours trop grande pour son visage d'oiseau. Blême, il jette un dernier regard au millier d'hommes armés à la va-vite. Des vieux, des demi-infirmes, des réformés, des sans uniforme, beaucoup de voyous. La Wehrmacht n'a pas voulu d'eux, ils crèveront dans un dernier baroud. Parce que, en face, l'Armée rouge les attend, le corps de bataille des bolcheviques qui vient de traverser la Pologne et qui a libéré les camps de la mort. Pas de quartier. Tous les Allemands le savent.

Bastiaan croise de plus en plus de ces miliciens en uniforme. Il passe des contrôles, profil bas. Ils pourraient l'appeler, lui aussi, au train où va la guerre.

— Furtwängler s'est enfui, dit Rammelt.

— Qui t'a dit ça ?

— Un proche de Speer, notre nouveau patron.

— Il risquait sa vie, murmure Bastiaan en hochant la tête.

— Il sera resté jusqu'au bout. On dit qu'il a fait partie du complot contre Hitler.

Bastiaan fait une moue dubitative. Douze ans de dictature enseignent l'instinct du silence. Sa tristesse profonde, il ne sait pas la dissimuler. Elle se lit sur ses traits immédiatement. Toute sa carrière aux côtés de Furtwängler l'a transformé. Rammelt demande :

— Tu te souviens quand tu lui as offert un paquet de café ?

— Furtwängler m'a chaleureusement remercié, mais il ne savait pas trop quoi en faire. C'est ma femme qui l'a torréfié, tu sais. Avec une poêle, dans notre cuisine. Ça se sentait dans tout le quartier.

Tous les membres du Philharmonique avait ramené des kilos de café d'une tournée au Portugal, ça devait bien faire la tonne, tout mis bout à bout. Même Knappertsbusch en avait bourré ses grosses valises. Le convoi de café, de violons et de contrebasses, de trompettes et de tout le fourbi de l'orchestre a traversé la France sous les bombes. Pas question de faire une halte. La Résistance française faisait sauter les ponts, chaque kilomètre était devenu une chance. Une fois à Berlin, pas mal de musiciens ont revendu le café au marché noir, pour des fortunes. Un troc de rien pour survivre à la faim qui rampe partout. Des grains de moka contre du lait ou du beurre. Philharmonie ou pas, tout le monde a le ventre vide.

— Regarde-moi ça, dit Rammelt dans sa barbe. Ils n'ont pas encore compris que c'est fichu. Les pauvres.

Bastiaan lève les yeux. Par-dessus les décombres, sur les tas de ruines, beaucoup de Berlinois y vont de leur petit drapeau à croix gammée, d'une bougie ou d'une image du Führer. Dans Friedrichstrasse, en face de la maison de Rodolphe Meister, monsieur Todt et sa femme, ceux qui donnaient des bonbons au fils de Christa, ont pavoisé leur balcon. Ils ont suspendu une pancarte :

Nos murs sont brisés
Mais pas nos cœurs !

Partout, sur les murs encore debout, des affiches :

Maintenant plus que jamais !
Battez-vous jusqu'à la victoire

Bastiaan ne sait quoi répondre. Les drapeaux font de petites taches rouges sur les monticules calcinés des effondrements. Les musiciens marchent, les yeux sur leurs souliers, l'étui de violon et la honte serrés contre eux. Bastiaan est un émotif, plus que Rammelt. La misère le touche en plein cœur. De l'autre côté de la rue, une grande affiche en gothique est accrochée à un reste d'immeuble :

Führer, commande, nous te suivrons !

Bastiaan et Rammelt sont bien habillés, costume impeccable et cravate. Les instruments qu'ils transportent valent des fortunes. Bastiaan a un bel italien, un *Pietro Guarneri*, pas un *del Gesù* mais c'est déjà considérable. Un prêt d'une banque de l'État. Il a choisi comme il le souhaitait, croyant que les violons posés sur la table étaient la propriété du Reich. Il a appris, quelques jours plus tôt, que l'instrument appartenait à une famille juive de Vienne.

— Jusqu'où allons-nous être aveugles ? a demandé Rammelt.

En apercevant un couple d'habitués des concerts, Bastiaan songe que leur fils doit se trouver au front. Lui, il a un certificat qui émane de la plus haute autorité. Pas d'armée, pas de champ de bataille à l'est, où les vies sont passées au tranchoir. Un privilège et une deuxième honte.

— Cette époque est folle, se désole Rammelt. Tout s'écroule, et nous on fait notre travail comme si de rien n'était. Pour faire croire que tout va bien. C'est grotesque.

Lors de la dernière répétition, il manquait un altiste. Furtwängler en a été informé. Il est entré dans une colère noire. Il a dit au régisseur :

— Occupez-vous de cette histoire. C'est un scandale !

L'altiste venait d'être arrêté par la milice. Il n'avait pas sur lui son laisser-vivre spécial, oublié à la maison. Étourdi. Quelques jours plus tard, il a été tué par les Russes.

— On veut continuer à vivre, plaide Bastiaan, à travers la musique qu'on ne peut pas tuer.

Deux autocars les attendent devant le Titania-Palast, la nouvelle salle de la Philharmonie, un ancien cinéma qui résiste à tout.

— On va au village olympique, dit le régisseur.

— L'hôpital de la Wehrmacht, grogne un trompettiste. Ils n'ont plus de places ailleurs pour mettre les blessés.

La salle qui les attend est peuplée des ombres du front. Des amputés, des aveugles, des trépanés. Ça sent l'éther et le détergent. La mort à laquelle les musiciens ont échappé, les cris et la fureur du front. Les massacres qu'ils tairont pour toujours. Le seul qui peut comprendre, c'est Hartmann le vétéran, le blessé du front de l'Est. Il est tendu en s'asseyant dans le bus.

Dans l'autocar, les musiciens parlent entre eux.

— C'est bien de montrer que, malgré tout, on continue à faire de la musique, dit Buchholz.

— On veut que les gens fassent une autre expérience que celle qu'ils ont vécue, déclare Rudolf sans trop y croire.

Arrivé sur la scène, Bastiaan se sent très mal à l'aise en ouvrant son étui. Face à lui, que des jeunes ou presque. Un estropié, le crâne enturbanné dans un gros pansement, le fixe étrangement. Le violoniste détourne les yeux et met du temps à comprendre que celui qui le dévisage est aveugle. Ses yeux donnent l'impression de couler, ils ont dû être brûlés.

Le Philharmonique a donné son dernier concert le 16 mars 1945. La salle de l'Admiralspalast affichait complet. Jusqu'au bout, le public est venu. Malgré les bombes, même les jours les plus durs, quand Berlin tremblait au point que les lustres de la salle faisaient d'effroyables cliquetis.

Les musiciens se sont séparés le jour même, entre deux alertes, comme on le fait après un enterrement, la mine contrite, en essayant un sourire d'au revoir, sans conviction. On ne sait plus quand on se reverra.

Bastiaan est rentré chez lui, dans la nouvelle maison que la direction de l'orchestre lui a attribuée, à l'écart de Berlin, de ses bombes. Un musicien, c'est sacré, bien plus qu'un vulgaire soldat. Chair à canon, chair à musique.

Demain, les Soviétiques seront là. Bernhard Alt, un violoniste, a dit qu'il se suiciderait s'il ne parvenait pas à fuir, avec Olga, son épouse, et leurs deux filles. Parce qu'on dit partout que les Russes violent les femmes. La famille Alt s'est empoisonnée, avec méthode, le 2 mai. Le père avait mis son uniforme de nazi.

Alfred Krüger, première contrebasse, s'est pendu dans son salon. Lieberum, le bassoniste, s'est tiré une balle dans la tête.

29

1er mai 1945, 21 heures

De Brême, en anglais, les auditeurs de la radiodiffusion allemande sont informés qu'une annonce du gouvernement allemand sera diffusée.

C'est la première fois depuis l'arrivée au pouvoir de Hitler que le terme « gouvernement allemand » est utilisé à la radio. Normalement, toutes les annonces importantes sont faites par le Führer.

De 21 heures à 21 h 30, la radio de Hambourg diffuse *Tannhäuser* de Wagner et un *Concerto pour piano* de Carl Maria von Weber.

21 h 40, nouvel avertissement.

Achtung !

Crépuscule des dieux de Wagner.

9 h 43. Voix du présentateur.

Achtung ! Achtung ! *La Radiodiffusion allemande va faire une annonce importante du gouvernement allemand pour le peuple allemand.*

L'Or du Rhin de Wagner.
9 h 57. Voix du présentateur.

Achtung*! Nous allons maintenant vous passer le mouvement lent de la* Septième symphonie *de Bruckner. Interprété par l'Orchestre philharmonique de Berlin, sous la direction du docteur Furtwängler.*

22 h 26. Plus de musique.
Trois rouleaux de tambour. Un silence.
Voix du présentateur.

Notre Führer Adolf Hitler, qui s'est battu jusqu'au dernier souffle contre le bolchevisme, est tombé pour l'Allemagne cet après-midi dans son bunker à la chancellerie.*

Roulements de tambour. Silence de trois minutes.

Horst-Wessel-Lied, chant des SA.

---

* Hitler s'est en fait suicidé la veille, le 30 avril, en compagnie de sa femme, Eva Braun. Joseph Goebbels et son épouse se sont donné la mort dans l'après-midi du 1er mai, après avoir tué leurs six enfants.

30

Innsbruck. 6 février 1946

Le train roule au pas. Les bombardements ont endommagé les voies. Il est presque 10 heures, la ville sort de l'ombre froide et grise du matin. Sur les sommets qui reçoivent déjà le soleil d'hiver, la neige étincelle.

Furtwängler sommeille sur une banquette de bois, troisième classe, son chapeau entre ses mains. Le contrôleur le réveille d'une tape sur l'épaule.

— Nous arrivons, monsieur. Terminus.

Le chef d'orchestre ouvre les yeux. Par la fenêtre, apparaissent les premiers immeubles détruits par l'offensive soviétique, autour de la gare. Les trottoirs sont blanchis par le givre matinal. Des blindés sont massés devant un pont qui doit servir de checkpoint.

Sa jeune femme, Elisabeth, et les deux enfants qu'elle a eus d'un premier lit sont restés en Suisse. Son fils Andreas, le seul qui soit légitime, aura bientôt un an. Toute la famille vit dans une clinique, un confort relatif, sans argent ou presque. Furtwängler vit des coups de main des uns et des autres. Il n'a pas amassé des fortunes sous le régime nazi. Il a toujours refusé le moindre mark de Goebbels, et même les offres de Hitler.

Le destin fait descendre le chef d'orchestre dans les culs de basse-fosse de la société. Il ne compte plus guère les amis véritables que sur les doigts d'une seule main. La Suisse le tolère, sans plus. Il n'a plus droit à aucune parole publique. On l'insulte, on le provoque, on l'interdit. Des journalistes, des associations. On tape sur le chef le plus célèbre. Il n'a que le silence pour droit de réponse. Elisabeth est optimiste. Tout cela passera. Il faut que tu retournes en Allemagne pour t'expliquer.

Des militaires américains discutent fortement à l'arrière de la voiture. Ils n'ont pas arrêté de boire de la bière depuis le passage de la frontière entre la Suisse et l'Autriche. Leurs gros rires claquent aux oreilles du musicien.

Le train freine. La gare est peuplée d'uniformes de régiments d'infanterie qui occupent la ville depuis la chute du Reich. Furtwängler attrape sa petite valise et saute sur le quai. Il fait quelques pas. Personne ne l'attend, personne ne le remarque, comme autrefois, quand il était le maître du Philharmonique de Vienne.

Une main se pose sur son épaule. Un homme le double et se poste devant lui.

— Wilhelm Furtwängler ?

— Oui, c'est lui-même.

— Avez-vous un laissez-passer pour circuler en zone occupée ?

Un officier de la police française, en manteau kaki, lui fait face. Deux autres policiers l'encadrent. Il n'a pas l'intention de fuir.

— Non, je n'ai pas de laissez-passer.

— Vous n'êtes pas en règle. Vous êtes en état d'arrestation. Veuillez nous suivre.

— Mais… Je ne suis pas un brigand. Je suis chef d'orchestre.

— Nous en parlerons au poste.

Les policiers escortent Furtwängler à travers le hall glacial de la gare. Des visages se tournent vers ce grand monsieur qui baisse la tête, humilié, en compagnie de Français plus petits que lui. Une honte terrible le submerge. Il marche, comme un automate triste, traverse la petite foule des voyageurs, les regarde furtivement. Certains doivent forcément connaître son nom, peut-être même son visage. Il était aussi célèbre en Autriche qu'en Allemagne. Le directeur du Philharmonique de Vienne.

On le conduit jusqu'à une Jeep et on l'installe à l'arrière. Voyage bref et chaotique. Les hommes qui l'encadrent parlent en français. Le chef comprend quelques mots, il parle assez bien le français. L'officier se tait, ses deux cerbères échangent des banalités sur leur quotidien d'occupants. Un bar à fréquenter, des filles pas farouches. La Jeep soubresaute, la rue a été rapiécée après les combats. Les militaires ont posté des vigies de sacs de sable au coin des quelques avenues du centre.

Le poste de police est dans l'ancienne caserne du centre. Les Français ont flanqué la porte de deux drapeaux tricolores. Des policiers en uniforme et calot montent la garde, l'arme au pied. Ils saluent d'un signe banal, le regard indifférent.

L'officier qui a arrêté Furtwängler est le commissaire principal Lagarde. Un type d'une cinquantaine d'années qui a dû survivre à Vichy et se retrouve à jouer les gagnants d'un conflit sans avoir jamais tiré un coup de fusil.

Lagarde fait entrer Furtwängler dans un bureau aux murs gris. Un classeur de bois est ouvert. Des dossiers y sont rangés sur la tranche. Lagarde en saisit un et l'ouvre. Il ne doit y avoir guère que quatre ou cinq feuillets à l'intérieur.

— Monsieur Furtwängler, dit Lagarde dans un anglais qu'il assaisonne de quelques mots d'allemand, vous êtes en état d'arrestation pour non-présentation d'un permis de circuler en zone occupée. J'ai ici une demande émanant des autorités soviétiques et américaines qui souhaitent vous faire comparaître devant un tribunal pour des faits de collaboration, en tant que chef d'orchestre et artiste, aux crimes du Troisième Reich.

Furtwängler essaie de ne pas montrer qu'il vient de recevoir un coup terrible. Un ami l'avait prévenu : Ils vont t'arrêter et te traiter comme un vulgaire nazi. Sois fort, ne craque pas car ils ne peuvent rien contre toi.

Le chef observe le policier qui vient d'allumer une cigarette et recrache la fumée d'un air blasé. Il dit dans un français haché :

— Je peux vous expliquer…

— Il n'y a rien à expliquer. Je ne suis pas là pour recevoir votre déposition ou je ne sais quel témoignage. J'ai ordre de vous expédier à Vienne où vous serez jugé.

Le commissaire se lève et ouvre la porte. Deux hommes entrent et invitent le musicien à les suivre.

— Vous dormez en cellule, ce soir. Demain, vous partirez.

On le conduit dans un entresol glacial. Une lourde porte se referme sur lui. Le judas reste ouvert. Il s'assoit, comme nu. Les flics ont gardé sa valise et tout ce que ses poches contenaient.

Il ne ressent plus de colère. C'est au-delà. Une profonde tristesse de penser à Elisabeth et aux enfants. On veut lui enlever sa dignité. L'amener au fond du fossé, dans la fange, pour l'y laisser face à l'histoire. Ce n'est qu'un passage, se dit-il. L'épreuve de l'indignité qu'on veut te coller sur le dos. Son père lui disait souvent qu'on ressort toujours grandi d'une épreuve. Celle-là est plus haute que n'importe quelle montagne.

Il tourne en rond dans sa cellule en pensant à la défense qu'il va devoir organiser. Il s'y est préparé depuis que le 30 avril, Adolf Hitler a mis fin à sa vie, et Goebbels et Himmler à sa suite. Mais tout s'accélère aujourd'hui, et on le traite comme un coupable. Avant d'être jugé.

Il frappe à la porte et demande qu'on lui rende son carnet de notes et son stylo. Il a besoin d'écrire. Au bout d'une heure d'attente, le commissaire Lagarde en personne vient les lui restituer.

— Merci, monsieur.

Lagarde a un regard de sympathie.

— Nous ne sommes pas des monstres, vous savez.

La porte se referme.

Il devra répondre à une seule question : pourquoi êtes-vous resté en Allemagne après 1933? Dans son esprit, il a déjà répliqué à cette question avec toutes les preuves de son opposition au régime, son amour de la vérité, sa sincérité. Mais les choses sont plus terribles depuis la fin 1945. Ce n'est plus d'une dictature féroce dont on parle mais de la fin de l'Humanité. Ce n'est plus le même «pourquoi». Il le sait.

Les images l'ont bouleversé. Il a vu. Les bobines tournées par l'armée américaine et les Soviétiques. Pas de son, pas de musique, rien. Des corps martyrisés par la faim et la maladie, poussés par des bulldozers dans des fausses communes, par centaines, par milliers. Des regards d'une infinie douleur derrière des barbelés. Des yeux qui fixent toutes les consciences. Des noms de lieux. Treblinka, Belsen, Auschwitz, Birkenau. Des noms sales à jamais.

Le musicien a pleuré. Elisabeth l'a pris dans ses bras. Non pour le consoler. C'est inutile.

— J'ai honte, a-t-elle dit. Je n'ai jamais eu autant honte de toute ma vie.

Son premier mari est mort au front, déchiqueté par un obus, près de Sedan, en France. L'épreuve a été terrible, mais la honte, c'est autre chose. Que dire aux enfants?

Furtwängler n'a pas parlé pendant toute une journée. Ce n'est pas son Allemagne qui a pu commettre un crime pareil. Pas l'Allemagne de Goethe, de Schiller, de Beethoven et de Bach. Pas celle de Hindemith ou de Schönberg. Il a noté sur son carnet, avant de quitter la Suisse :

L'Allemagne n'était pas une Allemagne nazie, mais une Allemagne dominée par les nazis.

Rendre un peuple tout entier responsable des crimes commis dans les camps de concentration, c'est utiliser le schéma de pensée des nazis. Eux qui, pour la première fois, ont défini et appliqué la notion de responsabilité collective dans la question juive. Je n'ai jamais compris la responsabilité collective. L'antisémitisme m'est aussi incompréhensible que le nazisme.

À l'extérieur de notre pays, on n'a pas idée de l'aversion que ce système politique provoquait chez les hommes droits, en Allemagne, depuis longtemps déjà.

Je connais le national-socialisme réellement. Je sais ce dont ce système de violence et de terreur était capable. Et je sais combien le peuple allemand était en réalité loin de ce phénomène horrible, sorti de ses propres entrailles. Sinon, je ne serais pas resté en Allemagne. Le fait que je sois resté est la meilleure preuve qu'il y a une autre Allemagne.

Il dira ça demain devant le tribunal. Personne ne sera là pour le défendre. Sa conscience sera son seul avocat.

Il s'allonge sur le lit en métal et tire une couverture de grosse laine sur lui. Sa vie défile, par bribes, par images. Il cherche les plus heureuses, chasse les mauvaises.

— Les civilisations finissent toutes en ruines, disait son père. C'est la première chose que tu apprends quand tu es archéologue. L'orgueil des plus grandes civilisations, ce ne sont aujourd'hui que des tas de pierres.

Furtwängler revoit le grand temple d'Aphaïa qui s'effrite avec patience dans l'azur d'Égine. Il revoit la grosse colonne du sanctuaire d'Apollon, l'unique, celle qui tient le ciel et qui ondulait comme un mirage quand il l'a vue. Un souvenir d'enfance. Tout était calme dans le sanctuaire, comme à l'envers du monde. Il n'y avait que les insectes pour s'agiter dans leurs mondes d'épines et de buissons. Leur chant de sifflet passait, d'écho en écho, le long des murailles effondrées.

Wilhelm suivait son père, le savant des décombres d'empires. Il s'était éloigné du chantier des fouilles archéologiques. La chaleur ardente l'accablait et le figeait. Et ses cuisses rougissaient et ses joues cuisaient, le soleil écaillait ses lèvres et pinçait ses yeux. Il regardait autour de lui le monde chaotique, presque enfoui, des adorations païennes. Un soir d'hiver, son père lui a raconté la légende de la maîtresse des lieux, Aphaïa, l'« invisible », fille de Léto, demi-sœur d'Apollon et d'Artémis. Les hommes la poursuivaient à cause de sa beauté irréelle.

Wilhelm n'avait pas dix ans. Short blanc, culotte courte et casquette de lin, un jeune Allemand de la belle bourgeoisie. Sa mère disait qu'il était beau, déjà grand pour son âge, souple et rêveur. Il aimait caresser les vieilles pierres et percevoir leur sourde musique de titans. Son ombre dessinait un pétroglyphe géant sur les arêtes des blocs de calcaire. Dans les haleines d'air bouillant, ça sentait la résine et l'essence des fleurs amères. Et, partout, le bourdonnement des mouches impatientes.

Un soir d'été, il s'était aventuré loin dans le sanctuaire, des poèmes et des lettres de Goethe dans ses poches. Il avait lu dans la fraîcheur du soir et les senteurs minérales de la brise marine. Son père l'avait cherché, criant son nom à tue-tête. Il était apparu à quelques dizaines de mètres de lui, entre les blocs de ruines qui encombrent la ville antique. Wilhelm l'avait observé, immobile.

De temps à autre, son père s'arrêtait et portait sa main à sa bouche comme pour faire un porte-voix. Il avait regardé dans la direction de Wilhelm, avait dit quelque chose d'inaudible puis avait repris son chemin. Et tout avait semblé d'une infinie lenteur.

— Est-ce qu'on peut repousser sur des ruines? Il n'y a que les mauvaises herbes qui y parviennent.

Parfois, Furtwängler se dit que les âmes sont pareilles à ces décombres du passé. Son père est parti trop tôt, juste le temps de partager avec lui quelques années du monde des grandes personnes. Il rêve souvent de lui, en ce moment.

31

Vienne. Février 1946

Furtwängler déclare à des amis viennois qui attendent l'issue de sa déposition devant ses juges :

— Je me suis enfui d'Allemagne, en 1945, parce que la doctoresse qui soignait l'épouse de Himmler m'a signalé que les nazis allaient me tuer. Elle avait entendu une conversation. J'ai rencontré cette femme en janvier 1945. Elle m'a informé que j'étais sur la liste noire des nazis. On m'a épargné jusqu'en 1945, uniquement parce que mon prestige était utile. En s'écroulant, le régime nazi allait m'assassiner.

Les sept membres de la commission autrichienne interrogent Furtwängler. Il refuse de faire des déclarations publiques avant que l'examen ne soit achevé. Des personnes liées à la Philharmonie de Vienne indiquent à la presse que sa défense est basée sur la preuve qu'il n'a jamais eu de position officielle après qu'il eut démissionné en 1934 de la direction du Staatsoper et de la Philharmonie de Berlin.

Le général Robert McClure, représentant des USA dans Berlin occupé, assimile Furtwängler à un « instrument du parti nazi ».

— Le célèbre chef allemand ne sera pas autorisé à retourner à son ancien poste de directeur de la Philharmonie de Berlin.

McClure a reçu une lettre de Yehudi Menuhin.

À moins que vous ne déteniez des documents compromettants vous permettant d'étayer vos accusations à l'encontre de Furtwängler [...], je me verrai forcé d'exprimer avec véhémence mon désaccord quant à la décision que vous avez prise de lui interdire de diriger. Cet homme n'a jamais été membre du parti, n'a occupé aucune fonction officielle après avoir démissionné de sa propre initiative de ses fonctions directoriales auprès de son orchestre [...]. En de nombreuses occasions, il a risqué sa vie et sa réputation en intervenant pour protéger amis et musiciens de son orchestre. Je ne crois pas que le fait de rester dans son pays, surtout pour se consacrer au travail qui était le sien et qui ressemblait à une sorte de «croix rouge» spirituelle où à une mission pastorale, soit [...] de nature à justifier une condamnation. Bien au contraire. En tant que militaire, vous devriez savoir que rester à son poste requiert parfois davantage de courage que prendre la fuite. Il a sauvé [...] la meilleure part [...] qui puisse être de rédemption dans la culture allemande. [...] Ne sommes-nous pas, nous les Alliés, infiniment plus responsables d'avoir consenti, et cela de notre plein gré, à pactiser avec ces monstres jusqu'à la dernière minute, quand finalement [...] nous nous sommes précipités sans grand esprit chevaleresque dans ce combat, sauf bien sûr, la France et l'Angleterre qui ont eu le courage de déclarer la guerre avant d'être elles-mêmes attaquées? [...] Je suis convaincu qu'il est gravement *injuste et lâche de notre part de faire de Furtwängler la victime expiatoire de nos propres crimes. […] Si cet homme dorénavant vieux et malade est prêt et impatient de se réatteler à sa tâche et à ses lourdes responsabilités, il devrait y être encouragé, car c'est précisément dans ce Berlin dont il est l'enfant qu'il peut être le plus utile. Si ce pays moribond parvenait à redevenir un membre honorable de la communauté des nations civilisées, ce serait grâce à des hommes, comme Furtwängler, qui ont prouvé qu'ils étaient capables de sauver au moins une partie de leur âme. […] Ce n'est pas en les étouffant que vous parviendrez à vos fins. Vous auriez alors commis un acte de vandalisme aussi réel que celui de nature plus évidente qui consiste à lacérer des tableaux ou à massacrer des églises*.*

Le général McClure ne veut rien entendre. C'est un personnage buté au service d'une propagande bien rodée. Il affirme que Furtwängler est désormais interdit, d'un commun accord avec les Alliés. De nombreux Berlinois importants demandent que le chef soit autorisé à retourner dans sa ville natale et à ses succès inoubliables. McClure répond :

— Il est indiscutable que Furtwängler était identifié de manière notoire avec l'Allemagne nazie. En s'autorisant lui-même à devenir un instrument du parti, il donnait une aura de respectabilité au cercle de ceux qui sont actuellement en procès à Nuremberg pour crimes contre l'humanité. Il est inconcevable qu'il lui soit permis d'occuper un poste en Allemagne

* Cité dans *Diapason* (magazine), mai 2004, p. 28.

à un moment où nous essayons d'effacer toute trace de nazisme.

McClure enfonce le clou. Furtwängler a été nommé conseiller d'État par Göring en 1933. Il n'a jamais renoncé à ce titre honorifique. L'accord des Alliés met au ban quiconque a été membre du Conseil d'État après le 1er janvier 1934.

McClure ajoute :

— Furtwängler était vice-président de la Chambre de musique du Reich, autre organisation sur la liste noire, jusqu'à sa dispute avec le parti nazi en décembre 1934.

Furtwängler enrage. Le titre de conseiller d'État, il a demandé qu'il lui soit retiré. Hitler a refusé. Le petit Karajan est moins ennuyé que lui. Pourtant, il était membre du parti nazi et son agent était le SS Obersturmfüher Rudolf Vedder.

Furtwängler a des défenseurs qui précisent qu'il était antinazi, rappelant sa lettre à Goebbels en 1933 par laquelle il protestait contre le boycott des artistes juifs. Ils citent également la correspondance de Furtwängler avec Göring où le chef d'orchestre demande à être soulagé de diriger des représentations d'opéra à Berlin en raison de divergences avec Tietjen, alors en charge du Staatsoper.

En décembre 1945, Yehudi Menuhin tente en vain de faire lever le boycott. À Vienne, la commission spéciale fait des investigations pour déterminer si Furtwängler est responsable de collaboration avec les nazis. Un poste est prévu pour lui dans la capitale s'il est blanchi.

Friedelind Wagner, petite-fille du compositeur Richard Wagner, entre dans la controverse sur Furtwängler. Elle affirme qu'elle l'a entendu, en 1936, défier la menace de Hitler d'être enfermé dans un camp de concentration. Friedelind Wagner s'est installée en Angleterre à cause de ses positions antinazies que sa mère, Winifred, n'a pas supportées. Quand on lui demande ce qu'elle pense de Furtwängler, elle déclare :

— Le chef d'orchestre était un être faible, mais il s'est toujours opposé au nazisme. Il y a douze ans, à Bayreuth, il a rencontré Hitler dans la maison de ma mère. J'avais seize ans à l'époque. Je me souviens très bien de Hitler se tournant vers Furtwängler et lui disant qu'il devrait s'autoriser lui-même à être utilisé par le parti à des fins de propagande. Je me souviens du refus de Furtwängler. Hitler se fâcha et dit à Furtwängler que, sinon, il y aurait un camp de concentration pour lui. Furtwängler resta silencieux durant un moment et répondit : « Dans ce cas, monsieur le chancelier, je serai en bonne compagnie. »

La commission autrichienne comprend sept membres. Elle statue sur le fait de savoir s'il faut autoriser Furtwängler à diriger la Philharmonie de Vienne. Les autorités alliées ont moins de pouvoir, ici. Le 22 février, elle décide de réintégrer le chef d'orchestre dans ses fonctions à la tête de l'orchestre viennois. Le succès est de courte durée. Quelques heures après la décision de la commission autrichienne, Berlin s'en mêle. Furtwängler ne peut pas diriger en Allemagne. Pas encore, peut-être jamais.

— Ne désespère pas, dit Elisabeth au téléphone d'une voix qu'elle veut rassurante. Il faut laisser passer du temps.

— De quoi allons-nous vivre? Nous n'avons plus aucune économie.

La colère défigure le chef d'orchestre. Il est redescendu tout en bas de l'échelle de la société des musiciens. Combien rêvent de lui donner le coup de grâce?

— Je ne suis pas encore à genoux.

Les chances d'avoir la possibilité immédiate de diriger la Philharmonie de Vienne ont probablement été anéanties par la déclaration du commandement américain en Allemagne, selon laquelle il ne peut pas diriger à Berlin. Et ne pourra pas travailler à Vienne. Ni en Suisse. Où aller?

— Nous ne pouvons plus tendre la main pour nourrir nos enfants, dit Furtwängler.

— Je sais, Wilhelm.

Leo Borchard, le chef qui a repris les rênes du Philharmonique après le désastre, a été tué en août 1945 par une sentinelle américaine. C'est un jeune de trente-trois ans, un Roumain, qui le remplace. Sergiù Celibidache, un beau type au visage passionné, très exigeant. Furtwängler le connaît, ils s'écrivent régulièrement. Celibidache le vénère presque, il ne cherchera pas à prendre sa place et lui passera la baguette le moment venu. Celui qu'il faut craindre, c'est Karajan. Lui, il sait naviguer, et d'une drôle de façon. On dirait que les autorités d'occupation n'ont que faire de son passé plus que sombre. Pour le moment, les fidèles de Furtwängler le maintiennent au loin.

— Quand je serai mort, c'est lui qui me remplacera.
Elisabeth lève les yeux au ciel.

— Ne dis pas de bêtises, Wilhelm.

— Je sais ce que je dis. Les musiciens ne voudront pas de Celibidache et choisiront le petit K.

32

Berlin. Mars 1946

Le cinéma aux armées, aux militaires américains envoyés en Allemagne :

Vous verrez de beaux paysages, ne les laissez pas vous tourner la tête. Vous êtes dans un pays ennemi.

Le parti nazi est peut-être dissous mais la façon de penser nazie, le dressage nazi et la tricherie nazie demeurent.

Quelque part dans cette Allemagne, il existe deux millions d'officiers, tous ex-nazis. Ils n'ont plus de pouvoir, mais ils sont toujours là et ils réfléchissent à demain.

Souvenez-vous qu'hier, n'importe quelles affaires professionnelles étaient une partie du système hitlérien. Pratiquement chaque Allemand était une partie de ce système.

Ils croient qu'ils sont nés pour être les maîtres, ne discutez pas. Vous n'êtes pas envoyés comme éducateurs. Vous êtes des soldats de garde. Vous observerez leurs lois, respecterez leurs traditions et leur religion, et vous respecterez leur droit à la propriété.

Vous ne serez jamais amicaux.

Vous serez distant, vigilant et méfiant.

Le major Steve Arnold a interrogé Bastiaan, Rammelt, Hartmann et quelques autres musiciens du Philharmonique. Tous ont juré la main sur le cœur qu'ils n'ont jamais été membres du parti nazi et que Furtwängler n'a jamais été un nazi. Ce matin, Arnold attend leur chef d'orchestre.

À Nuremberg, au même moment, on juge Göring, Sauckel, Hess, Streicher et d'autres. Speer lui aussi est sur le banc des accusés. La plupart vont être pendus.

Furtwängler dispose d'un peu de temps libre et marche dans sa ville natale, l'horreur au ventre. L'impression d'être une sorte de revenant qui arpente le royaume des morts.

Berlin n'a plus de couleurs. Berlin n'existe plus. Les façades pathétiques, faméliques et noires de guerre se découpent dans le ciel d'azur. Partout, des vieux et des femmes vont d'un tas de pierres à un autre tas de pierres, courbés sous le destin. Il n'y a plus de jeunes Allemands ou si peu, dans ces rues effondrées. À chaque recoin, à l'abri des moignons d'immeubles, on vend de tout ce qui peut être récupéré ou volé. Des femmes font la chaîne en se passant des seaux de gravats, de temps à autre un vieux ou un gamin leur donnent la main. Porte de Brandebourg il est écrit, en grosses lettres noires sur fond blanc :

Vous entrez dans le secteur soviétique

Passé la porte de Brandebourg, un grand portrait de Staline encadré d'or et de liserés rouges trône au milieu d'Unter den Linden. De part et d'autre, des drapeaux écarlates frappés de la faucille et du marteau, et une étoile rouge qui surmonte cette sorte d'estrade. Staline, décorations pendantes, porte un regard bienveillant vers un horizon lointain ; un semblant de sourire lui donne un air bonhomme. Au-delà de cette bobine et des fanions qui flottent dans le vent discret, un autre monde s'étale, immense, encore incertain.

Unter den Linden n'a pas survécu, il ne reste plus qu'une enfilade de souvenirs meurtris. Le Staatsoper, bousillé. Les rats de guerre ont chapardé les fauteuils et les tentures, les costumes de divas avec leurs fausses perles, les plastrons de héros de scène, tout y a passé, pillé, dépecé, emporté dans les caisses des soldats venus d'Ukraine ou d'on ne sait où. Ça deviendra quoi, tout cet univers de petits rêves qui n'existent que dans les théâtres ? Des trophées pour des brutes.

Les obus ont troué la place où les étudiants avaient brûlé les livres. La grande église et l'université n'ont pas résisté, leurs toits dessinent des arcs brisés dans le ciel. Il faudra tout rénover ou tout détruire. Les Soviétiques feront bien ce qu'ils veulent. Du passé, faisons table rase. Wilhelm en a peur, question d'instinct. Pourtant, son principal défenseur dans le procès qu'on lui fait est un général de Moscou, un musicien qui aime les belles choses. Il voudrait bien damer le pion aux procureurs yankees, prendre le chef sous son aile, l'emmener jusqu'à Moscou, pauvre étoile qui vient de pâlir.

La statue du Kaiser Guillaume II a tenu le coup. Aucune charge, aucun phosphore, aucun plomb durci n'est venu à bout ni des quatre lions orgueilleux qui gardaient les trophées de la victoire sur les Français, ni du génie féminin de la paix, ni des déesses de la paix, allongées aux pieds de l'empereur, ni des personnages monumentaux assis sur les marches du piédestal sur lesquels les soldats soviétiques viennent poser, casquette en arrière et petites pépées au bras, ni de l'aigle orgueilleuse, menaçante, les ailes déployées, le bec redoutable. Des tonnes et des tonnes de bronze, tout l'orgueil d'une jeune nation qui tenait dans sa main de fer les vieux royaumes de Saxe, de Prusse, de Bavière et de Wurtemberg. Il y avait tellement d'animaux moulés dans le métal que les Berlinois avaient surnommé le monument le « Zoo du Kaiser ».

Il est écrit, au dos du socle qui supporte la statue équestre de l'empereur :

Le peuple allemand, par reconnaissance et amour fidèle

Furtwängler n'aime pas le monument. Il n'allait pratiquement pas dans ces lieux de gloire nationale, face à la Sprée qui coule d'un long silence et d'indifférence. Il n'a jamais marché au pas. Dans son enfance, il ne supportait même pas d'être dans les quatre murs d'une classe, avec d'autres gamins de son âge. Aucun diplôme, aucune université. Le grand maestro est nu. Rien que l'école de la nature, les maîtres qui venaient à la maison et la musique qui coulait dans ses veines.

Furtwängler grimpe dans un tramway cabossé. Il n'y a plus de taxis dans Berlin, plus de métro. Les lignes circulent entre les ruines en tintinnabulant. *Ding, ding, ding*… Des petits triolets cristallins qui rappellent un peu le monde d'avant.

Dans le wagon, un homme au costume élimé le reconnaît et lui propose sa place. Il refuse d'un sourire pincé en baissant la tête. Un groupe de jeunes filles lui sourit. Tout le monde le reconnaît. Il voudrait disparaître, ne plus courir sur cette croûte de guerre, ne plus s'enfoncer dans ses plaies encore suintantes. Ce peuple qui le regarde, comme un animal blessé, ces gens qui le touchent du regard, il ne peut pas croire qu'ils sont coupables, par négligence, par ignorance, par lâcheté, par cette nonchalance typiquement allemande, mais aussi par arrogance, méchanceté, cupidité et besoin de domination. Non, il ne veut pas le croire.

Le bureau du major Arnold est au deuxième étage d'un immeuble glacial. Les bombes l'ont épargné, lui aussi. Un drapeau américain remplace l'aigle du Reich. Un long escalier de marbre gris fait une volte aérienne. Furtwängler monte, comme une âme en peine.

Le major Arnold est courtier en assurances dans le civil. L'armée le charge d'instruire le dossier. Le général McClure l'a mis dans l'ambiance :

— Ne vous laissez pas influencer. Furtwängler est coupable comme tous les Allemands. Souvenez-vous des images des camps de la mort. Pas d'indulgence.

Arnold a suivi l'armée depuis la Normandie. Il en a vu, des horreurs, de l'humanité abîmée. Mais les images de Belsen et de Birkenau ont retourné son âme. Il en a vomi et s'est soûlé dans un bar américain en écoutant une chanteuse fatiguée. Quand il sort dans Berlin pour se rendre à la commission de dénazification, un sentiment de dégoût le prend. Les visages qu'il croise lui sont devenus insupportables. De l'indulgence, il n'en aura pas avec ce musicien qui prend de grands airs lorsqu'on l'interroge.

Furtwängler n'a pas d'avocat, juste un troupier chargé de tempérer le major. Un jeune homme d'origine allemande, juif, réfugié aux États-Unis. Pas de défense. Le chef est seul devant l'histoire en train de s'écrire, celle des vainqueurs. Arnold a la violence des ignorants, de ceux qui jouissent du petit pouvoir qu'une tragédie leur confère. Mâchoires carrées, l'œil malin, il aboie toujours entre deux moqueries, cache ses cartes comme un forcené du poker.

Furtwängler s'assoit. Arnold n'a pas levé les yeux de son dossier.

— Vous êtes ici pour être jugé devant le tribunal pour artistes de la commission de dénazification. Vous encourez le bannissement de la vie publique en vertu de la directive du Conseil numéro 24.

— J'ai déjà été entendu et jugé en Autriche, dit Furtwängler d'une voix enrouée. On m'a lavé de tout soupçon.

— Ce qu'il se passe à Vienne ne me regarde pas, répond Steve Arnold, sans quitter des yeux la feuille qu'il est en train d'annoter.

Il fixe le chef d'orchestre.

— Première question, monsieur, pourquoi êtes-vous resté en Allemagne pendant toute la période hitlérienne ?

Furtwängler réfléchit avant de répondre. Il ne s'attendait pas à une question aussi générale.

— J'ai toujours essayé d'analyser mon attitude, moi-même, avec prudence et profondément. En tant que musicien, je suis plus qu'un simple citoyen. Un citoyen de ce pays au sens éternel dont les génies témoignent… Je sais qu'une grande performance est plus forte que l'esprit de mort de Buchenwald ou d'Auschwitz…

— Taisez-vous ! Vous n'avez pas honte ?

Arnold se lève en bousculant son fauteuil.

— Avez-vous déjà senti l'odeur de la chair brûlée ? Je la sentais à des kilomètres. J'ai vu les crématoires et les chambres à gaz. Et vous, vous mettez sur la même échelle des millions de morts et votre musique…

Furtwängler tremble de colère. Il n'a jamais été traité de la sorte. Les vociférations d'Arnold l'ébranlent.

— Savez-vous, monsieur, qu'ils avaient des orchestres dans leurs camps ? Quel cynisme !

Arnold se rassoit.

— Je vous le demande à nouveau : pourquoi être resté dans ce pays de démons ?

— Me reprochez-vous de ne pas avoir fait de la politique ?

— Oui, je vous le reproche.

— Mais savez-vous que faire de la politique, c'était finir dans un camp et mourir ?

— Alors, vous avez préféré vous pavaner avec votre orchestre ?

— Au fond, hurle Furtwängler, vous me reprochez de ne pas avoir été pendu ?

— Oui, je vous blâme pour cela. Je vous blâme pour votre couardise. Je vous reproche d'avoir dirigé le Philharmonique de Berlin pour l'anniversaire de

Hitler, votre ami. D'être resté jusqu'à ce que la situation ne devienne plus tenable.

— Oui, major. Je me suis tenu sur une corde raide, entre l'exil et la potence. Faire de la politique, c'était encourir la peine de mort, et vous le savez.

— Voyons... Vous étiez tout, pour eux. Le jour de la mort de Hitler, la radio a joué un enregistrement. Une symphonie de Bruckner. Savez-vous quel chef ils ont choisi ?

— Comment le saurais-je, je n'étais plus là ?

— Ils vous ont choisi, vous.

Furtwängler se tait un instant, essayant de contenir sa colère. En vain, il explose.

— Pourquoi autant d'acharnement sur moi ? Pourquoi d'autres peuvent déjà travailler et non moi ? Je n'ai jamais été un nazi et vous le savez parfaitement ! Vous voulez quoi, au fond ? Que je crève de faim ?

Wills, l'assistant d'Arnold, et la greffière baissent les yeux.

— Sortez ! crie Arnold. Nous en reparlerons demain.

Le deuxième jour, la deuxième joute entre Arnold et le musicien est houleuse. Le chef fait profil bas puis s'emporte, une fois encore, à propos de l'anniversaire de Hitler et des quelques concerts qu'il a donnés devant les dignitaires nazis. Arnold gueule, à propos de tout.

— Vous avez soutenu des Juifs ! La belle affaire, c'était pour mieux vous dédouaner, au cas où la guerre finirait. Mauvais calcul ! Elle est finie et vous êtes devant vos juges.

Ils se méprisent mutuellement. L'assureur d'un trou perdu des États-Unis et le chef que le monde entier adulait.

Le troisième jour, le militaire croit tenir sa revanche sur l'étoile qui a perdu son éclat. Il le fait patienter. Lui, le meilleur chef de sa génération, celui qui avait ses entrées partout. Il faut qu'il mette sa fierté en berne devant un courtier en assurance. Il n'y a que la jeune greffière, au visage souffreteux et pâle, qui semble avoir de l'empathie pour le vieux chef. Elle est allemande et ses yeux disent les souffrances de sa jeune vie.

La revanche d'Arnold se trouvait dans les poubelles de la mauvaise conscience allemande, des fiches dressées par un certain Hinkel, un des hommes des basses œuvres. L'assistant d'Arnold a mis la main sur les aventures de Furtwängler, les fiches qui racontent « ses frasques », comme dit le soldat, suffisant pour un Américain, pour n'avoir pas de morale et donc être un nazi.

— Combien avez-vous d'enfants, monsieur Furtwängler ? demande Arnold à brûle-pourpoint.

— Ça ne vous regarde pas.

Le major tape du poing sur son bureau. Sa bouche se tord en un rictus de mépris.

— Eh bien, si, figurez-vous, ça me regarde ! Tout votre passé me regarde ! Nous allons parler de madame Geissmar, celle qui vous fournissait en jeunes femmes. La mémoire vous revient ?

Wilhelm Furtwängler ne sait pas répondre à ça, aucune de ses armes ne peut combattre ce qui est veule et tordu dans l'esprit d'un procureur. Berta Geissmar est juive, elle a témoigné en sa faveur. Arnold se lève, marche de long en large et vocifère, dans le dos du maestro.

— Combien d'enfants illégitimes avez-vous, monsieur Furtwängler ?

— Je ne reste pas ici une minute de plus !

— Partez, monsieur le grand musicien. Mon enquête est bouclée, vous serez devant vos juges dans quelques jours. Nous ne sommes pas à Vienne, ici ! Vous allez vous en rendre compte très vite.

La voix du militaire résonne longtemps dans l'escalier que Furtwängler dévale comme s'il fuyait son destin. Lointain écho, criard, hideux. En marchant dans la rue, le chef d'orchestre a l'impression que Berlin n'est qu'un décor de cinéma et que toute cette histoire de procès, ce n'est que du mauvais scénario. Au fond, Arnold n'est qu'un figurant parmi les autres, un personnage de ce cinéma que le musicien déteste. La plupart des avenues, ce ne sont que deux rangées de façades, avec du vent derrière, du creux, du rien. Comme les décors des films.

Le mardi 17 décembre 1946, Wilhelm Furtwängler est acquitté par le tribunal de dénazification de Berlin. Lavé de tout soupçon, innocenté, par un tribunal. Pas par l'opinion. Ce grand jour, il ne peut pas le partager avec Elisabeth et les enfants. Les lignes téléphoniques marchent très mal entre la Suisse et l'Allemagne.

Le tribunal l'acquitte sur la base de preuves suffisantes mais, peut-être inconsciemment, le déclare coupable d'une autre faute qui n'est pas punissable par la loi. Il n'est pas seul dans son cas. Beniamino Gigli, le grand ténor italien, a été sali pour être resté sous Mussolini, Richard Strauss, son compatriote, subit le même sort. Infraction aux valeurs morales et aux principes établis, disent certains commentateurs. Ils ajoutent que Furtwängler a voulu utiliser un régime qu'il prétendait lui être odieux pour le maintenir dans un état de confort et de sécurité, et pour éloigner tout concurrent potentiel pour ce poste. Une authentique activité nazie est passible des lois de ces tribunaux de guerre mais un manque de sens moral n'est pas encore un crime. Il va falloir vivre avec ce poids, à présent.

À la fin du procès, Furtwängler se lève. Il paraît plus grand et plus mince que jamais. Sûr de lui, avec un air de Jésus gothique. Ses admirateurs sont là, les journalistes du monde entier le cernent. Il dit, avec toute l'assurance dont un homme habitué à la scène est capable :

— Je ne regrette pas d'avoir agi ainsi pour les Allemands et l'Allemagne. Je savais que cela valait la peine. L'art doit se placer au-dessus de la politique.

Les inconditionnels du chef d'orchestre applaudissent. Il salue comme au bon vieux temps. Le jury n'est toujours pas convaincu. Il a parfois trop bredouillé et a trop cherché ses mots pour se disculper.

Le lendemain, Wilhelm Furtwängler part en Suisse. Il souhaite voir son nom blanchi. Le reste viendra plus tard. Il a soixante et un an.

Troisième partie

La chapelle silencieuse

« Il existe beaucoup de chefs d'orchestre, mais très peu d'entre eux laissent entrevoir la chapelle secrète qui réside au cœur même de tout chef-d'œuvre. Au-delà des notes s'étalent des visions et au-delà des visions, cette chapelle invisible et silencieuse, car c'est une musique intérieure qui se répand là, la musique de notre âme dont les échos ne sont que des ombres pâles. Tel fut le génie de Furtwängler car il s'approcha de toute œuvre en pèlerin afin de revivre cet état d'existence qui rappelle la Création, le mystère qui est au cœur de toute cellule. Avec ses gestes fluides et évocateurs, il transportait ses orchestres et ses solistes dans cet endroit sacré. »

Yehudi Menuhin

33

Vienne. Autriche, 1954

Quelque chose perce l'oreille. Furtwängler ne sait pas vraiment de quoi il s'agit, un outil de docteur, mystérieux et dur. Un œil énorme cligne derrière un verre de lunette.

— Votre acuité auditive n'est plus ce qu'elle était, dit la voix du médecin en blouse blanche.

Furtwängler tressaille. Il a fait le voyage jusqu'à Vienne pour consulter le docteur Steinert, un éminent spécialiste, comme on le qualifie. Depuis quelque temps, les notes n'ont plus le même relief, les aiguës, surtout. Lors d'une répétition de la *Neuvième* avec le Philharmonique de Berlin, tout se mélangeait en un infâme brouhaha. Les voix des choristes, haut perchées, les éclats des cuivres et les violons qui donnaient l'impression d'être une nappe sans relief. Beethoven avait composé cette *Neuvième* sans plus entendre le moindre son. Furtwängler, son plus fidèle serviteur, pouvait-il la diriger comme s'il tenait les fils de marionnettes muettes ?

— Je vous demande de rester discret, docteur.

— Ne vous inquiétez pas.

— Cela peut-il se soigner ?

Le docteur Steinert a un regard triste, il hoche la tête.

— La médecine n'est pas une science exacte. Il arrive que, parfois, les surdités s'estompent plus ou moins.

Furtwängler observe Steinert en train de ranger l'espèce de trompette qui lui sert à observer les tympans.

— Les orchestres symphoniques finissent par endommager l'ouïe, poursuit le médecin en tirant une feuille d'ordonnance. Les niveaux sonores sont très forts, vous comprenez. Avez-vous ressenti des douleurs récemment, quand vous dirigiez ?

Furtwängler a un rictus nerveux qui tord ses lèvres. Son regard se perd, ses mains s'agitent.

— Oui, j'ai eu mal, comme des piques au fond des oreilles, surtout dans les *fortissimo*. Un mal bref mais intense.

Le médecin note puis relève la tête.

— Vous m'avez dit avoir eu des difficultés à entendre certains instruments…

Le musicien semble trop grand pour le fauteuil de velours vert où le spécialiste l'a installé. Il songe à la dernière séance d'enregistrement de *La Walkyrie*. Il n'entendait pas les bassons et les contrebasses, comme si les musiciens jouaient sur des instruments aphones.

Le soir, en rentrant à l'hôtel, il n'a rien dit à Elisabeth. Elle l'a trouvé plus soucieux que d'ordinaire, comme souvent, quand il termine un enregistrement. Parce que c'est toujours une déchirure, un moment de solitude. Presque une détresse.

— La fin de cette *Walkyrie* est magnifique, a dit Furtwängler. Ferdinand Frantz s'est surpassé. Quelle finesse, tout dans le sentiment. J'en avais les larmes aux yeux.

Il était troublé, ses yeux semblèrent s'évanouir quand il s'est assis sur le lit. Elisabeth a eu un étrange frisson, tout à coup.

Le chef d'orchestre fixe le docteur Steinert, décroise ses longues jambes et pose ses deux mains à plat sur ses genoux. Il murmure : « Que celui qui craint la pointe de ma lance ne traverse jamais ce feu ! ... »

— Je ne vous ai pas très bien compris, Maître, dit le docteur Steinert.

— Les derniers mots de Wotan à sa fille.

— La fin de *La Walkyrie*, c'est bien ça ?

— Oui.

— Je vous ai vu la diriger au Staatsoper, avant la guerre. En 1934, si mes souvenirs sont bons. Christa Meister en Brunehilde et Ludwig Weber dans Wotan.

Le médecin s'interrompt, avec cette gêne à peine dissimulée qui lui fait regretter l'évocation d'une époque maudite. Wilhelm baisse les yeux, une tristesse d'adolescent saisit son visage fatigué. Parfois, le passé lui revient en nausées, le prive de folies, d'illusions et de passion. À cette *Walkyrie*, au premier rang, il y avait Goebbels et Göring. Ils avaient applaudi, debout.

— Je ne les ai pas vraiment entendus, docteur, ces derniers mots du maître du Walhalla. Je dois bien l'admettre. C'est étrange, car mon cerveau me chuchotait les notes, une à une, clairement mais je n'entendais pas réellement.

— Comment vous en êtes-vous rendu compte ?

— Ferdinand Frantz a voulu reprendre car il avait chanté faux. Je lui ai fait un sourire complaisant mais j'ai bien vu qu'il était gêné. Nous avons repris et je lui ai demandé si cela lui convenait. Il m'a regardé d'une drôle de façon, je dirais même de manière compatissante. J'ai perçu qu'il avait compris que mon oreille me trompait. Je suis rentré, bouleversé.

Les yeux du chef d'orchestre se mouillent. Il passe la main sur son front dégarni.

— Je ne peux plus diriger, docteur. Imaginez-vous ce que cela représente. Furtwängler, sourd !

Le médecin range un presse-papier qui traîne devant lui. Furtwängler se lève, ajuste son chapeau sur son crâne chauve et sort.

Vienne a conservé des odeurs de guerre et de souvenirs calcinés. Les grands boulevards se brisent comme des lignes de frises noires entre des tas de décombres que les pelles mécaniques vont cacher dans un étrange recoin du monde. Il ne reste rien ou presque du bonheur d'avant, quand Vienne, comme Berlin, s'oubliait dans la brume et que son peuple s'agitait autour des théâtres et dans les brasseries. Les gens cherchaient à se distraire à la folie. On aurait dit qu'ils sentaient la tragédie pointer dans les bourgeons des tilleuls, au dernier printemps. Les jupes des femmes raccourcissaient, le vin et la bière coulaient à flots. Les mœurs étaient plus libres. Des manèges tournaient, sur les places, les enfants criaient, les filles faisaient les yeux doux aux premiers amoureux. On s'abandonnait, on s'oubliait.

Et puis, l'hiver est venu. Un jour de décembre 1938, Furtwängler n'a plus vu Arnold Ziegel, le second violon du Philharmonique de Vienne, un jeune musicien qu'il appréciait. Le régisseur a dit que Ziegel avait fui, sans doute vers la France ou l'Amérique.

— Bon débarras ! avait ajouté l'intendant du Philharmonique. À présent, les têtes vont rouler, surtout celles de Juifs, comme partout dans le Grand Reich.

Wilhelm s'était mis en colère, comme rarement.

— Votre Führer est un imbécile ! avait-il hurlé.

Le fonctionnaire, un bonhomme grassouillet, aurait pu rire au nez de Furtwängler, mais tout le monde savait qu'il était le chef d'orchestre préféré de Hitler.

Une bourrasque de froid monte du canal du Danube et traverse la Bilderstrasse. Furtwängler grelotte soudain et remonte le col de son manteau. Depuis quelques jours, une toux sèche frappe durement sa poitrine. Le froid, celui qui traverse le corps et l'âme, l'a pris au dépourvu. À présent les minutes doivent être remplies à ras bord. Il n'aura plus la fièvre des philharmonies, l'angoisse des coulisses, l'attente moite, les chanteurs qui guettent du coin de l'œil la baguette du chef. Et puis, cette électricité qui le traverse le long des *crescendos* quand il tient tout un orchestre dans le fond des yeux.

On va le questionner, il doit refuser des concerts. Dire à la presse que la fatigue est là, qu'il a beaucoup enregistré ces derniers temps et qu'il faut se reposer pour mieux repartir. Le 30 novembre, il aura soixante-huit ans. Il est peut-être temps de tourner une page.

Faire ses adieux. Saluer une dernière fois. Tout faire pour la dernière fois. Les applaudissements, la poignée de main au premier violon, le regard qui embrasse la salle qui crépite. Lever la baguette. Vibrer. Et n'être plus.

Il vient d'annuler *Tristan et Isolde* à l'Opéra royal du Danemark. Le directeur du théâtre en a pleuré. Il n'ira pas à Copenhague, impossible.

— Vous trouverez bien un jeune chef pour me remplacer, a dit Wilhelm. Il y en a de très bons, vous savez !

— Personne ne remplace Furtwängler, a gémi le directeur avant de raccrocher.

Wilhelm ne dirigera plus son *Tristan*, comme dit Elisabeth. Plus jamais, il le sent. C'est un peu comme une première mort, et ça en a le goût fade.

Sur les quais du Danube, des gosses jouent à cache-cache entre des camions à chenilles de l'armée américaine. La ville, sombre, paraît encore en deuil, dans le ciel chiffonné. Wilhelm passe devant des soldats qui ne le reconnaissent pas. Pourtant, sa photo se retrouve souvent en une des magazines. L'un des militaires, une sorte d'officier, un mâcheur de chewing-gum, lui jette un regard d'arrogance, une clope au coin de la bouche, le casque rejeté en arrière. Le maestro a envie de s'arrêter, de dire qu'il est Furtwängler, tout de même, et que le monde d'avant était à ses pieds. On le traiterait immédiatement de nazi, de salaud, de vendu. Un grand artiste qui a serré la main de Hitler.

« Nous sommes des Allemands, s'est-il souvent dit. C'est un immense honneur mais cela nous impose des devoirs. Il nous faut l'accepter, dans la joie et dans notre souffrance, même injuste. » Il le pense toujours.

Une ombre le suit et l'accompagnera jusqu'au bout du chemin. L'ombre de lui-même, de ce qu'il n'a jamais été, de ses échecs. Il veut composer de la musique à présent pour ne pas hurler dans le silence de la nuit qui l'enveloppe déjà. Dans quelques jours, il aura posé les dernières notes sur sa troisième symphonie. Le dernier mouvement. Qui n'est pas une apothéose mais des violons qui s'éteignent doucement dans le lointain, *diminuendo*, des notes très longues sur le timbre sombre des cors et des trombones.

Il s'arrête et balaie du regard les quelques façades qui s'appuient encore sur leurs béquilles d'échafaudages. Un tramway jaune arrive. Deux femmes s'empressent de franchir les rails, le cabas à bout de bras. Le musicien les observe un instant. Il a envie de courir et de leur dire qu'il va enfin composer de la musique pour des femmes comme elles, pour leurs enfants, leurs maris défunts. Ne faire que ça, c'était sa première vocation, ses premiers tumultes, ses plus grands rêves d'enfant.

— Je serai sourd, bientôt, murmure-t-il.

Il a envie de le crier aux faces souffreteuses des bâtiments. Le hurler aux soldats, des Soviétiques, des Français des Américains et des Anglais qui plantent leurs drapeaux comme des bestioles voraces qui marquent leurs territoires, partout dans Vienne, avec leurs camions qui fument noir et leurs godasses qui tambourinent sur les langues de goudron craquelées.

Les militaires lui tournent le dos tandis qu'il atteint un énorme tas de moellons et de briques. Les troupiers s'en foutent, du désarroi d'un chef d'orchestre, aussi immense soit-il. Le géant est infirme. Plus de philharmonies et de grandes affiches avec son nom. Les jeunes loups n'attendent qu'une chose, lui chiper sa baguette, prendre son estrade, lui donner un coup d'épaule.

34

Clarens, Suisse. Octobre 1954

La pluie s'est arrêtée dans la nuit, par paquets entiers que le vent du nord emporte loin, vers les montagnes qui ferment l'horizon modeste du Léman. Il fait déjà frais, presque froid, l'automne touche à sa fin. Il ne reste guère que quelques taches de rousseur tenaces des grands ormes et des mélèzes dans le vert profond des sapins et des grands épicéas. Sur les montagnes qui surplombent Montreux et le Léman, la première neige frise les arêtes.

Wilhelm Furtwängler s'est réveillé à l'aube, dans une sorte de paix tranquille. Par la fenêtre du salon, il observe dans le jour incertain les nuages qui s'attardent encore dans le ciel pâle. Il fera beau, de cette beauté que l'hiver couvrira bientôt de ses mystères étincelants.

Elisabeth dort encore, recroquevillée telle une enfant, le visage caché sous son bras. Le sac est bouclé depuis la veille, comme au temps des excursions d'adolescent. Wilhelm n'emporte pas grand-chose, le nécessaire, rien de plus, un morceau de pain noir, une gourde de cuir, du fromage et une pomme. Il est heureux, d'un simple et pur bonheur. Pour un temps, le tumulte ne le suivra pas.

Un taxi le dépose devant la gare de Montreux. Le train pour Les Rochers-de-Naye part dans cinq minutes, il a juste le temps d'acheter un billet et de courir jusqu'au quai. Le chef de station l'observe un instant en faisant tourner son sifflet autour de ses doigts, puis jette un coup d'œil à l'énorme pendule dont la grande aiguille noire et pointue comme une lance s'abaisse d'une minute. Le train vient se ranger, se tordant sur le dernier virage, grinçant de tout son long, avant de lâcher un cri strident en s'arrêtant. Le pare-neige, à l'avant, comme une étrave, lui fait une drôle de bavette noire. Wilhelm ajuste son sac sur son épaule maigre et grimpe dans la première voiture. Un couple de Français, des retraités, le suit et s'installe à l'avant.

Le train repart, tremblant sur sa crémaillère, s'enfonce dans un tunnel, en ressort quelques minutes plus tard et trace une longue courbe au-dessus de Montreux. Une lumière violette découpe les reliefs capricieux au-dessus du lac, les plus hauts sommets se dorent déjà dans le levant. Dans les fonds encore plongés dans la brume, on devine les villages de la rive française, au bord du Léman encore tout noir.

La locomotive amorce une pente raide dans les alpages mouillés de rosée, tirant sur la crémaillère de toute sa mécanique rude et puissante. Plus haut, les roches nues se tendent entre les derniers sapins et les éboulis de pierres grises. Furtwängler cherche un instant sa maison de Clarens, tout en bas, parmi les villas posées sur leurs prés de pelouse, entre les arbres roux et les routes sinueuses. Elisabeth doit encore dormir. Dans deux heures, elle ira chercher le courrier, fera le tri entre les lettres qui disent l'admiration du public, celles qui insultent et celles que le chef d'orchestre reçoit de ses pairs. Le quotidien de la gloire.

Une bourrasque d'altitude bouscule le petit train. Dans le lointain, vers Genève, la surface lisse du Léman se brouille dans la lumière qui s'éparpille en poussières légères et dorées. Un grand bateau blanc à roues vient de quitter Évian et file vers Lausanne, laissant derrière lui un sillage calme.

Wilhelm tire de sa musette une tranche de pain noir et mord dedans. Le goût simple et rustique lui rappelle l'enfance au bord des eaux calmes du lac Tegernsee, près de Bad Wiessee. Les montagnes avaient la même parure de silence et de secret qu'ici.

Le vaste paysage disparaît soudain. Le train roule et brinquebale en sifflant dans le noir d'un tunnel qui paraît sans fin. La température change subitement, comme il débouche sur le versant nord, dans l'ombre et le vertige. La neige couvre les pentes d'herbes maigres et découpe les rochers en plis de calcaire qui s'enfuient en arêtes folles vers un autre ciel. Au loin, l'enchevêtrement de pics et d'aiguilles scintille dans le soleil. On dirait une symphonie discordante qui vibre entre le ciel et la terre primitive.

La gare d'arrivée approche, au bout d'une courbe prise dans le sol givré. Le train ralentit et donne deux coups de sirène avant d'aborder le quai. Wilhelm se lève, passe une bretelle de son sac sur son épaule maigre, ajuste sa casquette et remonte le col de sa canadienne. Elisabeth a insisté pour qu'il emporte dans ses affaires un gros cache-nez de laine qu'ils ont acheté à Vienne avant de regagner Clarens. Les poumons de Wilhelm sont fragiles, depuis son enfance. La guerre et son cortège de pénuries n'ont pas arrangé les choses. Il tousse davantage depuis quelques mois, des quintes le secouent violemment sans que les médicaments parviennent à le calmer. En sortant du wagon, l'air froid le pénètre et le brûle. Il frissonne. À deux mille mètres d'altitude, le vent forcit et soulève des panaches de neige fraîche aux crêtes sinueuses et douces des grandes congères. Devant la gare, le soleil chauffe une grande dalle où la compagnie Mob a installé des bancs et des tables pour les touristes.

Furtwängler s'arrête un instant, regrette presque ce train qui va trop vite, comme toute sa vie d'artiste. Il aurait aimé gagner un tel paysage à pied, comme autrefois, dans sa jeunesse vagabonde. Marcher de longues heures sur la peau du monde pour le sentir vibrer de son entier, mais il n'en a plus la force. Le soleil le réconforte et l'inonde. Il ferme les yeux et songe à cette *Walkyrie* qu'il vient d'enregistrer avec le Philharmonique de Vienne. La chevauchée des vierges guerrières, filles de Wotan, dieu des dieux, au son d'une fanfare embrasée. Pas vraiment la pièce de Wagner que Wilhelm préfère. Il a mis du temps à aimer le maître de Bayreuth, à le comprendre au-delà de sa puissance grandiloquente. Sa vérité se dissimule sans doute dans ce paysage qui se perd dans l'infini des montagnes et qui l'a inspiré. Le maestro voudrait atteindre cette vérité qu'aucun mot ne sait dire. Il n'y parviendra jamais. Il a grimpé ici pour renouer les liens de toute sa vie, ces attaches brisées par les guerres et les apocalypses. Quelque part, derrière ses monts blanchis, se trouve son pays, sa terre natale. Sa ville, Berlin, le 25 de Maassenstrasse où il est né, avant que le siècle ne bascule et ne la réduise en cendres.

Wilhelm marche sur l'étroit sentier qui s'élève au-dessus de la gare. Des marmottes qui hésitent encore à hiberner lancent des cris d'alerte en le voyant cheminer. Une grande croix de bois noircie par le soleil et le gel est plantée au sommet des rochers, terminus aérien qui surplombe l'univers minuscule des vivants.

Furtwängler avance sur une plaque de neige qui crisse sous ses pas. Les hommes de la compagnie ferroviaire ont tracé un chemin pour les derniers touristes. L'hiver fermera cette trace vers les nuées. Quand il parvient au sommet, essoufflé, le regard brûlé de lumière pure, un souffle puissant et lugubre remonte le long de la face de la montagne. Un instant, il croit perdre l'équilibre et basculer dans le vide. Il s'assoit un moment au pied de la croix, comme un pénitent qui vient au pardon des puissances célestes. Des choucas noirs, aux becs jaunes et voraces, cherchent dans les forces invisibles de l'air le courant qui les portera plus loin. Ils ont des battements d'ailes subits avant de planer en jetant des cris hostiles.

Les anciens croyaient aux signes que dessinent les oiseaux dans leur vol imprévisible. Wilhelm les suit des yeux un long moment. Une musique lente les enveloppe, comme les violons qui meurent doucement à la fin de *Tristan* et annoncent la mort de toute chose.

Il quitte le promontoire et marche jusqu'à une cabane de berger, à l'abri du vent. Les grosses pierres plates et noires qui formaient le toit se sont effondrées. Les murs fendus laissent voir le jour. Il touche les pierres grises pour ressentir l'épaisseur du temps qui les a usées. Le sable et la terre qui les cimentaient partent en poussière. Dans peu de temps, elles s'écrouleront et disparaîtront dans les reliefs de l'alpage. Tout n'est finalement que ruines, un jour ou l'autre.

Dans la nuit, Furtwängler crache du sang. Un caillot est sorti. Puis un autre. Il est réveillé, seul.

— Je ne suis pas si vieux, pourtant. Mais j'ai vécu mille vies.

Un frisson le parcourt. Il passe une robe de chambre de velours sombre. Le salon est froid, comme l'était la salle du Berliner pendant la guerre, quand les haleines partaient en fumée. Les musiciens jouaient faux parfois, à cause de cette maudite froidure qui durcissait les doigts et bricolait les cordes.

Pendant son absence, il a reçu les copies des épreuves de son enregistrement de *Fidelio*. Satisfaisant. Il pense qu'on aurait pu mieux faire, mais c'est là le secret de toute une vie d'artiste, tendre sans cesse vers l'inatteignable. La perfection, il faut s'en méfier, on n'en revient pas.

Il a toujours pensé que la véritable démarche professionnelle du chef d'orchestre est similaire à celle du médecin ou du prêtre, elle ne réside pas dans la recherche de la perfection des gestes à accomplir mais dans l'attitude spirituelle.

L'essentiel échappe à la technique, et ce qui échappe à cette technique exige du travail assidu, alors que l'art est inspiration, grâce accordée. La technique envahit, domine, élimine tout ce qui lui est étranger, avant tout l'insaisissable. Quand il a voyagé aux États-Unis, il a vu et entendu des orchestres de très haut niveau, des champions de la virtuosité. Les meilleurs orchestres qui puissent exister. Les Américains pouvaient se payer les meilleurs violonistes d'Autriche, les meilleurs bois français et les meilleurs cuivres allemands. Ça ne faisait pas pour autant de grands orchestres, car il faut faire jouer tout cela en même temps. En Amérique, la qualité d'une interprétation d'une symphonie de Beethoven demeure secondaire par rapport à la qualité de l'orchestre en soi. On se demande par exemple si le Boston Symphony Orchestra est supérieur à celui de Philadelphie. Il a dirigé le New York Philharmonic, la meilleure sonorité qu'on ait jamais entendue. Mais il n'y a pas de place pour l'improvisation, pour le cœur, pour l'âme. C'est le pire des défauts.

La troisième symphonie est posée sur son pupitre. Il pose sa main gauche dessus et, d'un coup de pouce, soulève quelques pages.

— Ce sera la dernière. Je n'irai pas plus loin.

Les notes courent sur les portées et font de drôles de vagues le long des liaisons. Chaque pause, chaque silence a été griffonné puis effacé. Les signes hésitent, résistent, le musicien ne peut pas tout. Il suit une mélodie intérieure qu'il ne sait pas toujours contrôler. Le final du quatrième mouvement touche à sa fin, il reste encore un peu de travail.

La baguette du maestro est posée sur le piano, à côté de la gomme et du crayon. Les trois instruments de sa vie. Diriger, écrire, gommer, revenir, prendre un autre chemin. Changer de tonalité.

— C'est presque fini, tout cela.

Il regarde un instant cette baguette comme un vulgaire objet qu'il a poli de ses longs doigts habiles. Quand il ne voulait pas serrer la main des dignitaires nazis, il la tenait fermement dans sa main droite, en saluant sévèrement avant de s'éclipser. C'est une baguette un peu épaisse, toute blanche, avec un petit manche en ébène.

— Bien, dit-il en la saisissant. Reprenons. Première mesure.

Tout le Berliner est devant lui. Les regards sont tendus. Ils se tournent vers les trompettes. Deux notes sombres, puis les cordes comme un murmure qui enfle. Il les entend, les cuivres qui font des éclats mineurs. Puis il accélère. Les pupitres se répondent,

— *Crescendo*, ordonne-t-il de sa voix caverneuse.

Il agite son bras gauche, comme s'il suivait chaque note, tandis que le droit bat la mesure.

Elisabeth s'est réveillée, les cheveux en bataille. Ses mains sont crispées dans les poches de sa robe de chambre. Elle reste dans l'ombre du couloir et contemple Wilhelm dont le corps voûté s'anime à chaque pulsation de la musique. Il tremble de tout son être, les bras partageant l'air devant lui. Son visage est blême, ses yeux fiévreux cernés de cendre. Il s'arrête tout à coup. Une quinte de toux le secoue douloureusement. La baguette tombe. Il a juste le temps de sortir un mouchoir de sa poche pour cracher la glaire qui le gêne, toute sanguinolente.

— Tu dois te faire soigner, Wilhelm ! Il ne faut plus attendre. Si cette maladie empire, ce ne sera pas bon.

Elisabeth est une femme courageuse. Il dit :

— De cette maladie je vais mourir, et ce sera une mort facile. Ne me quitte pas un seul instant.

— J'ai pris contact avec le docteur von Löwenstein. On va aller dans sa clinique, à Ebersteinburg près de Baden-Baden.

35

Paris 1954

Rodolphe Meister se réveille en nage. La nuit se termine sur un mauvais rêve. On ne dort jamais seul, l'inconscient se permet tous les coups tordus. Furtwängler s'est invité dans son cauchemar. Une image confuse et une musique entêtante : le duo d'amour de *Tristan et Isolde*, le plus long de toute l'histoire de la musique. Quarante-cinq minutes d'un pur génie sur des paroles sirupeuses. Plus jeune, il trouvait ça parfaitement ennuyeux. On change. Dans son rêve, au beau milieu du concert, Rodolphe perdait le tempo, pris d'une sorte de panique incontrôlable. Les chanteurs grimaçaient, hideux et menaçants. Le Philharmonique vacillait, tout déraillait. La grande embardée. Assis dans la salle, à peine visible dans le noir, Furtwängler, goguenard, applaudissait avec de gros rires sonores et moqueurs.

— Tu as encore crié, dit Christa sur un ton de reproche. Ton petit déjeuner est prêt.

Elle est vêtue d'un peignoir de cachemire bleu pâle, trop chaud pour la saison. Un long peignoir semblable à celui qu'elle mettait dans sa loge avant de passer les costumes des grands rôles. Elle l'a noué fermement à la taille pour mieux dessiner sa silhouette de grande dame. Elle a longtemps résisté au lent endormissement de l'âge, mais elle est désormais vieille. Avec ses petites manies, son café noir, jamais sucré, son petit univers, plus grand que l'univers, où ce qui a été englouti par la guerre vaut mieux que le présent qui se ratatine de jour en jour.

— Regarde ce que je t'ai préparé. Comme quand tu étais petit.

Christa parle en allemand. Jamais de français à la maison, si ce n'est pour le strict nécessaire. On écoute Radio Berlin, quand on l'écoute. Mais elle n'a pas voulu retourner à Berlin.

— Ça n'existe plus, tout ça. Les rues, les églises, les théâtres ne sont que de la poussière froide. Inutile d'y revenir.

Sur la table du salon, à côté de la tasse à café en porcelaine de Saxe, elle a posé un petit pot de beurre, des tranches de pain noir, couchées comme des dominos et une belle assiette de jambon fumé, avec un œuf dur et du fromage.

— Je n'ai pas faim, dit Rodolphe. Je mangerai plus tard.

Christa a gardé ses manières de divas qui relèvent le menton et s'en retournent dans leurs secrets de coulisses pour signifier leur déception.

— Je suis désolé, Maman. J'ai mal dormi et j'ai du travail.

Rodolphe s'enferme dans son bureau. À côté du tourne-disque en acajou traînent des enregistrements qu'il écoute fréquemment. Debussy, Alban

Berg, Ravel, et toutes les symphonies de Mahler sous la baguette de Bruno Walter.

Il place sur la platine le premier disque de *Tristan* et pose le saphir sur le microsillon. La musique s'élève en quelques notes des violoncelles, lente, belle et sombre. Rodolphe s'allonge sur son divan et se laisse envahir par le long *crescendo*. Dès les premières notes, c'est profond et sublime. La tension du drame n'est plus romantique, comme dans beaucoup d'enregistrements fadasses, mais psychologique. Le vieux chef atteint le sommet de son art. Faire mieux est un impossible pari. Tu es fou de t'y frotter.

— Tu feras autre chose, dit Rodolphe à voix haute. Tu le dois !

Aller au-delà de Furtwängler, bâtir sur ce qu'il a laissé en chantier. Rodolphe songe à le visiter, l'interroger, percer les secrets. Pour cela, il faut retourner en Allemagne. Tu n'y couperas pas. La vie est comme un éternel retour. Tu iras marcher sur les gravats.

Sa statuette de pâte à modeler est posée à côté du tourne-disque. Elle a perdu son nez. Avec tous les bouleversements de la guerre, elle s'en est plutôt bien tirée. Tu es un survivant, toi aussi. La pâte à modeler a durci, on dirait un marbre noir.

Au marchand de disques des Champs-Élysées, il a acheté le dernier enregistrement de *Tristan* par Furtwängler. La couverture du coffret représente Tristan et Isolde devant une grande épée. Le fond est noir, leurs corps de peinture bleu roi. La fumée d'un philtre s'échappe d'une coupe et les entoure d'une volute qui se perd au loin. On devine à peine leurs yeux, dans le creux de leurs visages tourmentés. Isolde a de longs cheveux d'or et appuie doucement sa tête sur la poitrine de Tristan qui la serre contre lui, une main sur la taille. Elle regarde un horizon inaccessible, il lève les yeux vers le ciel, à la fois vainqueurs et vaincus. Au loin, une nef s'éloigne, sa voile ventrue gonflée d'une bonne brise.

Rodolphe enchaîne les cinq disques du coffret. D'un seul trait, comme tenu par une force invisible qui le mène jusqu'au final. Le duo d'amour au second acte est d'une intensité inégalée. Furtwängler a les plus grands interprètes et sait en tirer le meilleur. Kirsten Flagstad, Ludwig Suthaus, Dietrich Fischer Diskau, Josef Greindl. Rodolphe n'a jamais entendu un *Liebestod*, le chant final, celui de la mort, aussi admirable. Pas simple de faire mourir une femme dans un opéra, en tout cas plus périlleux qu'avec les hommes qui tombent d'un simple coup d'épée et qui râlent un bon moment. Isolde trépasse dans la transfiguration et la délivrance. Il faut un très grand chef qui soit digne d'une pareille mort. *Crescendo* jusqu'à l'ultime *forte*, puis l'envol de l'âme, presque doux. Même l'interprétation de sa mère n'atteignait pas cette beauté souple et affectée de Flagstad.

Le disque arrêté, Rodolphe reste un long moment prostré, à regarder le bras de la platine onduler au bout de la galette noire. Il n'a pas de pensées, ce serait trop facile. La musique coule encore dans chacune de ses veines, l'irrigue et le fait souffrir. Le transport ne dure qu'un temps. Il faut toujours redescendre aux choses de la terre et aux souffles âpres de la vie.

Il sort du bureau, tourmenté, veut s'installer au piano, jouer quelque chose pour se vider de ses émotions. Rien n'y fait. Sa mère est dans sa chambre, assise devant sa coiffeuse, le dos bien droit, la poitrine saillante. Elle achève d'attacher ses cheveux en un chignon de *prima dona*. À ses oreilles fines pendent des boucles qu'elle ne sort que très rarement. Celles qu'elle portait quand ils ont fui l'Allemagne et qui ont traversé les années par miracle.

— As-tu été vraiment proche de Furtwängler ?

Christa met du temps à répondre, s'observant d'un œil distrait dans sa psyché. Elle donne l'impression de chercher des souvenirs épars, son regard traîne.

— Oui, finit-elle par souffler d'une voix pâle. Souvent.

— Il était un ami ?

Elle fait un geste de la main comme pour balayer une mauvaise pensée.

— Tu sais que je n'aime pas parler de tout ça.

— J'ai écouté son enregistrement de *Tristan*. C'est absolument sublime. Tu as chanté Isolde avec lui. J'aimerais que tu m'en parles.

Elle se retourne et plonge longuement son regard dans celui de son fils, une étrange lueur au fond du bleu de ses yeux, une lumière de lune que Rodolphe n'a jamais connue. Elle donne l'impression de vouloir exprimer un sentiment noué quelque part en elle, sans y parvenir.

— Tu aimes mon chignon ?

— Il est très beau, Maman.

— Je le faisais toujours comme ça quand je devais chanter en concert.

— Je me souviens.

Elle se lève. La grâce de ses mouvements est intacte. Dira-t-elle un jour le fond de son âme ?

36

Depuis quelque temps, Furtwängler s'interroge sur le sens de sa destinée. De plus en plus souvent, on frappe à la porte de ses souvenirs, il hésite. La peur d'ouvrir.

Il ne dirige plus d'orchestre, évite les journalistes et les innombrables élèves qui viennent lui servir du « Maître » pour obtenir quelques faveurs. Il ne désire qu'une seule chose, se donner à la composition. Il écrit :

Ma vie durant, lorsque j'ai dirigé, je l'ai fait en tant que « compositeur ». Je n'ai jamais dirigé que ce qui me causait de la joie et avec quoi je pouvais m'identifier ; jouer au « commis-voyageur en musique » n'était pas mon affaire.

Elisabeth s'est absentée pour l'après-midi. Il l'a regardée s'éloigner dans la lumière oblique, à petits pas, évitant les flaques qui s'étaient formées après la pluie. Elle s'est courbée sous le vent frais qui montait du lac Léman, on aurait dit une petite vieille emmitouflée, un foulard noué sur ses cheveux frisottants. Elle faisait presque pitié. C'est comme ça, la vieillesse, vient un moment où l'existence bascule. On n'a plus envie d'aimer, ou même de haïr. On se prépare lentement au grand arrachement.

Elisabeth a disparu au bout de l'allée, silhouette fragile parmi la nature bien rangée. Il l'aime profondément, d'un amour de grandes personnes où la passion n'a plus rien à dire, avec cette certitude que cette femme sera la dernière, celle qui lui fermera les yeux.

De la fenêtre, il observe la vue qui se perd au-delà du Léman. Un peu plus chaque jour, la solitude redevient sa tentation. Comme si elle pouvait se changer en amie, en dernière camarade. De quelle autre compagne pourrait-il se contenter, celui qui a rencontré le succès le plus immense jusqu'à faire partie de l'histoire ? Il a toujours été un solitaire, un introverti.

Cette partie de la Suisse est imprégnée de calme, le vaste paysage semble triste en fin d'automne, et tellement silencieux. Les bois, prés, cultures s'étalent au pied de reliefs de montagnes anciennes, usées, face aux Alpes vertigineuses dont il aimait tant escalader les faces sévères. Un village, tranquille et peu fortuné, s'efface dans la brume. Une paroisse austère de cette Suisse immobile dont rien, depuis des siècles, n'a changé l'âme.

Hier, le maestro a ouvert une lettre venue des États-Unis. Son courrier est très fourni, il ne lit pas tout. Un nom au verso du pli : Szymon Goldberg, le « supersoliste » du Berliner, en 1933. Il n'avait plus de nouvelles depuis cette année-là.

Cher Maître,

Je ne vous ai pas écrit pendant toutes ces horribles années. Je n'y parvenais pas.

J'ai lu, après-guerre, qu'on vous a intenté un procès en dénazification. J'ai quitté l'Allemagne, vous êtes resté. C'était votre choix. Je n'ai pas à le critiquer. Je n'ai pas oublié l'invitation que vous aviez lancée aux plus grands musiciens juifs à venir jouer en Allemagne pour montrer à Goebbels et sa clique qu'on pouvait leur résister. Tous ont refusé. Peut-être cela aurait pu changer le cours des choses, peut-être pas. Je vous avais dit que «vous étiez naïf». Au moins avez-vous essayé d'être debout. Sachez que je vous admire toujours. J'ai besoin aujourd'hui de vous dire une partie de mon histoire.

Au début de la guerre, j'étais engagé aux Indes néerlandaises pour une série de concerts. Je suis arrivé le 28 avril. Là, j'ai vécu l'occupation japonaise. Celle-ci n'avait pas encore des conséquences antisémites. Ce n'est que lorsque les Allemands ont informé leurs alliés japonais des persécutions raciales nazies que ceux-ci firent une rafle à Bandung contre les Juifs et les francs-maçons. Ma femme et moi avons été arrêtés. J'ai été interné jusqu'en 1944 et je suis passé par plusieurs prisons et camps.

Comme vous, ma patrie est l'Allemagne. Je lui appartiens pour toujours. Quand les nazis sont arrivés au pouvoir, c'était encore dans les rues que je me sentais le plus en sécurité. Après mon départ de l'orchestre, j'ai souvent réfléchi la nuit. Je ne comprenais pas vraiment ce qui nous arrivait.

Avec mes meilleures salutations.

*Szymon Goldberg**

---

* Szymon Goldberg est décédé en 1993. Il n'a jamais plus joué en Allemagne.

PS. En Amérique, on m'a questionné sur vous. J'ai dit qui vous étiez vraiment. Personne ne m'a cru. Ceux qui ne vous ont pas connu ne peuvent pas comprendre.

Furtwängler repose la lettre, essuie ses yeux et cherche l'image de Szymon, debout, là, face au public. Pas besoin de baguette qui ordonne ou de regard qui donne un départ. Szymon ferme les yeux. *Concerto pour violon n°2* de Mendelssohn, deuxième mouvement, large mélodie aérienne. Szymon y met toute l'intensité de son vibrato unique. Son regard magnétique cherche celui du chef d'orchestre, pour y trouver l'ampleur d'un *crescendo*. La plus belle mélodie qu'il ait interprétée, c'est le célèbre solo de Morgen, un lied de Richard Strauss.

Et demain le soleil brillera à nouveau,
Et sur les chemins que j'emprunterai,
Il nous réunira, nous les bienheureux…

Par-dessus la plaine et les bois, le regard de Furtwängler suit les longues pentes descendant vers le lac, puis remonte vers les hauteurs modestes du versant opposé. Une étrange symphonie, inconnue de lui, monte des fonds sauvages où la forêt persiste. Un mouvement sombre. La nuit couvre lentement le paysage. Elisabeth ne va plus tarder, se dit Furtwängler, en songeant combien il se pénètre de l'insignifiance des choses.

La radio et les journaux font entrer dans son ermitage les nouvelles du monde. De temps à autre, il téléphone à son ami Ernest Ansermet, le chef de l'Orchestre de la Suisse romande. Ernest lui rapporte les cheminements des ambitions et des âmes dans le milieu musical. Les potins, comme dit Elisabeth, qu'elle fait mine de ne pas écouter mais qui la passionnent en secret.

Plus rien n'a la même saveur. Et les heures s'écoulent. Le chef d'orchestre lit, compose, rêve et pense au passé, aucune illusion n'adoucit l'amère sérénité. Il est enfin compositeur. Au moment où il sait que le destin va le frapper de son dernier coup.

Il fait, tous les matins, le tour du petit parc qui entoure sa belle demeure. Les arbres que le froid vient de dépouiller ne manqueront pas de donner des bourgeons, les fleurs renaîtront après s'être fanées. Et lui, sera-t-il encore là ?

Le souvenir des promenades dans les sombres profondeurs des forêts de Bavière le submerge de nostalgie. Il a le sentiment de n'avoir plus de patrie, plus de cette terre sur laquelle il a senti le souffle des génies. Ce sol n'est plus qu'un champ aride, où plus aucune grande musique ne vient naître. Le chant de la terre revient comme un souffle inépuisable, à peine perceptible, qui enfle au fur et à mesure que la vie, depuis qu'elle a paru, livre le combat qu'elle n'a jamais perdu. Dans ces moments, Furtwängler se sent pénétré par un réconfort qui le transporte. Tout recommence toujours, se dit-il. Tout ce que j'ai fait restera et, tôt ou tard, deviendra une source d'inspiration nouvelle après que j'aurai disparu.

À mesure que l'âge tenaille le maestro, il lui semble que les cycles de la nature lui importent davantage.

Ainsi que dans sa jeunesse, quand il partait à l'assaut des montagnes et qu'il percevait les saisons comme des mouvements de grandes symphonies. Le printemps comme commencement, où l'on sent les sèves de l'amour monter en des notes sûres, puissantes et radieuses. L'été, avec ces éclats de cuivres, comme une gloire qui éclate de fécondité. La vie dépend de la chaleur. L'automne soupire, comme un recueillement dans sa beauté déjà sombre, empourprée sous une lumière déchirante. Et l'hiver, enfin, un long lamento de violons qui gémissent presque. La terre, à nouveau stérile et glacée pareille aux grandes étendues de Prusse. L'hiver semble sceller un destin. Une fin. La victoire de la mort. Furtwängler a bien cru que ce triomphe-là était arrivé le 11 novembre 1918, quand le peuple brisé est rentré de la guerre. Mais la lumière est revenue. Avant de disparaître à nouveau de cette vieille terre que les ravages ont épuisée. L'Allemagne était encore jeune, mais les pays qu'elle couvrait de son nom étaient vieux, accablés par l'histoire, déjà blessés par tant de guerres et de rancœurs. Mon pays va de la grandeur au déclin, songe-t-il. Il se redressera, par son génie du renouveau !

Le musicien regarde la partition sur laquelle il a tracé quelques accords.

— Tu n'es plus qu'un homme qui entre dans l'hiver, dit-il à haute voix. Mais dans l'ombre, il y a toujours la lueur de l'espérance !

37

Furtwängler a longuement discuté avec le directeur du Théâtre royal de Copenhague. Il a fallu justifier ce qu'il veut tenir caché. Ne pas dire qu'il entend de moins en moins certains instruments et qu'une douleur dans la poitrine le fait tousser, souvent. Trop souvent. Des quintes secouent tout son être aussi fort que fragile, né des passions et qui ne sait pas s'attarder à vivre. Un être usé par les colères du siècle.

Tout ça a commencé par une sorte de bronchite mal soignée. Gravement, le médecin a prescrit des antibiotiques, des médicaments mystérieux qui rendent sourds. C'était ça ou la mort.

— Ce n'est que passager, a dit le médecin. Une fois passé ce traitement, tout redeviendra normal.

Et puis, rien n'a passé, le mal est entré comme un dieu sombre, a pénétré son cerveau et pris tout son être. Wilhelm a songé un instant au destin. *Amor fati !* Aime ton destin, aime ta destinée, accepte tout ce qui t'arrive. Paroles de philosophe, du blabla. Comment aimer un devenir décousu ? Il ne faut jamais se résigner, ni obéir comme un serf aux événements. Le fatalisme, ce sont des chaînes qu'il faut briser. Tu n'as pas ton libre arbitre ! Foutaises, tout ça. Les juges se sont trompés, après la guerre, quand ils l'ont fait comparaître. «Vous étiez libre de ne pas servir les démons», criaient-ils, droits, avec leur morale et leurs condamnations. Rien n'est simple.

Le destin l'a maudit une première fois, il le frappe une deuxième. Aime ta destinée, ça t'empêchera d'être son esclave. Il a continué à diriger, d'instinct et par cœur. Mais il est vaincu. Le destin, c'est toujours lui qui gagne.

— Pour la première fois de ma vie, a-t-il déclaré d'une voix froide au directeur de l'Opéra de Copenhague, je dois annuler pour des raisons personnelles. Cela ne m'était jamais arrivé.

— Prenez encore le temps de la réflexion.

— Non. C'est définitif. Je suis tellement fatigué que je ne pourrais rien donner de beau.

Le directeur du théâtre a laissé passer un long silence. Puis il a dit, résigné :

— Pourriez-vous m'indiquer un chef qui vous remplacerait?

Le chef a longuement réfléchi. Il a cité quelques grands noms, très vite repoussés. Les meilleurs étaient pris, les moins connus ne valaient pas le maître. Il y avait les jaloux et les revanchards et, au milieu, les tâcherons.

— Il faut trouver un jeune chef, lâche Furtwängler. Un Allemand, c'est important. Il faut être de culture allemande pour bien diriger *Tristan et Isolde*. Le cœur et l'âme doivent se pénétrer de la destinée fatale des deux amoureux. Il existe forcément un jeune chef allemand. Sergiù Celibidache est libre, à coup sûr, mais il se refuse à diriger des opéras. Les caprices des divas et des metteurs en scène l'exaspèrent. Dommage, il est le meilleur que je connaisse.

— Très bien. Je vais me renseigner et je vous tiens au courant. Très vite.

Il n'a trouvé rien d'autre à dire, au fond. Après avoir raccroché, une phrase qu'il avait notée dans ses carnets lui a traversé l'esprit, ce devait être en 1936 : « La vie est aujourd'hui plus que jamais une question de courage. » Être remplacé par un jeune, l'idée lui plaît. Il n'a pourtant jamais donné de cours et encore moins de ces cours particuliers pour des élèves triés sur le volet. *Master class*, comme les appellent les Anglo-Saxons. La pédagogie n'est pas son fort.

Sur une étagère de la bibliothèque, traîne une baguette. Elle a un joli pommeau d'ivoire, usé. Le musicien s'en servait beaucoup quand il débutait, sans cesse en vadrouille dans l'Europe des Années folles. À cette époque, déjà, il percevait le monde comme un désordre, son devenir incertain, inévitablement tragique. Les critiques ne l'aimaient pas, au début. Il faisait trop dérailler les orchestres avec sa manière un peu étrange de les diriger. Se mesurer à ces dangers le rendait fort. Il en avait l'intuition.

— Plus c'est difficile, plus tu t'épanouis, avait dit un jour son ami Ernest. Il faut se dépasser, se démarquer, sinon tu sombres.

Furtwängler sourit à cette pensée d'homme jeune. Aujourd'hui, trente ans plus tard, il lui semble qu'il est devenu las de vivre. Il le sait, il faut descendre du piédestal, n'être plus un modèle, glisser lentement vers le banal, les petits gestes du quotidien qui finissent par remplir tout l'espace parce qu'il ne reste qu'eux.

Tout à l'heure, il ira se promener dans le petit parc qui entoure leur maison. Les fleurs ont déjà fané. Il emportera sa vieille baguette et dirigera quelque chose, devant le vaste néant du ciel. Peut-être l'ouverture de *Tristan* qu'il connaît par cœur, de bout en bout. Parfois, le décor qui l'entoure apparaît comme peuplé de milliers de petits êtres qui lui chuchotent des multitudes de mélodies, des bribes symphoniques qui se mélangent en une mystérieuse cacophonie. Il en rit presque. On dirait de la musique d'avant-garde, de celle que composent ces jeunes musiciens qui ne respectent plus les règles des anciens. Ceux qui font de la théorie au lieu d'écouter le public, ce puissant souverain, affirme Furtwängler.

Il ne se sent pas vraiment chez lui dans cette Suisse qui fait comme un grand jardin dans lequel tout se trouve à sa meilleure place. L'a-t-il été une seule fois, chez lui, dans ses pénates ? Sa vie ressemble à un courant d'air, une fuite entre deux portes ouvertes. Il songe à ce chalet de Saint-Moritz qu'il a dû vendre, comme tout ce qu'il a possédé. Il aurait aimé le garder, s'ancrer contre les montagnes comme on vient appuyer sa tête malade contre une épaule forte, y venir respirer le souffle des saisons. Le destin a tout emporté.

Furtwängler tord sa baguette à la faire rompre.

— Et puis, tu l'as rencontré.

Et cette image le hante encore et encore. Serrer la main de cet homme qui avait pris le titre de Führer. Parler de Bayreuth avec lui et de l'avenir de la musique allemande. Écouter ses flagorneries. Pourquoi pas ? Il ne serait jamais élu.

— Pauvre imbécile. L'orgueil, ça tue. C'est une certitude.

En pleine apocalypse, il a épousé Elisabeth. Parfois, il la compare à ces fleurs de courage, les coquelicots, dont la beauté parfaite, écarlate comme le sang des hommes, se rit des champs labourés par la guerre. Elle est sa dernière vie.

— Pourrais-tu dire les noms de toutes celles qui ont précédé Elisabeth ? Pourrais-tu dire leurs sourires, leurs éclats de rire, leurs soupirs, leurs désirs et leurs regards qui espéraient ?

— C'est la mauvaise conscience des vieux qui te joue des tours, à présent. Et voilà que tu monologues comme un fou. Les musiciens le sont tous un peu.

Elisabeth est au salon. Calée dans son fauteuil capitonné, elle répond à un journaliste de la radio suisse qui souhaite inviter son mari pour une émission. Furtwängler fait signe de la main qu'il n'est pas intéressé. Elisabeth achève la conversation avec élégance et se lève en faisant une moue de dépit. Il la regarde traverser le salon de sa démarche noble. Elle est belle dans sa robe vert pâle, désirable dans sa fière allure. Les couleurs claires lui vont bien, on la croirait libérée par la lumière qui semble la suivre.

— C'est dommage que tu refuses d'aller jusqu'à Lausanne. On aurait pu aller voir Ansermet. Ça nous aurait fait un peu de changement.

— Nous irons le voir sous peu.

Elle relève une mèche de ses cheveux blonds et disparaît dans le vestibule. Furtwängler se met au piano et cherche quelques notes dans les aigus, plaque un accord. Un accord pour le final de sa symphonie.

Elle est en *do* dièse mineur, comme la sonate « Au Clair de lune » de Beethoven ou la *Cinquième Symphonie* de Mahler. Une tonalité sombre et mélancolique. Il a peur de mourir avant de l'achever.

Le téléphone sonne à nouveau. Elisabeth décroche.

— C'est pour toi. Thomas Nielsen, le directeur de l'Opéra de Copenhague…

Furtwängler se saisit vivement du combiné, agacé.

— Bonjour, monsieur Nielsen, comment allez-vous ?

— Très bien, Maître. Et vous ?

— Pas mieux. Je dirais même plus mal. Mais peu importe.

Nielsen hésite avant de poursuivre.

— Je vous ai trouvé un remplaçant. Un jeune chef, la trentaine. Je l'ai entendu à plusieurs reprises, à Paris. Éblouissant.

Furtwängler tique. Il n'aurait jamais imaginé que le fait d'être remplacé pût le contrarier autant.

— Comment s'appelle-t-il ?

— Rodolphe Meister.

— Meister… Comme la cantatrice ?

— Tout à fait.

Furtwängler reste silencieux un instant.

— Vous voulez parler du fils de Christa Meister ?

— Oui.

Nouveau silence. Le chef fouille dans ses souvenirs. Il voit Christa, comment l'oublier. Il devine un petit garçon dans son ombre, un peu dans les rayures du passé. Une saison à Bayreuth, sans doute, il n'est pas très sûr.

— Il aimerait vous rencontrer. Y voyez-vous un inconvénient ?

— Non bien sûr, ce sera avec plaisir. Je suis très heureux de ce choix. Félicitations.

Il est blême quand il raccroche. En 1945, quand il a demandé des nouvelles de Christa, on lui a répondu qu'elle avait été arrêtée et qu'elle n'avait pas survécu aux camps. Il a souvent pensé à elle. Au gaz qui l'a détruite. Il a imaginé son corps en lambeaux, désarticulé et sale. Christa, poussée par un bulldozer, comme dans ses bobines de films des armées. Et cette image revient, souvent.

— Le fils de Christa Meister a été épargné, dit-il d'une voix cassée.

— Comme le sais-tu ?

— C'est lui qui doit me remplacer…

38

La partition de *Tristan et Isolde* est ouverte sur le pupitre. Baguette en main, Rodolphe suit l'enregistrement de Furtwängler. Repère les accents que le maître a mis en valeur, les variations de tempos. Ses réflexions s'étalent dans les marges et sous les portées. Les entorses sont nombreuses mais toute la vibration de cet enregistrement se trouve dans ces libertés que le maître s'est données.

— Essaie d'être toi-même, a dit Christa. Furtwängler est un monstre, il va te dévorer si tu n'y prends pas garde.

— Il faut d'abord que j'aille au fond. Je verrai ensuite.

Il n'a pas dormi de la nuit. S'assommant à coups de whisky. Au petit matin, il a trouvé le sommeil, groggy, puis s'est réveillé au milieu de la matinée, d'un énième cauchemar. Il se voyait dans les baraques de Birkenau, en train de diriger l'orchestre du camp des hommes. Mais il n'y parvenait pas et le kapo le dénonçait.

Pourquoi l'avoir choisi lui, Rodolphe Meister ? Pourquoi pas Böhm ou un autre ? Ce ne sont pas les chefs qui manquent !

Furtwängler enregistre beaucoup. Il veut sans doute laisser une trace. Ne pas partir par l'issue de secours.

Dans l'après-midi, Rodolphe apprend par un ami que Yehudi Menuhin est à Paris.

— Va le voir. Il est au Ritz. Quelques journalistes l'interviewent.

— Je ne peux pas arriver comme un cheveu sur la soupe.

— Je lui ai déjà parlé. À 16 heures.

Rodolphe a juste le temps de passer une veste et de s'engouffrer dans le métro.

Sur la place Vendôme, de grosses voitures noires sont garées en file indienne. Des badauds sont massés devant un gardien à casquette qui écarte les bras pour les contenir. Ce n'est certainement pas pour Menuhin, même si sa notoriété est immense.

Le violoniste attend Rodolphe dans le lobby du palace, installé dans un gros fauteuil à capitons de cuir. Il feuillette le journal, un verre d'eau minérale posé devant lui. Ce cadre ne lui convient pas. Ce luxe baroque n'est pas le sien. Il se lève en voyant arriver Rodolphe et lui tend la main avec chaleur. Il a des manières de lord anglais, plutôt rare pour un Américain.

— J'ai connu votre mère. C'était il y a bien longtemps.

Yehudi n'est pourtant pas bien vieux, né en 1916, tout juste neuf ans de plus que Rodolphe. Mais sa gloire est déjà ancienne, on la dirait détachée de son allure maigre. Depuis son enfance, Rodolphe côtoie des légendes vivantes, peu d'entre elles l'ont impressionné. Menuhin est différent. À dix ans, il jouait au

Carnegie Hall avec le New York Symphony Orchestra. Fritz Busch était à la baguette. Premier disque en 1928. Chaque note qui naît sous ses doigts est unique, elle transporte immédiatement. Il y a comme une douleur dans le vibrato, un lamento qui pénètre lentement la chair.

— J'ai su pour votre mère…

Rodolphe hésite. Sa mère lui a fait jurer de ne jamais dire qu'elle avait survécu à Birkenau.

— Je vous dois une vérité…

Menuhin fronce les sourcils.

— En fait, Maman est revenue des camps de la mort. Elle a souhaité ne plus apparaître, et quand la rumeur de sa mort a couru, nous n'avons rien fait pour la démentir. Au début, je pensais que c'était à cause des journalistes, des musiciens ou de ses adorateurs qui allaient forcément lui poser tout un tas de questions. Avec le temps, j'ai compris que Birkenau avait sectionné sa vie en deux de manière définitive et qu'elle ne voulait plus appartenir à son passé de gloire. Quand on me questionnait, je restais évasif. L'oubli s'est installé peu à peu, on ne m'a plus parlé de Christa Meister. Tout cela est allé assez vite, en fait. Elle est devenue une voix du passé, une ombre… Elle ne remontera plus sur scène.

— Et… Comment va-t-elle ?

— Comme quelqu'un qui revient de l'enfer.

Le regard de Menuhin exprime une profonde tristesse. Il est une âme chavirée, un cœur à part, capable d'enregistrer le *Concerto pour violon en ré majeur* de Beethoven afin d'aider Furtwängler, en 1952, alors qu'on l'accuse de collusion avec les nazis et que presque plus personne ne veut travailler avec lui. Menuhin, le Juif de New York, a tendu la main.

— Cette barbarie nous poursuivra encore longtemps, dit-il.

Un silence passe. Un majordome dérange Menuhin.

— On vous demande au téléphone, monsieur.

— Plus tard, plus tard. Merci.

Il se tourne vers Rodolphe.

— Nous avons tout notre temps, à présent. Enfin presque !

Son visage lumineux est extraordinairement changeant. Chacune de ses émotions y transparaît, fugace. Seul son regard ne varie pas, doux et droit.

— Je dois diriger *Tristan*, à la place de Furtwängler.

— C'est une très bonne nouvelle. Quand commencez-vous ?

— Dans trois mois.

Menuhin parle un français impeccable, précieux, cherchant toujours le mot qui sera le mieux placé.

— Savez-vous pourquoi il a décidé de se retirer de cette production ?

Le violoniste soupire, détourne les yeux. La tristesse l'assombrit.

— La maladie. La dernière fois que l'on s'est parlé au téléphone, il m'a affirmé que ça allait. Mais Elizabeth, sa femme, m'a rappelé pour me dire qu'il était à bout de forces. Je pense qu'il a trop dirigé, ces dernières années. Les années de guerre et le procès qu'on lui a fait ont profondément entamé son moral. Wilhelm n'a jamais cherché à être une vedette. Il s'est imposé naturellement. C'est le chef le plus discret, je dirais même le plus timide, que j'aie jamais rencontré.

Un serveur passe entre les tables. Rodolphe demande un café, Menuhin une deuxième eau gazeuse. Ce soir, il joue Mendelssohn et Bartók au Théâtre des Champs-Élysées. Rodolphe y assistera.

Menuhin n'a plus ce visage de gamin prodige, aux joues pleines, qu'il avait dans les années trente et qui lui donnait un air de garçon satisfait. Les années de guerre l'ont transfiguré. Il a joué pour les soldats américains, un peu partout dans le monde. Il a vu la chair qui souffre, l'angoisse des assauts, la vie incertaine. Le ravissement que la musique procure entre deux batailles. Son violon a vibré dans les cantonnements. À presque quarante ans, sa carrière met le cap sur une autre destinée.

— J'aurais pu rencontrer Wilhelm avant la guerre, dit-il, mais cela n'a pas été possible. Il n'a jamais pu revenir diriger aux États-Unis par la suite et je ne suis pas allé en Allemagne durant toute la période du nazisme. Ç'a été une déchirure. Parce que, moi, j'étais un tout jeune homme, à ce moment-là, en 1933. J'avais besoin d'un maître tel que lui.

— Quand l'avez-vous rencontré ?

— En 1946, à l'époque où il était vraiment regardé comme un pestiféré, sans soutien de poids. Ensemble, on a participé au festival de Lucerne. Un grand moment, il faisait en quelque sorte son retour sur scène. Par la suite, nous avons enregistré le *Concerto pour violon* de Beethoven. Un moment que je n'oublierai jamais.

» Vous savez, j'avais trente et un ans. C'était la première fois que je me trouvais face à cette légende vivante. Il voulait jouer le concerto de Bartók, j'ai choisi le Beethoven. Il était tellement bienveillant.

Menuhin sourit avec nostalgie.

— Il dirige d'une façon déconcertante. Il faut le suivre. Pour moi, c'était très déstabilisant au début. Il s'en est rendu compte et m'a dit que la musique, c'est comme un cours d'eau. Un fleuve qui coule. Dans les détroits il va plus vite, plus impétueux et même rugissant quand il passe une cascade, plus calme quand il traverse une plaine toute plate. «Furt» ne dirige jamais deux fois de la même façon.

»Sa grande passion demeure la composition. Il a créé sa deuxième symphonie il n'y a pas longtemps. Avec un certain succès. Je crois qu'il est en train de mettre la dernière main à sa troisième symphonie.

Son secret se trouve là, se dit Rodolphe. Il dirige comme un compositeur. La plupart des chefs, comme toi, ne composent pas. Nous ne sommes que des exécutants.

Menuhin non plus n'a jamais composé une seule note de musique.

— Ce qui m'a étonné chez Wilhelm, dit-il, c'est qu'il a toujours été à contre-courant. Un peu à l'envers du monde et de la société des musiciens. Il est rapide quand tout le monde est lent, profond le plus souvent quand le climat est à la frivolité. Je crois que c'est le musicien qui pénètre le plus les œuvres qu'il joue. C'est pour cela qu'il se permet une aussi grande liberté.

— Quelque chose me chiffonne…

— Quoi donc?

— Il est resté en Allemagne quand tout le monde s'en allait…

Menuhin fait une moue qui trahit son agacement.

— Horowitz, Toscanini et d'autres gloires voulaient lui faire la peau, au moins de manière symbolique. Il faut vraiment tourner cette page. Wilhelm n'a jamais été membre du parti nazi. Il a sauvé beaucoup de musiciens juifs. Si j'avais eu le moindre doute là-dessus, je ne l'aurais pas soutenu une seule seconde.

Discrètement, Menuhin jette un œil vers la pendule du hall.

— Ne le jugez pas, ajoute-t-il. Je sais ce qu'il vous est arrivé et combien c'est difficile. Il faut le regarder différemment. La musique est au-dessus de tout ça…

En quittant le Théâtre des Champs-Élysées, Rodolphe veut marcher, longtemps, dans la banalité des rues où luisent les lumières de Paris. Menuhin a été sublime. Rodolphe a fait un détour par sa loge pour le féliciter.

— Embrassez votre mère pour moi, a dit le violoniste en lui serrant la main avec chaleur.

— Je vais suivre votre conseil et faire le voyage jusqu'en Allemagne, pour voir Furtwängler. Ce ne sera pas facile.

— Je sais, mon ami.

Paris vient d'essuyer une averse. L'air a un goût acide. Les bars tirent les rideaux dans un boucan de ferrailles qui grincent comme des diables, dans leurs recoins de ténèbres. Par les grilles d'aération, parvient le grondement sourd des rames de métro qui rampent sous terre de tout leurs corps écailleux, longs et souples, de serpents métalliques.

Rodolphe est un homme de ressentis, d'émotions, pas un cérébral. Passer après Furtwängler, c'est se faufiler dans son ombre, n'exister que par lui et pour lui. On ne le jugera pas, on le placera sur un plateau de la balance. La mesure est faussée. D'emblée. La gloire est un monstre. Tu vas récolter des coups. Pas des lauriers.

Place de l'Opéra, de grosses flaques se sont formées. Les voitures éclaboussent les trottoirs en faisant un bruit de vagues qui s'échouent sur une grève rectiligne. Il y a deux ans, Rodolphe a dirigé au Palais-Garnier *Faust*, son premier opéra. Il y est revenu pour *Otello*. Le grand théâtre ne l'a pas séduit. Ce n'est pas un temple, mais un spectacle de pierres. Trop d'ors, trop de marbres, trop de lustres et de parquets. La musique, c'est plus simple que ça.

À cette époque, un critique a dit de lui qu'il était le jeune prodige que la musique réclamait depuis la fin de la guerre. Rodolphe Meister revisite le romantisme, a clamé un autre, lors d'une émission de radio.

La façade du théâtre est plongée dans l'obscurité. La nuit y a plaqué ses mystères. On devine tout juste les bustes des grands compositeurs dans leurs niches rondes, au-dessus des fenêtres flanquées de colonnes. La musique sera toujours une énigme.

39

Le visage de Christa s'est fermé, le regard étrangement fixe et froid. Depuis qu'elle est revenue de Birkenau, elle ne parle presque plus. Une étrangère. Parfois, elle fixe Rodolphe durement, comme si elle lui reprochait sa naissance, d'avoir été un fardeau pour la femme qu'elle fut, d'apparences, d'ombres, de lumières et de masques, qui ne vivait vraiment qu'en scène, donnant sa voix à des héroïnes dont elle ne se débarrassait jamais des habits.

Christa ne quitte que rarement son fauteuil durant la journée, on pourrait la croire morte ou figée dans une cire blême. Rien ne bouge en elle, pas même un battement de cils. La mort rôde, désormais, prête à mordre. Et Rodolphe veut savoir avant qu'elle ne s'en aille. Il la questionne, elle reste murée dans son orgueil.

— Il y a des jours où je te déteste, enrage Rodolphe. Toi et tes secrets de diva. Pourquoi ne me dis-tu pas qui est mon père ? Je ne sais même pas s'il est toujours en vie.

Rodolphe tente de rafistoler sa vie. Être, c'est avoir un passé, des pans de mémoire, un quai où revenir s'amarrer. Il ne dort plus très bien. Il perd pied, cherche son talent. Ne le trouve plus. Le destin lui sourit, sans le rendre vraiment heureux. Il s'en prend à sa mère.

— Tu m'avais promis que, à ma majorité, tu me dirais le nom de mon père. Je suis majeur depuis des années. Pourquoi ne pas me le dire, à présent ?

Le regard de Christa se radoucit, elle pose ses mains diaphanes sur ses genoux. Les veines palpitent à ses tempes, bleues sous la peau de parchemin. Elle donne l'impression de vouloir parler mais sa bouche se déforme comme pour retenir un cri. Tout est noué en elle.

— C'est aussi peu avouable que ça ? ricane amèrement Rodolphe. Je suis fils d'un salaud, c'est ça ? De Hitler lui-même ?

Christa tourne la tête vers la fenêtre. Que regarde-t-elle, en fixant ses yeux sur la rue qui s'agite.

— Si tu savais combien c'est dur d'être le fils de personne ! Combien de fois m'a-t-on demandé pourquoi je porte le même nom que ma mère ? Pendant les récréations, dans cette maudite école de Wilhelmstrasse, les petits copains se moquaient de moi. J'étais l'enfant naturel, le bâtard. Celui qu'une salope a eu en couchant avec le premier venu.

Rodolphe ne peut retenir ses larmes. Il pleure davantage de rage que d'avoir essayé de blesser sa mère.

— Je t'en supplie, Maman. Tu avais promis… À la majorité. Pourquoi ne parles-tu pas ?

Rodolphe saisit la petite tête sculptée qu'il a posée sur le piano.

— Qui es-tu ? questionne-t-il en portant le buste à hauteur de ses yeux. Un grand monsieur ? Un type bien ? Ou un misérable salopard qui ne mérite même pas de connaître sa progéniture ? Nous en avons une collection, de ceux-là, dans notre pays.

Il repose la tête d'un geste affectueux, à côté du métronome en forme de pyramide.

— Non, tu es celui que j'ai inventé et tu es le meilleur des pères. Au fond, ce n'est peut-être pas plus mal que je ne sache pas.

Christa quitte son fauteuil et marche, voûtée, jusqu'à la fenêtre, écarte le rideau et observe la rue de Vaugirard qui gronde, quatre étages plus bas.

— La vie a tellement passé vite, dit-elle d'une voix sèche. Quel âge as-tu aujourd'hui ?

Ses yeux fatigués s'agitent et fouillent la rue, à la recherche d'un détail invisible. Sa silhouette sombre et décharnée se découpe dans le rectangle de lumière grise.

— Je me souviens du jour où on s'est installés ici, murmure-t-elle. Peu de temps après ta naissance... Je ne voulais pas aller vivre dans ces villas loin de tout, être la voisine d'artistes et de millionnaires. Je voulais être au cœur de mon Berlin, près des rues où j'ai grandi. Je suis une fille du peuple, moi. Mais bon, on ne peut tout de même pas habiter Alexanderplatz.

— Nous sommes à Paris, Maman. Depuis presque vingt ans.

Elle se rassoit. Rodolphe n'ose pas l'approcher. La conscience de Christa vacille.

— C'est étrange comme je me suis sentie tirée vers l'avant sans savoir où j'allais. Nous sommes bien, ici, on va y rester. Le Staatsoper est à deux pas. Parfois j'y vais à pied, tu sais. Cela me détend avant les répétitions. En ce moment, on donne *Otello* de Verdi. J'aime la musique italienne. J'ai joué Desdémone au théâtre de la Scala, bien avant que tu naisses.

— Je sais tout cela, Maman, mais aujourd'hui nous vivons à Paris.

Elle se retourne, le visage chiffonné, les yeux rouges.

— Paris est une vieille salope. Je n'ai jamais aimé cette ville. Tout y est faux et les orchestres sont médiocres. Rien à en tirer.

— Tu es venue chanter à Paris ?

— Bien sûr, dans leur théâtre. Le Palais-Garnier, comme ils l'appellent. Un palais, tu te rends compte ! Tout est surfait dans cette ville. Je préfère de loin la noblesse sobre de nos salles ou le merveilleux italien. Paris, je ne pourrais pas y vivre trois jours.

Elle s'avance, tâtonne autour d'elle, comme une aveugle. Elle trouve le siège du fauteuil, en suit les courbes sculptées et s'assoit. Rodolphe retient ses larmes, sa gorge est nouée.

— Où sommes-nous ? murmure-t-elle. C'est étrange, cette lumière et ce bruit dans la rue. Berlin a changé avec toutes ses années.

Ce soir-là, Christa s'endort de bonne heure. Rodolphe reste de longues heures devant son piano, hébété.

Le lendemain, elle se lève comme si rien ne s'était passé. Rodolphe est allé consulter un ami psychiatre.

— Ce sont des sortes de crises d'amnésie, dit le médecin. Des moments où le réel se mêle à un monde fantasmé. Le choc de Birkenau, je pense. On mesure mal les ravages que cela a pu produire sur la santé mentale des survivants.

— Quel sera son avenir ?

— Je ne peux guère me prononcer. C'est en principe irréversible et ne va pas en s'améliorant. Les crises garderont la même intensité mais vont se rapprocher dans le temps.

En rentrant chez eux, Rodolphe entend une fois encore des arpèges au piano et des vocalises. Il reste un long moment à écouter dans la pénombre, l'oreille collée à la porte. La voix de Christa paraît intacte, avec ce timbre si puissant qu'elle avait dans le registre grave. Les aigus sont magnifiques, clairs. Elle monte jusqu'au contre-*ut* sans aucune difficulté, plusieurs fois, puis s'interrompt un instant. Rodolphe est sur le point de glisser la clef dans la serrure lorsqu'il entend le premier accord du *Liebestod*, le chant d'amour et de mort d'Isolde. Christa a conservé toute la justesse qui ne l'a jamais trahie.

Comme il sourit légèrement ;
Comme ses yeux charmants s'ouvrent !
Le voyez-vous, mes amis ?
Comment ne le verriez-vous pas ?
Comme il brille, toujours plus clair,
Comme il s'élève, dans la lumière des étoiles !

40

Clarens. Suisse. 1954

En allant chercher le courrier, Elizabeth a surpris une conversation entre les jardiniers.

— Le maestro parle seul, en faisant de grands gestes, disait le plus vieux des jardiniers, celui qui vient d'Italie. Et puis il s'est assis sur le banc de bois dont la peinture verte s'écaille. Il toussait comme un vieux mineur. On aurait dit qu'il allait cracher de la calamine.

L'Italien a eu de la peine parce qu'il sait que l'homme qu'il croise, un peu fou et qui parle bien l'italien, est l'un des plus grands maestros de sa génération. Il a dirigé au Teatro alla Scala de Milan, sa ville natale, comme Arturo Toscanini, le dieu vivant.

Elisabeth passe en revue la vingtaine de lettres qui viennent d'arriver. Un pli venu de France accroche son regard. Elle a envie d'ouvrir l'enveloppe mais elle se retient, comme si un grand secret se tenait à l'intérieur.

Furwängler est au piano, voûté. On dirait qu'il a du mal à entendre les notes et qu'il se penche pour mieux écouter ce qui sort de la mécanique. Les accords mineurs qu'il travaille emplissent le salon d'une ambiance funèbre. Elisabeth pose la lettre sur le guéridon, à côté du fauteuil où il viendra invariablement s'asseoir.

— Je sors faire quelques courses. Je serai là pour midi, lance-t-elle en attrapant son manteau.

Le maestro n'a rien entendu. Il bute sur les notes qu'il destine aux violons. Cela fait plusieurs jours, déjà. Il enrage presque. Il rature une fois encore, reprend la mélodie au piano.

— On dirait du Hindemith !

De colère, il balance la partition en travers du salon. La large feuille plane un instant avant de se poser gracieusement sur le canapé. Cette journée n'est pas comme les autres. Il fait plus froid, un vent violent déplume les grands arbres du parc, laissant des squelettes aux troncs de géants au milieu du vert profond des sapins.

Furtwängler observe la lettre. L'écriture est celle d'une femme, une personne de son âge, les majuscules font de belles envolées. On n'écrit plus comme ça de nos jours, se dit le musicien. Ce doit être une artiste.

Il ouvre l'enveloppe, hésite, les mains tremblantes. Une feuille est pliée en deux.

Wilhelm,

Comme beaucoup, tu dois penser que je suis morte à Birkenau. En un sens, c'est un peu vrai. Le meilleur de moi-même est resté dans les camps et je ne suis plus qu'une survivante qui se demande souvent pourquoi elle continue à s'attarder dans cette vie. Mais ce n'est pas de cela dont je suis venue de parler.

Dans quelques jours ou quelques semaines, tu recevras la visite de notre fils. Il s'appelle Rodolphe et s'apprête à diriger, à ta place, Tristan, *à l'Opéra de Copenhague. Il ne sait rien de notre relation. Il ignore que tu es son père. Toi-même, tu ne le savais pas jusqu'à cet instant. Je n'ai jamais voulu qu'il l'apprenne, par orgueil, par égoïsme. Sans doute parce que je n'ai été pour toi qu'un nom sur une longue liste de conquêtes. Sans doute parce que j'ai été une idiote de plus. Ou je ne sais quoi. Mais, plus sûrement, parce que nous nous sommes aimés en un temps de folie. Autant l'avouer, les hommes défilaient dans mon lit, parfois plusieurs en une même semaine. J'ai attendu que Rodolphe grandisse pour voir à qui il pouvait ressembler. Tu comprendras en le voyant, il est un peu ton sosie, quand tu étais jeune.*

Je ne te ferai pas un long discours, encore moins de griefs. Je t'envoie quelques images pour que tu n'oublies pas. Ces photos te raconteront ma vie.

Accueille Rodolphe comme un maître doit accueillir un apprenti. Il le mérite. Il a hérité de nous, et surtout de toi, des dons exceptionnels pour la musique. Il sera un grand chef. Ton digne successeur.

Christa

Sur la première photo, Christa pose en soprano plantureuse, joli minois, lèvres finement dessinées en un cœur gourmand. Elle ne sourit pas, l'air décidé et sombre, un casque ailé en forme d'obus sur la tête et ses longs cheveux clairs qui flottent sur ses épaules guerrières. Elle chante Brunehilde. Bayreuth, 1932. Le temps de la gloire.

Furtwängler est ému. Il sourit presque en approchant le cliché de ses yeux. C'était le temps du bonheur. La vie était douce. Le bonheur, c'est toujours du malheur qui patiente. Il dirigeait Christa. Quelques mois plus tôt, on l'avait nommé directeur musical du festival. Christa avait été exceptionnelle. Elle était venue avec un petit garçon. Il l'avait installé au pupitre et il avait regardé la partition.

— Vous n'êtes pas à la bonne page.

Furtwängler s'essuie les yeux.

Sur le deuxième cliché, Christa et Rodolphe posent devant un piano. Le chef est stupéfait. Le fils de Christa ressemble au jeune garçon solitaire qu'il était, dans la maison de Tanneck, en Bavière.

Au dos du tirage, Christa a écrit :

Paris, en 1939. Nous habitions un bel immeuble, quartier du Montparnasse, au quatrième étage. Le soleil y entrait à flots. Rodolphe avait quatorze ans et un drôle d'air mélancolique, le même que toi. Tous les biens de notre famille sont restés à Berlin, saisis par l'administration allemande, mais j'avais un peu d'argent. Je chantais beaucoup en France. Je venais de décrocher des contrats au Metropolitan de New York et à Londres. La guerre est arrivée et tout s'est effondré.

La troisième image est confuse. Juste un avant-bras, une peau distendue, un muscle fatigué qui commence à pendre et le beau bracelet d'émeraudes dont Furtwängler a conservé un souvenir très précis. Ce bijou lui avait laissé une griffure sur l'épaule, une nuit qu'ils faisaient l'amour dans un hôtel de Leipzig. Il avait crié, sur le coup. Christa avait éclaté de rire.

— Pourquoi gardes-tu ce satané bracelet ?

— Je n'aime pas être complètement nue.

Pourquoi cette photo ? Furtwängler la détaille, sa vue a faibli. Au-dessus du bijou, il y a comme un tatouage, un dessin à la va-vite. Des numéros à l'encre grise, presque effacés. *74567.* Au dos du cliché, Christa a écrit, d'une cursive nerveuse, pareille aux dédicaces qu'elle signait par dizaines après les représentations :

Birkenau. 23 juin 1943.

Le jour où on l'a tatouée.

41

Sur le pont qui enjambe le Rhin, le train avance lentement, incertain sur ses essieux. On vient de quitter Strasbourg, dans quelques minutes, Rodolphe sera dans son pays natal. Comment l'aimer ? Après l'exclusion. La relégation. Il ne sait plus. Ce n'est pas de la haine qu'il ressent, plutôt de la colère, sourde et tenace. Et muette, depuis ses treize ans.

Un vent de mort souffle encore sur cette terre grasse. La guerre a jeté une ombre tenace par-dessus les villes et les hommes.

— Je n'aime plus l'Allemagne, répète souvent Christa. Je n'ai plus de patrie.

Elle se ment mais tôt ou tard on finit par croire ses mensonges. Et voilà que son fils s'apprête à y retourner, dans cette ancienne patrie, seul, des souvenirs mauvais plein la tête. Et des questions, pareilles à des torpilles.

Le fleuve scintille au soleil, des péniches lourdes remontent le courant en turbinant l'eau grise. Des pans de murs de Kehl, sur l'autre rive, ont croulé sur le rivage, une église est effondrée. D'énormes bras mécaniques armés de pelles aux dents féroces chargent sur des barges les décombres de la guerre.

Le pays tout entier reconstruit et achève de bousiller ce qui ne se relèvera jamais. L'immense chantier détruit, efface, empile, refait à neuf. C'est comme ça depuis la fin de la guerre. On se déterre avec un orgueil rentré, la main sur un cœur douloureux, un faux acte de contrition.

Passé le Rhin, des bidasses français jettent le sac sur l'épaule et fixent le ballast crasseux qui défile. Ils vont descendre à Kehl. Cette portion d'Allemagne est en territoire français depuis la fin de la guerre. Les contrôles des autorités y sont tatillons, l'armée française est partout. Les flics aussi. Des types malins qui regardent chacun avec l'œil du soupçon.

— Papiers, s'il vous plaît.

Rodolphe présente son passeport. Le regard du policier l'angoisse. Il en a toujours été ainsi, avec la police, en Allemagne et du temps de Vichy. Cette façon froide qu'ont les flics de poser les yeux sur son visage lui fait croire qu'il a forcément quelque chose à se reprocher. Une culpabilité lancinante que rien n'efface.

— Tout est en règle, merci, monsieur.

Après Kehl, la voie traverse des champs plats. Des chemins quadrillent le paysage. De gros tracteurs retournent la terre, poursuivis par des corneilles qui cherchent leur vie dans les sillons. Au loin, les bois qui coiffent les collines font des touches rouges et jaunes sur le décor. Le pays se déplume déjà, las de l'été.

Le train ralentit. La locomotive siffle une dernière fois. Prochain arrêt : Baden-Baden, un nom qui ne fera jamais rêver qui que ce soit. Une ville morne et retapée. La France y a foutu toute une garnison et des camions et des tanks. Le seuil d'un monde éreinté pour celui qui débarque.

Dans l'unique gare de voyageurs, des hommes en uniformes français se croisent et se décroisent, comme les triolets lents et lourds d'une marche. Un type à calot, fringant, tue le temps, le visage las, une mauvaise valise en carton entre les jambes. La guerre s'est arrêtée ici depuis presque dix ans.

La porte du wagon s'ouvre sur le marchepied. Rodolphe hésite. Un quai, des bruits métalliques et des sifflets, des éclats de voix dans sa langue maternelle, pareils à ceux de 1938. Il descend et observe un instant le monde banal qui l'entoure, cherchant ses marques, ses repères enfouis. Plus rien de ce qu'il a été ne se devine dans ce hall froid.

Un taxi doit l'emmener à Ebersteinburg, une petite ville toute proche, presque une banlieue, mignonne, un peu chic, nichée entre des monts modestes. C'est là que Furtwängler se repose. Dans la vallée des rivières Murg et Oos, précise le *Michelin* des années d'avant-guerre que Christa a confié à son fils. Il parle aussi d'un château sur un promontoire qui domine le paysage et d'une ruine médiévale qui s'érode admirablement sur un piton rocheux. Les seules choses à visiter à part quelques établissements de bain. Ça vaut le détour, précise le guide. Peu importe, Rodolphe n'ira pas.

Le taxi le dépose devant un hôtel aux allures de chalet. Les volets verts n'ont pas été repeints depuis longtemps. Le confort est correct.

Au téléphone, Rodolphe a dit au médecin qui s'occupe de Furtwängler qu'il est le jeune chef d'orchestre qui doit remplacer le maître.

— Je demande au docteur Furtwängler et je vous rappelle tout de suite.

Cinq minutes plus tard, le téléphone a sonné :

— Vous vous appelez bien Rodolphe Meister.

— C'est exact.

— Vous êtes le fils de Christa Meister, la cantatrice.

— Oui.

— Venez mardi, vers 10 heures. Vous pourrez le voir. Mais pas longtemps, il est très fatigué.

Rodolphe s'installe à la petite table de sa chambre et pose son fétiche devant lui. Il ouvre le grand cahier de ses notes, tout ce qu'il a pu ramasser sur le chef. Depuis la fin de la guerre, il a enregistré plus de deux cent vingt fois, deux fois plus que dans les années trente et quarante. Une véritable boulimie. Ça ressemble à une fuite en avant, un acte de survie.

Avant de quitter Paris, Rodolphe a joué au piano des parties entières des compositions de Furtwängler. Il a eu un mal fou à se procurer les partitions. Un ami d'un ami en avait des copies. Ce n'est pas de la musique de *kappelmeister* comme des dizaines de chefs frustrés ont pu en pondre, mais une œuvre véritable, empreinte de romantisme, hésitant entre modernisme et classicisme, entre Bruckner, Paul Hindemith et Beethoven. Comme entre deux mondes.

La nuit avance, Rodolphe étouffe, réfugié là-haut dans sa chambre où le souffle de l'automne vient jouer au volet. Tout lui paraît faux dans ces décors cosy de cette ville d'eaux avec ses vieux établissements de soins, ses églises aux clochers en forme de sorbets d'où s'élèvent des prières qui se perdent dans le grand nulle part. Tout semble propre même dans les boutiques des âmes et les corridors de la mémoire. Ce n'est pas l'Allemagne qu'il a laissée seize ans plus tôt, pas celle où chacun était un loup pour l'autre. Celle des visages des commissaires politiques, barbouillés de haine, des filles aux hanches tristes, celle des silences et des chuts. Il ne fallait pas s'épancher, dans ce pays qu'il a fui.

Il ouvre la fenêtre. Sous la peau de la nuit, les carapaces des toits de tuiles luisent faiblement. C'est en dessous que se terrent les secrets, les remords et les mauvaises consciences.

Dans le *Die Welt* du jour, le procès d'un ancien nazi fait la une. Rodolphe saute sur autre chose. Il parcourt quelques articles futiles, la nécrologie. Que cherche-t-il ? Lui-même, et il commence à s'en rendre compte. Il en tremble presque. Le visage d'Eva le hante, jamais effacé.

— Une salope de nazie ! a jeté un jour sa mère.

Et ça lui a fait mal. Comme une baffe qu'on reçoit sans pouvoir répondre, qui cingle le visage et ne s'efface jamais. Et qui fait saigner le cœur. Il n'arrive pas à lui en vouloir, à cette femme aux seins beaux comme le bonheur, au parfum des jours heureux. Il a couché avec d'autres, le temps d'un passage. Elles s'y entendent pour les choses du sexe, leur véritable science. Elles doivent coucher souvent, certaines, ouvrir leurs jambes à ceux qui leur plaisent. De vraies gloutonnes qui dévorent ce que la vie leur donne. Leurs désirs lui ont plu. Baiser jusqu'à en pleurer. À foutre tout dehors, les années d'angoisse, les hurlements dans la nuit, les bombes incendiaires qui dégringolent du ciel et crament les innocents. Dieu sait par où certaines sont passées.

Les yeux de Rodolphe fouillent l'obscurité. Il se sent prisonnier de cette noirceur qui dissimule toute vérité. Prisonnier d'un pays qui se ment à présent. On juge un SS, mais c'est tout ce monde qui pionce désormais, qu'il faut traîner au tribunal.

Prisonnier. Pas moyen d'aller à Berlin, de marcher dans Friedrichstrasse, de tourner sur Unter den Linden jusqu'au parc de Tiergarten, passé la porte de Brandebourg. Tout est communiste aujourd'hui, ou en secteur militaire américain. Il ne doit plus y avoir de cygnes qui se pâment sur les eaux vertes des petits lacs. Ni même de parc. Il ne doit plus y avoir de pauvres non plus. Des loques de gosses aux yeux torves qui agitaient leurs mains crasseuses pour quelques sous. L'ogre les a tous bouffés, ceux-là. Ce sont toujours les miteux qui trinquent le plus, dans les guerres.

Eva courait se cacher tandis qu'il comptait, le front contre un tronc d'arbre. Jusqu'à dix. Il trichait et la voyait s'accroupir derrière un buisson ou sous des fougères. Un jour, il a même vu son entrejambe tandis qu'elle s'accroupissait, et ce fut le grand tintamarre dans sa tête et dans sa poitrine. Elle avait de belles jambes, longues et pleines. Quand sa jupe se soulevait avec le vent ou quand elle tournait sur elle-même, une musique la suivait et l'enveloppait. Des violons en un long *legato*, clair et pur.

Un jour, il retrouvera Eva. Qu'elle soit morte ou vivante. Qu'elle fût nazie ou pas. Le pardon, c'est pour ceux qui n'adorent pas, qui n'arrivent pas à haïr. Il lui criera sa colère, à Eva. Et son amour. Tout à la fois. L'orchestre qui frémit en des notes toutes noires, à l'intérieur, dans le ventre et dans le cœur, comme une lugubre ouverture, éclatera de mille cuivres. Il la possédera, Eva, comme ceux qui s'aiment trop. Elle est sa moitié maudite.

Il fourre machinalement une main dans une poche de son pantalon, cherche les petits cailloux. Hansel et Gretel. Ne jamais perdre sa route. Ne jamais être l'abandonné.

42

La clinique du docteur von Löwenstein se trouve à l'écart d'Ebersteinburg, à flanc de colline. Le taxi laisse Rodolphe devant un grand portail de fer forgé. C'est un jour de novembre, un mardi banal. Le ciel est chargé de nuages. Il ne devrait pas tarder à pleuvoir.

Une longue allée s'ouvre au-delà du seuil et monte en direction d'une grande bâtisse au toit de tuiles rouges, les murs sont blancs et vert pastel. Deux grands marronniers ont déjà roussi. La verdure transmute en or, rouge et ocre, tout doucement, tel un sommeil qui vient lentement.

Comme autrefois, le long d'Unter den Linden.

Sur la droite, deux lignes de terre boueuses de part et d'autre d'une langue d'herbes hautes s'échappent vers la forêt, se perdant sous les feuilles et les ronces. Rodolphe s'arrête quelques secondes et inspire l'air humide, ce parfum d'Allemagne, un peu froid dans le matin, qu'il n'a pas retrouvé ailleurs. On dirait qu'il ne s'est jamais rien passé ici, dans ce coin de montagnes modestes, tellement loin du mugissement de la guerre.

Rodolphe tient dans ses mains la volumineuse partition de *Tristan* et les deux symphonies de

Furtwängler. Il a aussi emporté le *Te Deum* que Furtwängler a composé dans sa jeunesse. Le chemin est long jusqu'au maître, se dit-il. La distance qui le sépare de lui semble se distendre, s'allonger à l'infini. Il essaie de rassembler toutes les questions qu'il a prévu de poser au maestro, mais tout lui échappe, à présent. Ce n'est pas le trac, plutôt la monstrueuse épreuve du retour sur soi. Il doit se réinventer, tout à coup.

Quand il gravit les trois marches qui conduisent à la réception, une femme vient à sa rencontre. Elle l'observe quelques secondes puis s'avance, une sorte de méfiance dans les yeux.

— Vous êtes Rodolphe Meister, c'est bien ça ?

Elle a une étrange façon de le fixer, à la façon dont on décrypte une énigme. Son regard vif et direct le toise puis revient au visage.

— Mon Dieu, je n'aurais jamais cru…

Rodolphe ne sait quoi dire. Il tend la main comme on le fait en France, pour se rassurer. Elle la serre mollement.

— Je suis Elisabeth Furtwängler, la femme de Wilhelm. Il vous attend.

Elle jette un œil vers l'intérieur de la clinique, une ride d'inquiétude barre son front.

— Vous arrivez bien tard, vous savez. Sa santé décline de jour en jour. Je devrais presque dire d'heure en heure.

Elle détourne les yeux.

— Il est à la chambre 8.

— Je vous remercie.

Rodolphe n'a pas le temps d'ajouter un seul mot. Elisabeth a déjà descendu les marches. Un taxi l'attend.

Tout est clair et désuet dans le long couloir qui conduit à la chambre du maître, vieillot, comme dans les stations thermales du début du siècle. Quelques portraits de pensionnaires célèbres, des gloires oubliées, sont suspendus aux murs. Chaque pas siffle sur les faïences vernies. Une infirmière sort de la chambre 8 et referme la porte derrière elle.

— Il vient de s'éveiller après une longue sieste. Ménagez-le, il est encore très fragile.

Rodolphe toque à la porte. Quelques secondes passent puis une voix grave et enrouée, faible, l'invite.

— Entrez.

Wilhelm Furtwängler est assis devant la fenêtre, tourné vers le parc. Immobile.

— Bonjour, Maître.

Il se lève péniblement, s'appuie d'une main sur le dos d'une chaise. Il est grand, plus grand encore que dans la mémoire de Rodolphe. Il se tourne, le regard brouillé, fuyant.

— Bonjour, articule-t-il dans un français rude. Avez-vous fait bon voyage ?

Il évite le regard de Rodolphe, désigne une chaise à côté de son lit et s'assoit à nouveau.

— Vous parlez allemand, monsieur Meister ?

— Oui, c'est ma langue maternelle. J'ai quitté l'Allemagne à l'âge de treize ans.

Furtwängler ferme les yeux un moment. Ses paupières vibrent, il joint ses mains comme pour maîtriser ses émotions.

— Vous souvenez-vous d'un petit garçon, à Bayreuth, bien avant la guerre? demande Rodolphe. Un petit garçon qui était venu vous parler après une répétition?

Furtwängler hoche la tête, son visage se détend. Pour la première fois, son regard croise celui de Rodolphe, avec une gêne qui déstabilise le jeune chef. Il exprime, dans le bleu de ses yeux, une sorte de tristesse indéfinissable.

— Ce petit garçon, c'était vous. Je me souviens très bien. Vous saviez déjà lire la musique et je vous avais dit qu'il faut la connaître par cœur. Par cœur ! C'est primordial. Quand vous savez par cœur, la musique est en vous. Vous êtes la musique, et vous la transmettez à ceux que vous dirigez et qui doivent suivre leurs partitions. Vous pouvez les regarder chacun dans les yeux.

— J'ai retenu cette leçon.

— Connaissez-vous *Tristan* par cœur?

— Oui.

Furtwängler soupire, il n'a rien perdu de son autorité naturelle. Ses cheveux en bataille autour de son crâne chauve lui donnent un air de savant fou. Il esquisse un sourire. Rodolphe remarque une vieille cicatrice à sa joue droite, juste au coin de la bouche.

— Je suis heureux de savoir que c'est vous qui allez me remplacer pour *Tristan*. C'est un opéra difficile !

Rodolphe défait son manteau. Il a acheté une boîte de chocolats. Christa l'a accompagné et lui a indiqué lesquels choisir.

— Tenez, Maître, un petit souvenir de Paris.

— Oh, merci.

Furtwängler dévisage Rodolphe comme il prend le ballotin noué d'un fil doré.

— Qui vous a dit que j'aimais autant les pralinés ?

— Ma mère, Maître.

— Il ne faut pas m'appeler Maître. Vous n'êtes plus un apprenti mais un chef confirmé. Nous sommes confrères, vous et moi.

Il pose les chocolats sur le petit secrétaire qui fait face à son lit. Une partition est posée sur une chaise.

— Je mets la dernière main à ma troisième symphonie. J'espère que Dieu m'accordera encore quelque temps pour finir ce qui doit l'être.

Rodolphe observe un instant les lignes de la partition. L'écriture est nerveuse, les barres des mesures et des notes penchent vers la gauche. Les remarques tracées en marge sont illisibles pour un œil étranger.

— J'ai apporté, dit-il, la partition de votre *Te Deum* et de votre deuxième symphonie. Je trouve ses deux pièces magnifiques. Je voudrais les faire jouer. Qu'en dites-vous ?

— Je suis très flatté, répond Furtwängler sans enthousiasme. J'ai pu créer ma deuxième symphonie, il y a quelques mois. J'étais à la baguette. J'aimerais la voir vivre dans d'autres pays. Si je peux, je viendrai vous entendre.

— Mais vous viendrez !

Furtwängler secoue la tête, résigné.

— Monsieur Nielsen m'a dit qu'il vous a vu dans la *Neuvième*.

— Oui. À Paris, il y a deux ans. C'est une des symphonies que je dirige le plus souvent.

— Un monument… J'y découvre encore pas mal de choses.

Furtwängler a du mal à respirer. Il est d'une maigreur extrême, des os et plus rien dans ses vêtements. Quand il agite les bras, on dirait qu'il va se déglinguer. L'anxiété et ce qui ressemble à de la joie se confondent dans son regard.

— La *Neuvième*, je l'ai donnée dans toutes les situations possibles. Jamais deux fois de la même façon. Cette symphonie me possède complètement.

Il fixe quelques secondes Rodolphe puis détourne les yeux comme s'il cherchait quelque chose dans le vide de la chambre, une idée fugitive.

— J'ai dirigé la *Neuvième* pour l'anniversaire de Hitler. Sans doute le plus mauvais souvenir de ma carrière. Aujourd'hui encore, j'en ai honte.

Wilhelm pose ses mains longues et fines sur les accoudoirs de son fauteuil. Il cherche sa respiration avant de poursuivre.

— Je ne voudrais pas que vous me jugiez. Je sais que pour vous c'est difficile. Peut-être même impossible.

Sa voix semble plus grave, presque lointaine, quelque chose s'y est brisé. Que cherche-t-il? se demande Rodolphe. Se justifier une fois encore avant de passer sur l'autre rive?

— Beethoven a toujours tenu la musique pour quelque chose qui s'entend et non qui se pense. L'entendre, c'est être physiquement avec elle, dans les tripes. Pourquoi Beethoven est-il si mal interprété? Parce qu'il incarne, par son tempérament, des états extrêmes. L'exécutant doit donc lui aussi se trouver dans un état extrême. Nombreux sont ceux qui ne le peuvent pas. D'autres ne le veulent pas. Ils ne se rendent pas compte de la profonde harmonie et de la loi générale qui portent ces états extrêmes ! Seul l'artiste capable d'unir en lui ce sentiment de la loi générale et cet état peut songer à exécuter une œuvre de Beethoven dans son esprit véritable. Nous y sommes parvenus pour l'anniversaire de Hitler, notamment au choral, tout en contrastes violents. Nous étions unis, et Beethoven avec nous, parce qu'il a mis toute son humanité dans les notes qu'il a tracées sur les partitions. Et puis, quand est venu le choral, une force inouïe nous a soulevés.

Il se met à chanter :

Tous les hommes deviennent frères
Où ton aile nous conduit.
Si le sort comblant ton âme,
D'un ami t'a fait l'ami,
Si tu as conquis l'amour d'une noble femme,
Mêle ton exultation à la nôtre !

— Beethoven n'est pas un exalté, il ne s'égare pas, il ne se délecte pas de lui-même. Surtout, il ne terrorise pas. Les traîneurs de sabre qui nous écoutaient ne comprenaient pas tout cela. Devant sa musique, tout procédé de terreur est de ce fait, par lui-même, sans objet. N'oubliez pas les paroles de Schiller :

Frères, au-dessus de la voûte des étoiles doit siéger un père aimant.

Un rayon de soleil perce l'ombre de la chambre d'une diagonale poussiéreuse. Rodolphe cherche dans la chambre quelque image qui pourrait provenir de ce passé. Rien. Aucune photo, aucun objet. Tout est froid et lisse.

— Le message que Beethoven, dans ses œuvres et particulièrement la *Neuvième symphonie*, adresse à l'humanité, ce message de générosité, de confiance, d'unité devant Dieu, me semble n'avoir jamais été plus nécessaire que durant le national-socialisme.

Rodolphe murmure à son tour :

Vous prosternez-vous, millions d'êtres?
Pressens-tu ce créateur, Monde?
Cherche-le au-dessus de la tente céleste,
Au-delà des étoiles il demeure nécessairement.

— Voilà, oui, Rodolphe. Vous savez, la musique, ce n'est pas forcément l'école de l'humilité, ce n'est pas vrai. Chaque chef a le sentiment d'être unique, au-dessus de la masse. Ce soir-là, l'orchestre et moi nous n'étions pas humbles et nous ne devions pas l'être. On nous avait obligés d'être là pour fêter l'ignoble. Nous avions du mépris pour ceux qui nous écoutaient, ces nazis triés sur le volet. Et nous leur avons jeté à la face tout ce que la beauté nous a donné comme arme et comme fierté.

Rodolphe ne quitte pas des yeux le vieux chef, guette chacune de ses expressions. Il l'a appelé par son prénom, cette familiarité le touche. Mais ses sentiments se contrarient, la colère se mêle à l'admiration. Cette colère, c'est le visage aux yeux caves de Christa revenue de Birkenau. Un visage qui avait cessé d'être la face d'une mère, où la bonté n'avait plus sa place, ni la pitié, ni l'amour.

— L'art n'a rien à voir avec la politique, ajoute Furtwängler. Rien à voir avec la guerre. Je me sentais responsable de la musique allemande et il était de mon devoir d'aider à surmonter cette crise autant que je le pouvais. Je ne regrette pas d'être demeuré parmi les Allemands qui devaient vivre sous la terreur de Himmler. Étant resté en Allemagne comme un artiste apolitique, au-dessus de la politique, je me suis, par là même, opposé au régime qui avait rabaissé l'art à n'être qu'un instrument de la politique. J'espère que vous me comprenez ?

Il a un regard qui cherche la compassion, Rodolphe l'ignore. Des boîtes de médicaments sont alignées sur le coin d'une table en inox. À la tête du lit sont disposées des bouteilles d'oxygène sur lesquelles pendouille un masque de caoutchouc. L'image d'une vie qui s'épuise.

— Je vous comprends, dit Rodolphe. Avez-vous su pour ma mère ?

Furtwängler penche la tête sur le côté comme pour esquiver.

— Je l'ai appris, il y a quelques jours seulement. J'ai vécu dans la douleur de sa mort. Quand j'ai voulu savoir ce qu'elle était devenue, on m'a dit qu'elle…

Il souffle comme pour chasser une émotion qui l'envahit.

— On m'a dit qu'elle avait certainement été gazée. C'était terrible de se souvenir de cette femme si libre, si belle et si talentueuse, et de se dire qu'elle…

Une quinte de toux le coupe.

— On ne savait pas. Personne ne savait. Tous ces camps, ces massacres... Qui pouvait penser une chose pareille...

Son monde n'est fait que d'idées et de sentiments, de passions et d'ivresses, se dit Rodolphe. La réalité ne l'a pas touché, pas tant qu'elle ne heurtait pas sa conviction qu'un artiste ne doit jamais être persécuté. Pour être à son niveau et y durer, il avait des relations très haut placées. De sa tour d'ivoire, du bunker qu'étaient devenues sa maison et la Philharmonie, voyait-il ce qui ravageait le monde ? Il semblait à l'abri de la pestilence, comme enfermé dans une naïveté. Voulait-il savoir ?

— Maman aussi a chanté devant Hitler, dit Rodolphe d'une voix dure.

— Je sais. Je l'ai dirigée devant ce cochon. Elle y voyait plus clair que moi. Souvent, je lui disais que tout cela n'allait pas durer. Et puis, il y a eu cette nuit de Cristal. Je ne sais plus où j'étais...

— J'étais à Berlin. Je m'en souviens très bien. J'allais avoir treize ans.

— Comment les nazis sont-ils arrivés à faire croire au monde entier, et en fin de compte aux Allemands eux-mêmes, qu'ils étaient à eux seuls l'Allemagne ? Alors que c'était tout le contraire. Le national-socialisme n'était pas notre pays, ou alors c'était une nation qui se trompait sur elle-même ?

Rodolphe revoit des instants de son enfance, comme un film qui défile et butte parfois sur ses perforations. Les nationaux-socialistes, partout, personne ne semblait s'en offusquer, mis à part les communistes.

Furtwängler appartenait à un autre monde, peuplé de gens bien calés dans leur notoriété ou leur gloire et qui ne voyaient rien du peuple. De ces Allemands, il n'apercevait que les visages bien rangés, anonymes et possédés par son art, dans les salles douillettes des concerts où des théâtres somptueux. Le reste n'existait pas.

— Je ne suis pas d'accord avec vous, dit Rodolphe. Les Allemands que je connaissais, ceux que je rencontrais avaient tous des sympathies nazies, ou, en tout cas, ils n'étaient pas hostiles. Moi-même, quand j'étais enfant, j'étais fasciné par les nationaux-socialistes, leurs uniformes, leur force, leur sincérité courageuse. Comprenez-vous cela ? Seule, ma mère me disait que c'était mal, cette fascination. C'est après que j'ai compris.

Rodolphe serre les poings.

— Maman a gardé beaucoup de secrets, mais à cette époque elle a été l'unique à me dire quel était le mal. Non, monsieur, ne me dites pas que les Allemands n'étaient pas d'accord, que tout n'était que soumission ou manipulation. Hitler n'a été possible que parce que tout un peuple l'appelait de ses vœux. Ce peuple de gueux que je croisais sur le chemin de l'école et qui n'allait jamais vous écouter parce que trop pauvre et sans instruction. Dans quelle Allemagne avez-vous vécu, pour ne pas voir ?

Furtwängler n'a pas de réaction. Il se lève et marche à petits pas jusqu'à la bouteille à oxygène. La maladie a envahi ses poumons. Il place sous son nez le tuyau flexible et tourne fébrilement une molette de métal chromé. Un long sifflement s'échappe de sa bouche.

Ses yeux se figent un instant, luisants et vides, en une extase sordide, pareils à ceux d'un drogué en manque qui vient d'avoir sa dose. Il repose le tuyau et revient s'asseoir. Il donne l'image d'un homme qui se tient sur une frontière invisible entre les deux mondes, face au noir et à l'inconnu. Il doit forcément se poser des questions sur ce qu'il veut laisser derrière lui. Sous ses traits de bonhomme extravagant et lunaire se profile un orgueilleux. Rodolphe réalise à présent combien il a été un homme de pouvoir, de cercles et d'ambitions démesurées.

— Hitler voulait faire de ma maison, dans le quartier chic de Potsdam, un véritable bunker. C'était pour me protéger des bombardements. Speer devait diriger lui-même les travaux. Il était architecte ! Architecte en chef ! Pas question que des bombes détruisent les dernières gloires du Reich.

Le maestro a un rictus moqueur en avalant sa bile. Ses yeux jettent des éclats troublants, les mêmes que ceux qui ont la lueur des derniers feux de la vie, juste avant qu'elle ne foute le camp. Rodolphe ne ressent rien, juste de la colère de voir ce géant de la musique chercher à s'expliquer avant de s'éteindre. Recoudre une mémoire déchirée. Rapiécer son histoire.

— Notre tragédie, ce n'est pas Hitler qui l'a écrite, mais nous-mêmes. J'ai beaucoup réfléchi à tout ça. Pour moi, la question à se poser est : Qu'avons-nous fait de Hitler ? Il n'est pas venu de l'extérieur, il n'était pas, comme le disent beaucoup, après coup, une sorte de diable qui s'est emparé du pouvoir, tout seul. S'il était un démon, c'était bien celui que le peuple allemand voulait et auquel il s'est offert sans limites. Il est venu à nous parce que tout un peuple l'a appelé, selon son désir et sa volonté. Sans les Allemands, il n'aurait jamais été qu'un pantin. Nous autres, exilés, nous avons au moins une chance : nous ne portons pas cette responsabilité.

Furtwängler hoche la tête. Le regard dans le vague.

— Vous dites que l'art et la politique n'ont rien à voir, ajoute Rodolphe. Je pense que cette tragédie nous enseigne que tout est politique, au contraire.

Furtwängler donne l'impression de chercher une présence dans le vide. A-t-il seulement écouté ce que vient de lui dire son fils ?

— Vous savez, monsieur Meister, ils croient tous que je suis venu ici pour guérir. Moi, je sais que je suis venu pour mourir. Ce sera rapide.

Rodolphe ne trouve pas ses mots. Une histoire dont il ne connaît que la fin vacille devant lui. Le géant est vaincu. Une infirmière toque à la porte et entre.

— Vos médicaments, monsieur Furtwängler.

La chambre est plongée dans la pénombre, à présent. Du couloir, parvient une odeur de cuisine, c'est l'heure du dîner.

— Je vais vous laisser, dit Rodolphe.

Furtwängler hoche la tête, le regard hébété. Sa chemise s'est défaite sur sa poitrine, laissant voir sa peau parcheminée, à même les côtes. Le squelette fait surface. Chaque journée lui enlève des forces, une à une. La mort a la patience d'une vieille qui dépiaute une carcasse.

— Revenez demain, dit-il après s'être raclé la gorge. J'ai encore beaucoup de choses à vous confier. Revenez donc à la même heure.

— Je serai là.

Rodolphe se lève et sort rapidement de la clinique, la poitrine serrée. Une fine brume coiffe les grands cèdres du parc. Elisabeth est revenue et discute avec un médecin. Leurs silhouettes se confondent déjà avec les ombres qui s'emparent des bâtiments pâles de la clinique. Rodolphe veut la rejoindre mais elle tourne la tête lorsqu'il signale sa présence d'un signe discret de la main.

43

— Écrivez-vous de la musique, Rodolphe ?

— Oui. Des bribes de symphonie qu'il faudra bien que j'assemble un jour. Je vous enverrai mon travail, si vous le voulez bien.

— Je ne serai certainement plus de ce monde.

Les deux musiciens restent un long moment silencieux. Furtwängler fixe étrangement le plafond, ses yeux semblent y lire quelques inscriptions visibles de lui seul. Puis, d'une voix pâle, il parle des mutilations de la guerre. Il en a vu, de ces ruines pareilles à des hommes bousillés, en venant jusqu'ici.

Il ferme les yeux et suspend son souffle. Puis il demande, la voix hésitante :

— Aimez-vous sincèrement Wagner ?

La question surprend Rodolphe, elle impose la sincérité. Il a mis très longtemps à pénétrer dans l'œuvre du maître de Bayreuth. Tout se mélangeait dans son cœur, la musique qui frisait le pompier parfois, et l'apocalypse qu'il a traversée.

— Je n'ai pas aimé Wagner d'emblée, dit Furtwängler. Jeune, je le détestais. Je me souviens que, vers l'âge de quinze ans, j'ai écrit ce désamour à une amie que j'ai perdue de vue depuis. Je disais qu'à vrai dire j'avais fait la connaissance d'un authentique wagnérien qui m'avait affirmé que l'œuvre de Wagner, et en particulier *Tristan*, était la plus haute œuvre de l'art. J'ai dû répondre que Wagner, pour ce que j'en connaissais, et précisément *Tristan*, m'étaient absolument insupportables. Il n'est pas facile de trouver textes plus sentimentaux et plus romantiques que ceux des opéras de Wagner.

— C'est vrai. Mais j'y ai découvert une grande puissance d'évocation. Le *Ring* est une œuvre unique qui touche à l'universel.

Furtwängler s'est posté devant la fenêtre. La pluie a cessé. Un plafond de brume froide aplatit les montagnes modestes qui dominent la clinique. Par endroits, aux coins les plus encaissés, le brouillard, poussé par le vent, ne laisse voir que les silhouettes nues des arbres chargés de boules de gui qui forment d'étranges crânes ronds au bout des ramures.

— J'ai enregistré *La Walkyrie* le mois dernier, dit Furtwängler. Aussi étrange que ça puisse paraître, c'est un peu comme si on soldait des vieux comptes. Pour la première fois, je n'ai pas été hanté par les souvenirs de l'époque terrible que nous avons traversée. C'était comme revenir avant 1933.

Sa poitrine se soulève, une grimace tord sa bouche d'une douleur qui vient du plus profond de son être. De ses doigts squelettiques et veinés de bleu, il attrape un mouchoir qui traîne sur le lit défait, tremblant de tout son corps. Il se cache pour tousser et finit par cracher dans le mouchoir, gêné par la présence de son visiteur.

— Je ne parviendrai pas à diriger tout le cycle du *Ring*. C'est pourtant prévu.

La quinte de toux le submerge. Une infirmière arrive.

— Ça va aller, dit Furtwängler dans un soupir.

Il ferme les yeux un instant.

— Dans Wagner, comme ailleurs, tout est souvent question de tempo. Si vous dirigez trop vite, les sons des différents pupitres se mélangent et ça fait comme une sorte de bouillie. Si le tempo est plus lent, selon les moments, vous faites ressortir toute la complexité de l'orchestration. Les contrebasses ne couvrent pas les violons. C'est un peu comme si vous éloigniez les sons qui sont joués ensemble, pourtant.

— Il y a de la richesse dans la lenteur.

Furtwängler hoche la tête.

— Le tempo, c'est la richesse d'expression, pas la vitesse. Si vous êtes trop lent, ça ne marche pas. L'orchestre est comme disloqué. Notamment dans l'ouverture de *Tristan*. Il faut trouver l'unité de l'ensemble en faisant entendre chaque motif, presque chaque instrument.

— Quand je vous voyais diriger, j'étais frappé par votre gestique. On a l'impression que la musique vous habite…

— Elle m'a toujours habité !

Le chef lève la main et chante les premières mesures de *Tristan*.

— Les violoncelles… Ma main suit chaque note, c'est là que ça se passe. Je caresse presque.

Il relève la main et chante la même mélodie. Avec des gestes plus secs.

— Si je fais cela, je détruis tout. Vous comprenez? Tout est dans ce qui passe de vous jusqu'au bout de vos doigts. C'est pour cela que vous ne dirigerez jamais deux fois de la même façon. Parce que le geste obéit à votre humeur. Vous transmettez des intentions et des émotions au bout de votre bras, pas un tempo. Les musiciens que vous dirigez n'ont pas besoin de vous, pour cela. Ce sont les meilleurs.

La nuit est tout juste tombée. Le visage de Furtwängler se découpe sur la lumière froide qui entre par la fenêtre.

— Je n'ai jamais eu de professeur, Rodolphe. Je regardais des maîtres et je m'en inspirais en faisant toujours ce que j'avais au fond de l'âme. Faire dialoguer des bassons et des cors, par exemple, est très difficile. Les uns sont doux, les autres plus forts, plus durs, presque. Pourtant, il faut y parvenir.

Il regarde Rodolphe un long moment, d'un regard qui devine.

— Vous êtes timide, Rodolphe, trop replié sur vous-même. Vous gardez encore trop la distance. Il faut se donner à l'orchestre. Quand plus de cent musiciens se jettent dans un *crescendo*, comme à la fin de *Tristan*, il faut se jeter avec eux. Il faut défaire, à ce moment-là, les chaînes qui retiennent votre personnalité.

Furtwängler a du mal à parler. Chaque respiration le fatigue.

— Faites ce que vous aimez faire. Essayez de voir si cela est compatible avec votre envie d'être le plus grand chef au monde ou si vous voulez faire uniquement de la musique.

— Vous êtes le plus grand, sans doute parce que vous aimez faire de la musique.

— La célébrité, ça vient toujours par hasard. Ça vous surprend et ça vous trahit, aussi. Faites ce qui vous plaît, voilà le seul vrai choix. Le plus important, c'est la liberté. Celle de croire en ce que l'on fait et de le faire, sans entrave.

» Vous savez, j'ai été victime de cette célébrité et de la place que j'occupais dans la musique de notre pays et dans le cœur de chaque Allemande et de chaque Allemand. Les nazis se sont servis de moi et, au soir de ma vie, je vois combien j'étais vulnérable. À cause des honneurs et de la gloire. C'est difficile d'y renoncer. J'avais tout pouvoir sur le Philharmonique. Je décidais des nominations, des carrières et même des salaires. Il était ma chose, je pouvais en faire presque ce que je voulais. J'avais tissé des réseaux à de très hauts niveaux... Non seulement dans la musique mais aussi au cœur du pouvoir. Comment renoncer à tout cela ? L'orgueil et le pouvoir, vous comprenez, c'est plus fort que tout. Je n'ai jamais dit cela à qui que ce soit. Pas même à ma femme.

Le visage de Furtwängler se fige. Ses forces sont à bout.

Rodolphe se retire. Le vieux musicien serre fortement sa main et le fixe intensément. Ses lèvres tremblent. Il veut parler, exprimer des mots enfouis, mais n'y parvient pas. Ses yeux se voilent. Rodolphe se détourne pour ne plus avoir à supporter son regard.

Furtwängler est essoufflé. De ses yeux rougis par la fièvre, il cherche une feuille sur son bureau.

— Voilà ce que j'avais écrit, il y a bien longtemps, à propos de l'attitude à tenir devant l'orchestre.

Il plie la feuille en quatre et la tend à Rodolphe.

— Je vous la transmets, vous en ferez ce que bon vous semble. Lisez cela ce soir et nous en parlerons demain.

Furtwängler se lève. Il tremble de tout son corps, cherchant l'équilibre. Il tend une main vers Rodolphe. Le contact de ses doigts osseux et crispés bouleverse le jeune musicien. Ils sont déjà froids, comme déjà morts, se dit-il.

Furtwängler reste un moment prostré, incapable du moindre geste, les yeux fixés vers la fenêtre. Le soleil est passé de l'autre côté de la vallée, laissant traîner derrière lui une lueur de bronze. La nuit va descendre très vite.

— Le monde a cru que l'Allemagne de Hitler était le démon, dit le chef. Il a cru qu'il suffisait de l'abattre pour que tout redevienne bon et rentre dans l'ordre. Maintenant, il s'aperçoit que ce n'était que la première incarnation d'un démon qui subsiste, enragé. La vie reste aujourd'hui, plus que jamais, une question de courage.

Dans le taxi qui le ramène à son hôtel, Rodolphe déplie le papier que lui a donné le maître. L'écriture est heurtée, incertaine. Il a eu le désir de calligraphier pour être lisible :

Attitude à tenir devant l'orchestre :
Les regarder en parlant !
Parler calmement !

Tout ce que l'on exige, l'exiger totalement !
Dire tout avec le moins de mots !
Rire peu.
Toujours actif, jamais offensé.
Ne jamais rien abdiquer de sa personnalité.

Rodolphe pense aux conseils de Mayer. Les mêmes, au fond. Les chefs d'avant-guerre avaient tout pouvoir, aucun instrumentiste n'aurait osé contredire ces sortes de dictateurs de la musique. Mayer l'a fait basculer dans l'âge d'homme, brutalement, comme un maître exaspéré des maladresses de son apprenti. Furtwängler fait de lui un compagnon, presque un égal, celui à qui on glisse un petit secret. Dans sa tête, il entend la fin de *Tristan*, une apothéose qui retombe doucement. Ce n'est pas une mort mais un monde, autre, qui recommence. La fin est omniprésente en chaque acte, chaque pensée, chaque chose. Le commencement, lui aussi, est omniprésent. À quel moment la fin n'est-elle pas en relation avec ce qu'il se passe aujourd'hui : à aucun…

44

Ce mardi 30 novembre est un jour banal. En sortant de sa chambre, vers 10 heures, Rodolphe croise un couple qui est venu prendre les eaux dans un petit établissement thermal non loin de là. À la réception, le facteur vient de déposer le courrier, un employé fait le tri. Une femme de ménage passe un chiffon sur les meubles de style Empire de la salle de restaurant. Une odeur de cire et de térébenthine flotte dans l'air.

— Votre taxi est arrivé, monsieur Meister, lance le réceptionniste.

— Merci.

Ebersteinburg paraît plus calme que d'ordinaire. C'est une journée froide. Il fait beau, mais la météo annonce de la neige pour le soir. Rodolphe sera sans doute parti avant les premiers flocons.

Le soleil d'hiver a des reflets pâles sur la grande façade de la clinique du docteur von Löwenstein. La chambre 8 est à l'extrémité du bâtiment, sur la droite. Les rideaux sont tirés. Rodolphe s'arrête un instant, il a refusé que le taxi remonte l'allée et le laisse devant le perron. Comme chaque jour, il veut faire les derniers mètres qui le séparent de Furtwängler à pied. Un peu comme un rituel qu'on s'impose pour donner plus de sérénité à des événements que l'on sait importants et uniques.

Au milieu de la montée, il s'arrête. Un écureuil, la queue en panache, vient de traverser l'allée avant de grimper follement vers le sommet d'un grand sapin. Une image lui revient. Il est petit garçon, dans le parc de Tiergarten. Eva l'attend un peu plus loin. Il marche en fixant ses pieds et en se racontant une aventure de chevalier qu'il a oubliée depuis. Au sol, il aperçoit un étrange caillou, un galet de silex comme il en existe une infinité sur les chemins, mais celui-ci est particulier : il a la forme exacte d'un cœur. Rodolphe le ramasse, le frotte contre sa manche pour le faire briller et court vers Eva.

— Tiens, lance-t-il avec fierté. C'est pour toi.

Elle est émue en prenant la petite pierre dans ses doigts roses.

— C'est le plus beau cadeau qu'on m'ait jamais fait, Petit Homme. Je vais le garder toute ma vie, comme ça, je pourrai penser tout le temps à toi.

Les rideaux de la chambre 8 sont toujours fermés. Furtwängler doit encore dormir, se dit Rodolphe. Il paraissait à bout de forces, hier. Au loin, la cloche d'une église sonne onze coups cristallins. L'heure à laquelle il a rendez-vous avec le maestro. Rodolphe accélère le pas. Il ne veut pas faire attendre. Ça ne se fait pas. Hier soir, il a appelé sa mère pour lui dire qu'il n'allait plus tarder. Elle paraissait agacée et a juste parlé d'un courrier de l'Opéra national du Danemark qui l'informait que les répétitions de *Tristan* commenceraient le 20 janvier. Il sera loin d'elle pendant un bon moment, et c'est sans doute pour cette raison qu'elle était contrariée. Christa prend chaque jour comme si c'était le dernier. La solitude la plonge dans une profonde mélancolie.

Des pensionnaires font quelques pas dans les promenades qui traversent la pelouse puis s'arrêtent au soleil, comme des lézards qui ont besoin de chaleur. Une infirmière pousse un fauteuil roulant sur lequel est assise une vieille toute recroquevillée sous une épaisse couverture de laine.

Elisabeth Furtwängler est sortie sur le perron. Elle discute à voix basse avec un médecin, secoue la tête plusieurs fois. Elle a un mouchoir dans la main. Le médecin repart à l'intérieur et la laisse seule. Quand Rodolphe arrive à sa hauteur, elle le fixe longuement. Ses yeux sont rougis, ses mains, nerveuses. C'est une femme forte et fière.

— Il ne vous a pas attendu, murmure-t-elle. C'est fini.

Rodolphe regarde en direction du couloir. Tout au bout, la porte de la chambre 8 est ouverte. Des infirmières entrent et sortent. Il ne veut pas croire que Furtwängler n'est plus. C'est trop violent, comme ça, tout d'un coup. Quand ils se sont quittés, hier, à la nuit tombée, Rodolphe était heureux. Furtwängler a dit :

— Passez me voir demain. J'ai quelque chose de très important à vous dire. Quelque chose de personnel, entre vous et moi.

— Je passerai vous dire au revoir. On aura le temps de discuter, avant que je regagne la France

— Vous partez demain ?

Il y a eu comme un accent d'angoisse dans la voix du maestro.

— Oui, a répondu Rodolphe d'un ton désolé. Je ne peux pas laisser ma mère seule trop longtemps.

— Alors, vous n'irez pas jusqu'à Berlin?

— Non, non. Pas encore, je n'en ai pas le courage.

Furtwängler a fermé les yeux pour signifier qu'il comprenait. Et puis voilà, les derniers gestes et les derniers regards, on n'en a jamais vraiment conscience parce que la fin n'est jamais concevable sur l'instant. On pense à la vie, rien d'autre, jamais à l'autre versant. Rodolphe a ouvert la porte. Une infirmière est arrivée avec un repas frugal sur un plateau. Il a tenu la porte. L'infirmière l'a remercié d'un beau sourire. Furtwängler lui a fait un dernier signe de la main. Un signe bien faible. Puis la porte s'est refermée. Comme au théâtre quand le rideau tombe.

— Il est mort ce matin, au petit jour. J'ai passé la nuit à côté de lui. On s'est endormi vers 10 heures et puis voilà. Il est parti paisiblement, sans souffrir.

Rodolphe ne ressent pas de la peine, pas encore. Il ne réalise pas. La tristesse vient toujours après. Les trois jours passés avec Furtwängler ont duré toute une vie.

— J'aimerais le voir une dernière fois, dit Rodolphe.

— Nous irons quand on aura fini sa toilette. Ça ne devrait plus tarder.

Le médecin apparaît sur le perron.

— Venez, dit-il discrètement.

Elisabeth passe sa main sous le bras de Rodolphe.

— Accompagnez-moi.

Le visage de Furtwängler est reposé. On lui a mis une chemise blanche… Rodolphe se signe.

— C'est bien que vous soyez venu. Il avait besoin de vous voir avant de s'en aller. Il m'a dit hier soir : «Je crois que ce jeune homme sera en quelque sorte mon successeur. Il a les mêmes idées que moi. Il me ressemble tellement.»

Elisabeth fixe un instant Rodolphe.

— C'est vrai que vous lui ressemblez. Quand je vous ai vu la première fois, cela m'a frappée. Je ne l'ai pas connu jeune, mais j'ai beaucoup de photos de lui, quand il avait vingt ans.

Elle s'interrompt, regarde le mort avec un sourire affectueux.

— C'était avant qu'il perde tous ces cheveux. Il avait une petite moustache comme vous.

— Je ne connais pas ces photos, dit Rodolphe, troublé.

Le regard d'Elisabeth vacille.

— Il ne vous a donc rien dit?

— Je ne sais pas de quoi vous voulez parler. Il m'a juste demandé de venir aujourd'hui car il avait une chose importante à me dire. Ça avait l'air de vraiment lui tenir à cœur.

Elisabeth a un instant d'hésitation. Elle fixe longuement le visage de son mari. Elle cherche ses mots.

— Je ne sais pas comment vous le dire. Ce n'est pas à moi, vous comprenez…

Rodolphe se fige.

— Il était votre père, monsieur Meister. Je l'ai compris quand je vous ai vu. Le soir de votre première entrevue, il me l'a confirmé. Il aurait aimé vivre assez pour vous reconnaître et que vous puissiez porter son nom. Il a d'abord voulu vous rencontrer en homme et pas comme un fils…

Le téléphone sonne au loin dans le couloir. La standardiste accourt :

— Madame, c'est pour vous. Radio Berlin…

— Pardonnez-moi, monsieur Meister.

Elisabeth disparaît dans le couloir. Rodolphe reste seul, face à un homme qu'il n'a pas connu. Celui dont il a toujours rêvé, dont il a sculpté un buste maladroit dans de la pâte à modeler. Il veut pleurer pour tout mettre au-dehors, la rancœur, les frustrations. Évacuer les gravats et les cendres d'une vie de silences et de mensonges, comme on nettoie une ville meurtrie après un bombardement. Aucune larme.

— Je ne t'en veux pas pour tout ce qu'il s'est passé. Je sais maintenant. Je ne te juge pas.

Confusément, Rodolphe pense à sa mère, au court bonheur qui l'a unie au grand musicien. À son silence douloureux.

— Dans mes rêves les plus secrets, je caressais ta petite tête chauve, toute sèche comme ton pauvre crâne aujourd'hui. Je la cachais sous mon oreiller pour qu'elle m'aide à affronter les démons de la nuit.

Il reste devant un visage mutique qui semble si loin mais dont les lèvres gardent une étrange expression d'ironie, comme si la mort était finalement une plaisanterie. Il se penche, embrasse le front trop froid. Caresse du bout des doigts les mains marbrées de noirceur. Ces mains capables des plus grands délices, ces mains qui savaient tirer d'un orchestre non pas le meilleur mais le sublime. Ces mains qui n'ont jamais eu un geste d'affection pour l'enfant qu'il a été.

Il revoit le grand monsieur qui demande aux Berliner de se lever pour saluer le public, debout à l'ovation. Il revoit l'homme qui dirigeait comme si la musique l'habitait, le regard perdu dans les harmonies, le corps secoué par les caprices du rythme.

Le téléphone sonne encore et encore. Le monde entier doit se donner rendez-vous autour d'un simple combiné d'une petite ville d'Allemagne, un lieu sans gloire que la guerre a bien voulu ne pas raser.

— Je serai digne de toi, murmure Rodolphe avant de se signer.

Il s'en va par une issue de secours qui claque derrière lui. Le parc est déjà pris dans le soir glacial. La météo ne s'est pas trompée. Les premiers flocons de la première neige tombent sur cette terre où vivent encore les ombres du passé.

Avant de franchir le grand portail de la clinique, Rodolphe se retourne une dernière fois. La fenêtre de la chambre numéro 8 dessine un carré de lumière dans le crépuscule. Étrange clarté, comme une féerie dans le vague de la froidure, entre les branches des sapins qui scintillent de neige.

Épilogue

Christa Meister est morte au mois de janvier. Rodolphe a voulu qu'elle soit enterrée dans un cimetière de la banlieue de Munich où la famille Meister possède un caveau depuis des générations. Rodolphe a reçu beaucoup d'hommages, du monde entier, comme si, tout à coup, des visages sortaient des coulisses de l'histoire. En un sens, ces condoléances lui ont fait du bien. Une béquille de quelques jours.

Après l'enterrement, il a filé jusqu'à Heidelberg rendre un dernier hommage à Furtwängler. Une belle lumière d'hiver jetait des éclats dorés sur les pierres tombales. Rodolphe est resté un long moment, incliné devant le nom gravé dans le granit. Un nom qu'il ne portera jamais et dont il ne pourra jamais dire ce qui le rattache à lui. Un père qu'un enfant se bricole dans le secret de ses rêves. Au fond, se dit-il, c'est sans doute le plus beau des personnages.

Les premières représentations de *Tristan et Isolde* ont eu un succès retentissant. Rodolphe n'a pas été, pour les critiques, le chef remplaçant, comme il le redoutait, mais ce futur grand maître que la musique attendait, selon un chroniqueur d'un journal danois.

À vrai dire, il s'en moque. La gloire n'est rien, en comparaison de la paix intérieure.

Le dernier soir, au troisième acte, chant d'amour et de mort, Birgit Nilsson fixe Rodolphe de son regard noir. Le roulement de timbales s'achève. Le chef s'arrête soudain, un silence que Wagner n'a pas voulu. Peu importe. La baguette tremble. Le visage de Furtwängler apparaît soudain. Il sourit, satisfait et dit :

— Tu as eu raison, Rodolphe, de marquer ce silence qui n'existe pas. Donne tout ton cœur.

Les violons restent comme suspendus, l'archet immobile. Rodolphe abaisse lentement sa baguette, un signe à peine perceptible, comme le faisait son père. Au diable le tempo. Un long frémissement monte des pupitres. La voix de Nilsson, puissante, émerge comme une plainte du crépuscule. Elle a un physique de grande tragédienne, des joues de jeune fille. Un regard fort, presque celui d'Eva.

Comme il sourit légèrement, doucement ;
Comme ses yeux charmants s'ouvrent.
Le voyez-vous, mes amis ?

Plus rien n'existe. Rodolphe n'a jamais rien entendu de tel. Les aigus montent, d'une ampleur qui le transporte. Il ne maîtrise plus son émotion, ferme les yeux, se contracte pour rester maître de son âme qui chavire. Christa disait de ne jamais perdre le contrôle. Les larmes coulent sur ses joues.

Me noyer, disparaître, inconsciente,
Dans les flots bondissants, dans les sons mélodieux,
Dans l'âme du monde, la respiration universelle,
Félicité suprême.

La note finale d'Isolde est un dernier souffle. Allongée sur un rocher, dans la pénombre, sa voix s'efface, un dernier murmure, dans le long adieu des violons. Quand la musique s'éteint au bout d'un point d'orgue, un bref silence fige la salle. Rodolphe est prostré. C'est si dur, la gloire, parfois.

La suite est simple, une chute vertigineuse. Après les applaudissements et les saluts, viennent les félicitations, les photos et les images, en vrac. Rodolphe refuse toutes les invitations, toutes les œillades, tous les sourires complices. Il a envie de hurler qu'il a un père à présent, qu'il n'est plus l'enfant du néant. Que ce père est le plus grand de tous les chefs. Birgit Nilsson ressent son désarroi, elle l'embrasse et l'étreint, comme Eva le faisait quand il était triste.

— *Bravissimo, Maestro !*

Rodolphe sort le dernier du grand théâtre. Des badauds traînent sur le parvis. Il signe quelques photos puis s'écarte timidement. Une fine pluie vient de la mer Baltique comme un voile de soie. Les rues encore froides luisent dans cette nuit de printemps timide. Rodolphe remonte le col de son manteau. Un claquement de mains résonne entre les murs. Un inconditionnel, un admirateur, l'aura suivi jusque-là. Puis une voix, un accent de Bavière qui roule légèrement.

— Bravo, Petit Homme. Tu as été le plus grand des chefs d'orchestre.

— Eva ?

Une femme marche lentement vers lui et s'arrête dans la lumière d'un réverbère.

— C'est bien moi. Je ne suis pas un fantôme du passé.

Une mèche de ses cheveux blonds est attachée avec une épingle sur le côté, comme autrefois. Elle sourit tendrement.

— La guerre n'a pas tout détruit, tu vois.

Elle tient dans sa main un petit objet luisant. Un étrange galet en forme de cœur.

CET OUVRAGE
A ÉTÉ ACHEVÉ D'IMPRIMER
SUR ROTO-PAGE
PAR L'IMPRIMERIE FLOCH
À MAYENNE EN MAI 2021

N° d'impression : 98325
Imprimé en France